岩波文庫
37-706-1

ゼーノの意識

(上)

ズヴェーヴォ作
堤 康 徳訳

岩波書店

Italo Svevo

LA COSCIENZA DI ZENO

1923

目次

下巻目次

1　はじめに

私は、この物語のなかで、ときおり手厳しい言葉を浴びせられている医師です。精神分析に通じる者なら、患者が私にいだく反感をどう判断すべきかは知っているはずです。私は精神分析についてここでお話しするつもりはありません。それについてはこの本のなかで、もう十分に語られているからです。私の患者に自伝を書くように勧めたことにかんしては、お詫びせねばなりません。精神分析の研究者たちは、きっと、そのあまりの奇抜さに眉をひそめることでしょう。しかし彼は年老いていたため、追憶することによって彼の過去がよみがえるのではないか、また、自伝が精神分析への効果的な導入になるのではないかと私は期待したのでした。私の考え方は、思いがけない結果をもたらしてくれたので、今日でもなお有効だと思われます。もしこの患者が、いちばん肝心なときに治療から逃げ出して、この回想録についての私の長く忍耐強い分析の結実を妨げなければ、その成果はさらに大きなものとなっていたでしょう。

私はこの回想録を復讐のために出版し、彼を困らせたいと思います。けれども、彼に知ってほしいのは、もし彼が治療を再開するのなら、出版によって私が得ることになる多額の報酬を彼と分かち合う用意があるということです。彼は自分自身についてじつに好奇心旺盛のようでした！　彼がここに積み上げてきた多くの真実と嘘にかんする解説にどれだけ驚かされることになるか、彼がわかっていればよかったのに！……

S医師

2 序章

私の幼年期を振り返るだって？　あれから五十年以上の歳月が流れ、老眼になった私の目に宿る光が、幾多の障害に妨げられることがなければ、遠いその時代まで見通すことができるかもしれない。高く険しい山のように立ちはだかるのは、私が過ごしてきた年月と時間だ。

医師は、あまり遠い時代までむりに思い出そうとしないように進言した。最近のことがらでも、彼らにとってはそれなりに貴重であり、とくに昨晩の空想と夢が大切だという。だが、多少は手順を踏む必要があるだろうし、ゼロから始めるためにも、私は医師と別れるやいなや、精神分析の論文を買って読んだ。彼がまもなくトリエステを発って長いこと留守にするので、ただたんに、その仕事を容易にしたかったのだ。論文を理解するのはむずかしくはなかったが、とても退屈だった。

昼食後、私は手に鉛筆と紙きれをもって、クラブチェアにゆったりと体を横たえる。私は頭のなかから一切の緊張を排除したので、顔にはおだやかな表情が浮かんでいる。私の思考は私自身から切り離されているかのようだ。私にはそれが見える。上昇し、下降する……、しかしそれ以上の活動はできない。それは実際は私の考えていることであり、思考の実体を明らかにする義務があることを喚起するために、私は鉛筆をつかむ。すると私の眉間にしわが寄る。なぜなら、すべての言葉は多くの文字で成り立っており、現在が荒々しく立ち上がって過去をくもらせるからである。

昨日、私は深い放心状態に入ろうと試みた。そのような実験ののち、私はとても深い眠りに落ちた。その結果得られたのは、大きな安らぎと、睡眠中に何か重要なものを見たという感覚だけだった。だがそれがなんだったか忘れてしまい、二度と思い出せなかった。

今日は手に鉛筆をもっているおかげで、目は覚めたままだ。私には見える、かすかに見える、私の過去とはなんの関係もない奇妙なイメージが。坂道で煙を吐きながら、無数の車両を牽引する一台の機関車。どこから来て、どこに向かうのか、また、なぜ今ここに現れたかは不明である。

夢うつつのとき、私は思い出す。私の教科書が、このような方法によって、幼少期、まさに赤子の時代まで思い出せると主張していることを。すぐに、産着を来た赤子が私の目に浮かぶ。だが、それが私だとなぜわかる？　私にはまったく似ていない。むしろ、二、三週間前に義妹が産んだ子供のようだ。手がこんなに小さいのに目はこんなに大きくて、まるで奇蹟のようだと言って彼女が私たちに見せた子だ。なんてかわいそうな子！　私の幼少期を思い出すどころではない！　今まさに幼少期を生きているおまえに、おまえの知性と健康のためには、その頃を思い出すことが重要だと知らせる手立てすら私にはない。人生を回想することが必要だと、何歳でおまえは気づくだろう？　たとえその大半が、おまえに嫌悪感をもよおさせるものであっても。そのうち、おまえは快楽を求めて、無意識に自分の小さな身体をさぐってゆくだろう。おまえの逸楽の発見は、おまえを苦痛と病に導くだろうが、病は、そのつもりのない人々からもうつされるだろう。ではどうすればいい？　おまえの揺りかごを見守ることはできない。おまえの胸では——幼子よ！——ふしぎな調合がなされてゆくだろう。毎分ひとつの試薬が投与されるのだ。おまえが病気になる確率はきわめて高い。というのは、おまえの過ごす瞬間すべてが純粋とはいえないから。それに——幼子よ！——、おまえは、私の知人たちの血を分けているから。たしかに、いま過ぎ去りつつある瞬間はけがれのないものかもしれないが、おまえを生み出すことになった果てしない時間がすべてそうとはかぎらなかった。

眠りに入る前に思い浮かぶイメージから私はだいぶ遠ざかってしまった。明日また試みることにしよう。

3
煙草

医師は、私の話を聞くと、いつから喫煙への嗜好が生まれたかを分析することから私の仕事を始めてはどうかと言った。

「お書きなさい！　ぜひ書いてください！　ご自分の姿がまるごと見えるようになりますよ」

煙草についてなら、わざわざあの肘かけ椅子で夢を見なくても、この私の机で充分に書けるはずだ。どのように始めればいいかわからないので、煙草に助けを求めよう。これまで吸ってきたどの煙草も、いま私が手にしているものとそっくりだ。

ずっと思い出すことのなかったことが、今日ただちに思い浮かぶ。私が初めて吸った煙草は、もう販売されていない。それは、一八七〇年頃にオーストリアで売られていたもので、双頭の鷲のマークの入ったボール紙の箱に詰められていた。すると今度は、ひとつの箱のまわりに、さまざまな人たちがすぐに集まってくる。みなそれぞれ特徴があり、各人の名前は思い出せるのだが、この思いがけない出会いに胸が揺り動かされるほどではない。さらに思い出すために、私は肘かけ椅子に移動する。するとその人たちの輪郭はぼやけ、代わりに、道化師たちが現れて私をからかう。私はがっかりして机に戻る。

そのうちのひとりが、少し声のしゃがれたジュゼッペだった。私と同じ年の若者である。もうひとりが、私と一歳違いで、何年も前に死んだ私の弟だ。ジュゼッペは彼の父親から多額の小遣いをもらっていたらしく、煙草を私たちにくれたのだった。だが、私以上に私の弟が多くもらっていたのはまちがいない。私は自分で煙草をさらに調達する必要に迫られた。こうして、盗みをはたらくことになった。夏になると父は、食堂の椅子にチョッキを脱ぎっぱなしにしていたが、そのポケットにはいつも小銭が入っていた。そこから私は、貴重な煙草一箱を買うのに必要な十ソルドを抜き取った。一箱には十本の煙草が入っていた。私はそれを次から次に吸った。盗みの痕跡を早く消去しないと危険だからである。

それらすべてが、私の意識の手の届くところに横たわっていたのだ。今になってようやく浮かび上がるのは、以前はそんなことが大切だとは思ってもいなかったからである。こうして私は忌まわしい習慣の由来を記録したのだから、(はたしてどうだろう?)この悪癖をもう断ち切ったことになるのではないか。そこで、試しに、最後の一本に火をつけてみる。きっと、まずくて、すぐに投げ捨てることになるだろう。

こんなこともおぼえている。ある日、私が父のチョッキを手にもっているときに、父がいきなり現れたことがあった。私はずうずうしくも、ボタンがいくつあるか知りたくなって数えていたのだとぬけぬけと言ったが、そのような厚かましさは、もはやもちあわせていないし、いま考えても嫌になる(もしかすると、そのような嫌悪感が私の治療に大いに役立つのかもしれない)。父は、数学、あるいは裁縫への私のこだわりを笑い、私が父のチョッキのポケットに指を入れていることには気づかなかった。名誉にかけて言えるが、私の心からすでに無邪気さが失われていたにもかかわらず、父が私の無邪気さを笑ってからというもの、私はいっさい盗むことをやめている。じつをいうと……盗むつもりもなく盗んだことはあった。父は家では、ヴァージニア葉巻の吸いかけを机やタンスの縁に放置するのがつねだった。私はそれが、父独特の葉巻の捨て方なのだと思い、そのうち、わが家にいた婆やのカティーナが片づけるのだろうと想像した。その吸い殻を私はこっそり吸った。それを手にした瞬間から、気分が悪くなるにちがいないと思うと悪寒がしてきた。額を冷や汗が流れ、胃がよじれるまで私は吸い続けた。それによって子供の頃の私に元気がなかったとまではいえないだろう。

父がいかにして私のこの習慣を断ち切ってくれたか、よくおぼえている。ある夏の日、疲れて汗だくになって遠足から帰宅したことがあった。母は私が服を脱ぐのを手伝い、ガウンで体を包んでくれた。そして、ソファに私を寝かしつけると、自分もとなりに坐り、針仕事を始めた。私は眠くなったが、陽射しがまぶしくて、なかなか寝つけなかった。あの年代の子供が、疲れきった体を休めるときに感じる心地よさは、それ自体がひとつのイメージであるかのように、記憶にはっきりと刻まれている。まるで、今は亡き母の体のわきに今も自分がいるようにはっきりと。

私たち子供の遊び場だったあの涼しくて大きな部屋を思い出す。空間のむだづかいを避けるため、その部屋は今ふたつに分けられてしまった。その場面に弟は現れず、そのことに驚かされる。というのは、弟もいっしょに遠足に行って、ともに昼寝をしたと思っていたからだ。大きなソファの反対の端に彼も眠っていたのだろうか？　その場所を私は見ようとするが、空っぽのようだ。見えるのは、私と心地よい休息、母、それに、父だけだ。父の言葉が響き渡る。父は帰宅して、すぐには私の姿が目に入らなかったらしく、大声で呼んだ。

「マリーア！」

母さんは、軽く唇を鳴らしながら、身振りで私がいることを知らせた。母は私がぐっすり眠っていると思っていたらしいが、私ははっきりと意識があった。父さんが、私を起こさないように気を使っているらしく、それがとてもうれしかった。

父は小声で嘆いた。

「頭がおかしくなりそうだよ。たしか、三十分ほど前、あのタンスのうえに吸いかけの葉巻を置いたはずなのに、見あたらない。どうやら、ますます物忘れがひどくなったようだ」

私を起こさないように小声ではあったが、弾んだ声で母は答えた。

「でも昼食後は誰もあの部屋に入っていませんわ」

父はぶつぶつと言った。

「それはわかってる。だからよけいに、頭がおかしくなりそうなんだ」

父は踵を返し、部屋から出ていった。

私は薄目を開いて母を見た。母は針仕事を再び始めていたが、笑みを浮かべたままだった。もちろん母は、父が発狂しつつあるとは思ってもいなかった。さもなければ、父の不安をこんなふうに笑ってすますわけがない。そのほほ笑みは私の胸に強く刻まれ、ある日、私の妻の唇に浮かんだ同じ笑みを見て、すぐにあのときの母のそれを思い出したほどだった。

その後、お金がなかったことが、私の欲望の充足を困難にしたことはなかったが、禁煙によってむしろ吸いたい気持ちは強まった。

ありとあらゆる場所に隠れて、吸いまくったことをおぼえている。薄暗い地下室で、三十分も長々と喫煙したために、体に強い不快感をおぼえたことがあった。その場には、ほかに子供がふたりいたが、その幼い服以外は何も思い出せない。半ズボンが二着立っているだけで、なかの身体は時間の経過によって消滅してしまった。私たちは何本も煙草をもっており、誰がいちばん短時間にそれを灰にできるか競争した。勝ったのは私だった。私は見栄を張って、この奇妙な訓練から生じた不快感を隠した。それから全員が、表に出て外の空気を吸った。目を閉じなければ、目まいで倒れそうだった。なんとか立ち直り、勝利を自慢した。すると、ふたりの子供のうちのひとりが言った。

「べつに負けたっていいんだ。ぼくは必要なだけしか吸わないから」

おぼえているのは、その健全な言葉であって、そのとき私に向けられたであろう、きっと健全なその小さな顔ではなかった。

しかし当時は、煙草が好きなのか嫌いなのか、その味や、ニコチンによって陥る状態が好きか嫌いかわからなかった。嫌いだとわかったとき、ときすでに遅かった。それは二十歳の頃だった。当時、数週間にわたり、発熱を伴う強烈な喉の痛みに苦しんだ。医師からは、安静と断固たる禁煙を申し渡された。「断固たる」という言葉をよくおぼえている！　その言葉は私を傷つけ、熱によってさらに印象が強まった。大きなむなしさを感じた。空虚感のまわりにすぐに生まれる大きな圧力に抗うすべはなかった。

医師が帰ってから、あいかわらず葉巻をくわえた父(母はだいぶ前に亡くなっていた)が残って、しばらく付き添ってくれた。立ち去るときに、ほてる私の額にやさしく手をのせて言った。

「煙草を吸っちゃだめだぞ、いいかい!」

私は大きな不安感におそわれて、こう考えた。「煙草は体に悪いから、もう二度と吸うまい。でも、まず、最後に一服吸っておこう」煙草に火をつけるとすぐに、不安が消えたように感じられた。おそらくは熱が上がり、煙を吸うごとに扁桃腺に炭火で焼かれるような激痛が走ったにもかかわらず。何かの誓いを実行するときのように入念に、私は一本の煙草を全部吸った。病気のあいだも、つねに恐ろしいほど苦しみながら、さらに何本も吸った。行ったり来たりの父は、口に葉巻をくわえたまま私に言った。

「えらいぞ! あと数日禁煙すれば、おまえは治る!」

こう言われると、なおさら、彼には一刻も早く立ち去ってもらい、私の煙草のもとにかけつけたくなった。父をとっとと遠ざけるために、眠っているふりもした。

このときの病気は、私にふたつ目の症状をひき起こした。それは、第一の症状を絶つための努力である。結局のところ、私の日々は、煙草と、もう二度と吸うまいという決意の両方で埋めつくされることになったが、単刀直入にいえば、そのような日々は今もないわけではない。二十歳のときに始まった、最後の煙草をめぐる大騒ぎは、しかしながら、まだ続いている。決意の厳格さはなくなり、私の弱さが心に大いなる寛容さを求めるようになったが。人は老いると、自らの人生とその内容全部にほほ笑みかけるものである。はっきりいえば、しばらく前から、私は煙草を何本も吸っている……が、どれも最後の一本になる気配はない。

ある辞書の表紙に、みごとな花文字で私が書いた文が記されているのを発見した。「今日、一八八六年二月二日、法律から化学に研究対象を変える。これが最後の煙草だ！」

それはとても重要な最後の煙草だった。そのときにいだいた大きな希望を思い出す。教会法が、人生からあまりにかけ離れたように思われてがまんできなくなり、フラスコのなかに限定されているとはいえ、人生そのものである化学に私は走ったのだ。その最後の煙草は、まさに、活動(手作業ともいえる)への願望を意味した。またそれは、節度と堅実さをかねそなえた明晰な思考にたいする欲求だった。

私は自分が信じてもいない炭素化合物の連鎖から逃れるために、再び法学に戻った。残念なことだ！　それは誤りであったが、これまた、最後の煙草とともに記録されており、その日付の入った本がある。このときの煙草も重要だった。私は法学の複雑な問題に固い決意をもって再度とりくむことになった。こうしてついに、炭素連鎖から解放された。私は手が不器用でもあり、化学にはあまり向いていなかったのだ。トルコ人のように間断なく煙草をふかしているのに、手先が器用なはずがなかった。

今ここで自己分析をしながら、私は懐疑にとらわれた。私の無能さの責任を煙草に転嫁するために、私はあれほど煙草を愛したのではないだろうか？　煙草をやめれば、私が期待したとおりの理想的な強い男にならないともかぎらないではないか？　おそらく、このような思いが私を悪習にしばりつけたのだ。なぜなら、自分は偉大な人物だが、その偉大さはいまだ内に秘められたまま開花していないのだと信じることは、安易な生き方だからである。私は若い頃の自分の軟弱さを説明するためにこのような仮説を立てたが、確信があってのことではなかった。今や私は老人で、誰も私に強制しないので、煙草を吸っては禁煙し、禁煙しては煙草を吸うの繰り返し。今日、あの決意は何の意味があるだろうか？　ゴルドーニが言及している健康中毒の老人のように、一生をずっと病身で過ごしたのち、健康に死んでなんになるのだろうか？（ヴェネツィアの劇作家カルロ・ゴルドーニ(Carlo Goldoni, 1707–1793)が『回想録』(第三部、三十章)で言及したヴェネツィアの貴族アウヴィーゼ・コルナーロ(一四七五？—一五六六)を指すと考えられる。質素な食事療法で病を克服したコルナーロは、「病人として百年生きたのちに健康な状態で死んだ」とされる）

学生の頃、一度下宿先を引っ越したとき、自費で部屋の壁紙を張り替えねばならなくなった。壁を日付で埋め尽くしてしまったからである。そこを出たのは、おそらくその家が、まさに私の立派な決意の墓地と化したからであり、同じ場所にそれ以上は日付を書きこめないと判断したからである。

煙草は、それが最後だと思うとよけいに味が濃厚になるような気がする。それ以外のときの煙草も、それぞれ特別な味がするものだが、さほど濃厚ではない。最後の煙草は、自分自身に打ち勝ったという感情と、近い将来に活力と健康が回復するという希望によって、独特の味わいを獲得する。それ以外の煙草も、それぞれ大切である。というのは、火をつけたときに、自らの自由が表明され、かなり先のことではあるが、将来の活力と健康が保証されるからである。

日付は、私の部屋の壁に、さまざまな色で、ときに油絵具で刻まれた。このうえなく清らかな気持ちで誓った決意の表明は、前回の決意を刻んだ色が色あせるような、強い色がふさわしかった。数字の桁がそろっている日付が私は気に入っている。前世紀でおぼえているのは、私の悪習を棺に閉じこめて永遠に封印するかに思われた日付である。「一八九九年九月九日」意味深長な数字ではないだろうか？　新世紀は、別な意味で音楽的な日付を用意してくれた。「一九〇一年一月一日」今日でも、この日付が繰り返されれば、私は新たな人生を始められそうな気がする。

しかし、カレンダーは日付であふれているので、少しだけ想像力を発揮すれば、どの日付も、立派な決意表明の日としてふさわしいものになりうる。よくおぼえているのは、絶対的な至上命令を含むと思われる次の日付だ。「一九一二年六月三日二十四時」（イタリア語で日付は、三日、六月、一九一二年、二十四時のように、日・月・年の順に書かれる）まるで、数字が次々に倍加してゆくようではないか。一九一三年を迎え、私は躊躇した。年と合致する十三番目の月がないからである。しかしながら、最後の煙草を強調するのに、日付に多くの符合が必要だとは思わないでいただきたい。気に入った本や絵に私が書きとめた多くの日付で目立つのは、その不揃いさだ。たとえば、一九〇五年二月三日六時！　考えてみると、ここには独特のリズムがある。どの数字も前の数字を否定しているからである。多くのできごと、というより、ピウス九世（ローマ教皇。在位一八四六―一八七八年）の死から私の息子の誕生までのすべてのできごとを、いつもの堅固な決意によって祝福するべきだと思われた。わが家の悲喜こもごもの歳月を私がもれなく記憶していることに家族全員が驚き、私のことを家族思いだと信じている。

最後の煙草の病理について、その奇妙な様相を軽減するために、哲学的な内容を与えようと私は試みた。じつに神妙な態度で、「もう二度と吸わない！」などと人は言う。約束が守られれば、そのような態度はどうなるのか？　決意を新たにしないかぎり、そのような態度を保つことは不可能である。それに、時間は私にとって、けっして止まることなく進む、思考もおよばないものではない。私のもとに、私だけのもとに、時間は戻ってくるのである。

☆　☆　☆

病とはひとつの確信であり、私はそのような確信とともに生を受けた。二十歳の頃の確信については、もし私がある医師に口述していなかったならば、今はもうたいしておぼえていないだろう。興味深いことに、語られた言葉のほうが、口から出て空気を伝っていくことのない感情よりも、よほど記憶に残るものである。

私がその医師の診察を受けたのは、神経疾患を電気で治すと言われたからである。禁煙するために必要な力を電気から得られるものと私は考えたのだ。

腹が出た医師の喘息気味の呼吸は、初回の診察でさっそく作動させられた電気器械の打撃音と同調していた。この診察に私は失望した。医師が検査をしたうえで私の血液を汚している有害物を発見するだろうと期待していたのに、私の体が健康だとの診断を下したからである。そこで私が、消化と睡眠に難があると嘆いたところ、医師は、私の胃に酸が足りず、蠕動運動（医師が何度もこの語を使ったので私は忘れられなくなった）が鈍いのではないかと推定した。さらに、なにかの酸を私に処方したために、私は健康を害し、それ以来、胃酸過多に苦しんでいる。

医師ひとりでは私の血液内にニコチンを見つけることはできないと判断し、彼に助言するつもりで、私の不調はニコチンのせいではないかという自分の疑念を表明した。彼は難儀そうに大きな肩をすくめた。

「蠕動運動と……酸のせいです……ニコチンは関係ありませんよ！」

電気療法は七十回に及んだが、これでもう充分だと私が判断していなければ、いまだに続いていただろう。私がこの医師の診察を受けに通ったのは、奇蹟を期待してというよりも、私の煙草を禁じるように医師を説得したかったからである。医師からの禁煙命令によって私の決意が強化されていたなら、はたして事態はどうなっていただろうか？かくして私は医師に、病状の説明を次のように述べた。「私は勉強が手につきません。まれに早く就寝することがあっても、早朝の鐘が鳴るまで寝つけません。ですから、法律を学ぶか化学にするかでぐずぐず迷っています。どちらの学問も、決まった時刻から勉強を始めねばならないのに、私ときたら何時に起きられることやら」

「電気はいかなる不眠も治します」と断言した医神アスクレピオス（ギリシア神話の医術の神。起死回生の術をなした）の眼は、患者ではなく、文字盤をのぞきこんでいた。

さらに、私がおそるおそるではあるが早くも始めていた精神分析について、彼が理解しているかのように話した。そして、私のかかえる女性の悩みを打ち明けた。ひとりでも、たくさんでも、まだ足りず、あらゆる女を私は求めていたのだった！　道すがら、私の興奮は膨れ上がった。通りがかりの女はみな私のものだった。自分が獣になったつもりで、ぶしつけな視線を女たちに浴びせた。私は頭のなかで、彼女たちのブーツだけは履かせたまま、服を脱がして、抱きしめ、知り尽くしたと思えるまで誰ひとり離さなかったのだ。

ところが、せっかく真剣に話したのにむだだった。医師はあえぎながら言った。

「電気療法であなたのそんな病は治ってほしくありませんね。冗談じゃありません！　そんな効果が出ようものなら、こんなリュームコルフ（ドイツの発明家ハインリッヒ・ダニエル・リュームコルフの作った誘導コイルのこと）に私は二度と触りません」

医師は、彼からすれば愉快このうえない逸話を語った。私と同病の人がある著名な医者のところに行き、病を治すよう頼んだ。医者は完璧に患者を治したあとで、移住するはめになった。感謝されるどころか患者の恨みをかって殺されそうになったからだ。

「私の興奮は体によくありません」と私は叫んだ。「私の血管を刺激する毒が原因なんです！」

悲しげな顔で医師はつぶやいた。

「自らの運命に満足する人など誰もいませんよ」

彼がしようとしなかったことを私が行ったのは、彼に納得させるためだった。すべての症状を照らし合わせながら、私は自分の病を検証したのだ。「私は注意力がひどく散漫です！　これがまた勉強の妨げになりまして。グラーツで最初の国家試験にそなえて勉強しているとき、最終試験まで見越して必要な教科書をすべて入念にそろえました。ところが、試験の数日前になって初めて気づいたのです。そのときに勉強していた内容は、それから数年後に初めて必要になることがらだと。だから、私は試験を先送りせざるをえなくなりました。たしかに、ほかの教科も、あまり勉強に身が入らなかったのは事実です。原因は、近所の若い娘です。彼女ときたら、あつかましくも、私に色目を使うことしか念頭にないのです。彼女が窓際にいると、教科書を読むどころではありません。こんなことで時間をむだにするなんて、愚か者のすることですよね？」窓際の娘の小さくて白い顔が今も目に浮かぶ。顔は卵形で、ふわふわとした黄褐色の巻き毛に包まれていた。彼女を眺めながら、私は、その白い顔と赤みを帯びた黄色い髪を私の枕に押しつけることを夢想していたのだ。

アスクレピオスはつぶやいた。

「媚態の背後には、いつも何かよいことが隠れているものです。あなたがたも私の歳になったら、きっともう色目など使わなくなりますよ」

今の私にはまちがいなくわかる。彼が媚態についてまったく理解していなかったことが。私は五十七歳だが、煙草をやめられず、精神分析も効果がないとすれば、臨終の床から私が投げる最後の一瞥は、看護師への欲望の表れとなるだろう。ただし、この看護師が私の妻ではなく、妻がきれいな看護師のつきそいを許すとすればの話だが。

告解のときのように私はまじめだった。私はひとりの女の全体が好きになることはなかった……部分的に好きだったのだ！　小さな足の女は、靴が似合っていればみんな好きだった。首が細い女もたいていが好みだったが、たくましい首もそれはそれでよかった。胸はあまり大きくないほうがよかった。女性の部位を解剖学的に列挙し続けていると、医師がさえぎった。

「これらの部分によって女性の全体が作られているのですよ」

そこで私は名句を口にした。

「健全な愛情とは、その性格と知性も含めて、ひとりの女性全体を抱きしめるもの」

そのときまでたしかに私はそのような愛を知らず、その愛に巡り合ったとき、それは私に健康を与えてくれなかったが、私にとって大切なのは、学者が健康だと主張したにもかかわらず私が病の兆候を見出した事実を忘れないこと、そして、私の診断があとで正しいとわかったことだ。

医者ではない友人にひとり、私個人と私の病のよき理解者がいた。だからといって私に大きな利点があったわけではないものの、わが人生に今も鳴り響く新しい調べとなった。

私の友人は裕福な紳士で、暇な時間を学問と文学活動に充てていた。彼は書くことより話すほうがずっと得意で、そのため、彼がどれだけすぐれた文学者か、世間に知られてはいなかった。彼は大柄でしかも太っていて、私が知り合ったとき、やせるための治療に懸命にとりくんでいた。わずか数日でめざましい効果があらわれたため、道行く人は誰もが彼に近づき、明らかに病気の彼に比べれば自分がいかに健康かをじかに感じようとした。私は彼がうらやましかった。彼が自分の望むことを行うすべを知っていたからである。私は彼の治療が行われているあいだは、彼のそばにいた。彼は日ごとに小さくなってゆく自分の腹を私に触らせた。私は妬みをおぼえてしぶしぶ従ったが、彼の決意を鈍らせたくてこう言った。

「ところで、治療が終わったら、あなたはどうするおつもりですか、このすっかりたるんだ皮膚を?」

彼はいっこうにあわてずに、やつれた顔に滑稽な表情を浮かべて答えた。

「一両日中に、マッサージ治療を始めます」

彼の治療は細部にわたりあらかじめ決められており、それを毎回欠かさずに受けることになるだろうという。

そのような彼に私は全幅の信頼を寄せ、自分の病気について語った。このときの説明もおぼえている。私は彼に次のように説明した。一日三回の食事をがまんするほうが、大量の煙草を吸わないことよりも、簡単なことに思われる。禁煙にはその都度たいへんな決意が必要になるだろうから。そのような決意が頭にあると、ほかに何かする余裕がなくなってしまう。一度に多くのことをこなせるのはユリウス・カエサルしかいないのだ。たしかに私は、私の会計係であるオリーヴィが元気でいるかぎり、誰からも働けとは言われないが、それはよしとしても、私のような大の男が、夢想することと、素質もないのに下手なヴァイオリンをかき鳴らすこと以外何もできないのはいかがなものか、と。

やせて細くなった大男は、すぐに返事をしなかった。彼にはすじみちを立てて述べる習慣があり、口を開く前に長いこと考えた。それから、この問題にかんしてはずっと優位に立つ彼だけに、まるで学者のような態度で私に語り出した。私の本当の病は煙草ではなく決意のほうだと。私は決意することなく禁煙にのぞむべきなのだ。彼によれば、私のなかには歳月とともにふたつの人格が形成された。ひとりが命令を下し、もうひとりはその奴隷にすぎず、監視がゆるむやいなや主人の意志に反して自由を求めようとする。したがって彼に絶対的自由を与えねばならない。と同時に私はこの悪習を、あたかも何か目新しいもののごとく、正面から見すえねばならない。悪習と戦うのではなく、それを無視し、ある意味、なりゆきにまかせ、まるで、相手にする価値もないというように無関心に背を向けて忘れるべきだった。どうだい、簡単じゃないか?

実際に簡単なことのように思われた。そしてたしかに、大きな労苦を払って頭からいっさいの決意をとり除いた結果、何時間かは煙草をがまんできたのだが、口がきれいになると、きっと赤ん坊が感じるにちがいないさわやかな気分になり、一服したくなるのだった。そして、いざ吸い終わると、後悔の念にかられ、頭から駆逐してあった決意を新たにすることになった。より長い道のりを経て、結局は同じ目的地にたどり着いたのだ。

ある日、あの悪党のオリーヴィが私にある提案をした。私の決意を強固にするために、賭けをしようというのだ。

オリーヴィは、これまでずっと、今と同じような姿かたちだった気がする。いつ見ても、彼はやや腰が曲がってはいるが頑丈で、八十歳の今と同じように老けこんでいた。昔からずっと彼は私のために働いてきたが、私は彼が好きになれない。彼が私からとりあげた仕事を行っているように思えるからである。

私たちは賭けをした！　最初に煙草を吸った者が金を払い、あとはふたりとも賭けから解放されることにした。こうして会計係の彼は、私の父の遺産を私が食いつぶさないように、私が自由に管理していた母の遺産を減らそうと考えたのだ！

その賭けで大きな犠牲を払うことになった！　私はもはや主人どころではなく、奴隷でしかなかった。しかも、私の嫌いなオリーヴィの奴隷だったのだ！　私はすぐに煙草を吸った。それから、隠れて吸い続け、彼をだまそうと考えた。だがいったいなぜ、そうまでしてこんな賭けをしたのか？　私は、最後の煙草を吸うための賭けをした日とうまく調和するような日付を急いでさがした。オリーヴィ自身も記憶にとどめてくれそうな日付をである。だが私の背信は継続し、私は喫煙のせいで息苦しくなった。重荷から自由になるために、私はオリーヴィのもとに行って、すべてを告白した。

老人はほほ笑みながら金を受け取るとすぐに、ポケットから太い葉巻を取り出して火をつけ、むさぼるように吸った。私は彼が賭けの約束を破っているなどとは疑いもしなかった。もちろん、他人と私は別の人間であるが。

私の息子が三歳になってまもない頃、妻によい考えが浮かんだ。禁煙するために、しばらく療養所に入ることを私に勧めたのだ。この提案を私はすぐに受け入れた。それはまず何よりも、息子が私を判断できる年齢に達したとき、私を良識のある穏やかな人物とみなしてほしかったからである。そしてもうひとつは、オリーヴィの体調が悪いという、より切迫した理由による。彼は私を見放すそぶりを見せていたが、いずれ私が彼の職を引き継ぐときに、ニコチン漬けの体では、このような大きな仕事を充分にこなせないだろうと私は考えた。

当初は、療養所で有名なスイスに行こうかと私たちは考えたが、その後、ムーリという医師がトリエステで診療所を開いたことを知った。私が妻を彼のもとに行かせると、彼は、妻にこう提案した。外部と遮断されたアパートを私のために用意し、そこに私を監視する看護師をひとりと、ほかに彼女を補佐する人をつけようか、と。その話をしながら、妻はほほ笑んだり、大声で笑ったりした。私を一室に閉じこめるという発想が妻はおかしかったのだが、私も妻といっしょに心の底から笑った。私の治療の試みに妻が同調したのはそのときが初めてだった。そのときまで彼女は私の病を深刻にとらえておらず、喫煙が、いくらか風変りではあるが、さほど煩わしくはない生活様式だと言っていた。結婚してからというもの、ほかのことではいろいろぼやく私が、自由を失うことには泣き言を言わないのも見て、妻はうれしい驚きを感じたにちがいない。

オリーヴィがどんなことがあっても来月限りで私のもとを離れると告げた日に、私たちは療養所に行った。自宅で旅行鞄に下着を少し詰めると、その日の夜すぐにムーリ医師のもとに行った。

彼本人が戸口まで私たちを出迎えた。あの頃のムーリ医師は美しい若者だった。あれは夏のさかりだったが、小柄で神経質そうな彼の日焼けした小さな顔のなかで、生気のある黒い目がさらに輝きを増した。白い服をまとい、襟から靴まで、身なりは上品そのものだった。私は彼に感嘆の念をいだいたが、明らかに私もまた彼に同じ念をいだかせているようだった。

私は彼の感嘆の理由がわかり、当惑ぎみに尋ねた。

「やはり、治療の必要性も、私がここに来た深刻な理由もないとお考えですか？」

かすかなほほ笑みを浮かべて、医師は答えたが、私はそのほほ笑みにいくらか気分を害した。

「なぜですか？　おそらく、煙草はあなたにとって、私たち医者が考える以上に有毒なのでしょうね。ただし私が理解しかねるのは、なぜ、吸う煙草の本数を徐々に減らすようになさらないのか、ということです、いきなりすべて止めるのではなくて。吸ってもいいのですが、吸いすぎはいけません」

じつは、煙草をぴったりと止めることばかり考えて、本数を減らしてゆく可能性については、それまで考えたこともなかった。しかしもはや、そのような助言は私の決意を弱めるだけだった。私はきっぱりと言った。

「もう決めましたので、どうかこの治療を試みさせてください」

「試みるですって？　あなたが力ずくで哀れなジョヴァンナをどかさないかぎり、ここからは出られません。あなたがここを出るまでに必要な手続きは長期にわたりますから、そのあいだに悪習など忘れてしまいますよ」

私たちは、私に割り当てられたアパートのなかにいた。ここへは、いったん三階に上がり、また一階に戻ってから入った。

「おわかりですか？　あの封鎖された扉が、出口のある一階の反対側との連絡を遮断しています。ジョヴァンナもその鍵をもっていません。彼女自身も、表に出るには、三階まで上がらねばなりません。そして彼女だけが、あの踊場の、いま私たちが通ってきた扉の鍵をもっています。それに、三階にはつねに監視役がつきます。もともと子供と妊婦のために作られた療養所にしては悪くないでしょう？」

そう言うと彼は笑い出した。たぶん、私を子供たちのなかに閉じこめたという思いがおかしかったのだろう。

それからジョヴァンナを呼んで私に紹介した。それは小柄な女で、年齢は正確にはわからないが、四十歳から六十歳のあいだだろうと思われた。濃いグレーの髪の下で、小さな目が強く光っていた。医師は彼女に言った。

「この方が、あなたの対戦相手になります」

彼女は私をさぐるような目で見つめると、顔を赤らめながら、金切り声で叫んだ。

「私は自分の義務を果たしますが、もちろん私などあなたの相手にはなりません。あなたが脅すなら、たくましい男の看護師を呼びます。もし彼がすぐに来ないなら、どうぞあなたのお好きなところに行ってください。私は絶対にこの身を危険にさらしたくはありませんからね！」

医師がこの役目を彼女に託すにあたって、相当に高い報酬を約束し、そのことが彼女をかえってこわがらせていたのだと私はあとで知らされた。だがそのときは彼女の言葉に怒りをおぼえた。私はやり返した。

「何をおっしゃる！」と私はどなった。「あなたなんかに指一本触れるもんですか！」

そして医師のほうを向いて言った。「この女に煩わされるのはごめんです！　私は本を持参したので、静かに読ませてほしいですね」

医師が仲裁に入り、ジョヴァンナをいさめた。彼女は詫びはしたが、私への攻撃を続けた。

「私には娘がいます、小さい娘がふたり。生活がかかってるんです」

「よもや私があなたを殺すなんてことはありません」と私は答えたが、その口調は、この哀れな女を安心させるにはほど遠かった。

医師は彼女を遠ざけるために、上の階まで何かとってくるように申しつけた。そして私が気を取り直すように、彼女の代わりに別の女を付き添わせようかと提案し、こう付け加えた。

「悪い女ではないのです。もっと節度をわきまえるように私から注意すれば、あなたに迷惑をかけることはないでしょう」

私の監視を任された人物に私がいっさい関心がないことを示したくて、彼女でもかまわないと告げた。私は落ち着かねばと思い、最後に残った二本のうちの一本をポケットから取り出し、ぷかぷかと吸った。私は医師に、二本だけ煙草をもってきたことを告げ、深夜ちょうどに禁煙を始めるつもりだと言った。

妻は医師とともに立ち去った。別れぎわに笑いながら言った。

「あなたが決めたことよ、がんばってね」

私の大好きだった彼女のほほ笑みが嘲笑のように思われたまさにその瞬間、新たな感情が心に芽生えた。その感情は、これほど真剣に企てられた試みをすぐに失敗に終わらせかねなかった。私はすぐに気分が悪くなったが、ひとりになって初めて何が私を苦しめているかがわかった。それは、若い医師への錯乱した、耐えがたい嫉妬だったのだ。彼は美男で、しかも自由だった！　医者仲間のヴィーナス（原文は Venere fra' Medici. ウフィツィ美術館所蔵の大理石像《メディチ家のヴィーナス》Venere de' Medici を踏まえた言葉遊び）と人から評されるほどだった。私の妻が彼を好きにならないともかぎらない。妻とともに立ち去ったとき、彼は妻のあとに従い、おしゃれな靴を履いた妻の足を見つめたにちがいない。結婚してから私が嫉妬したのはそのときが初めてだった。なんと悲しいことだろう！　その悲しみは、おそらく、私がみじめな囚われの身であることとも関連していたのだ！　私は心のなかで戦った！　妻のほほ笑みはいつもと変わらず、けっして、私を家から追い出したがゆえの嘲笑ではない。たしかに、私の悪習を気にもとめていなかったにもかかわらず、私をここに閉じこめたのは彼女だった。だが、それは私を喜ばせるためだったのだ。それに、妻と恋仲になるのが容易ではないことを私は忘れてしまったのか？　医師が彼女の足を見たとしたら、それは彼の恋人にどのブーツを買ってやればいいか参考にするためだったにちがいない。しかしながら、私はすぐに最後の煙草を吸った。深夜零時ではなく、二十三時だったが、最後の一本までとても一時間は待てなかった。

私は一冊の本を開いた。内容を理解することなく読み流し、妄想まで抱くしまつだった。私の視線の先にあった頁は、美貌と優雅さの絶頂にあるムーリ医師の写真で覆われた。私は耐えがたくなった！　ジョヴァンナを呼んだ。話し相手がいれば、心が静まるだろうと思ったのだ。

彼女は来るなり、不審な目で私を見た。そして金切り声で叫んだ。「私が自分の役目を怠るなんて期待してもむだですよ」

とりあえず、彼女を落ち着かせるために、嘘をついた。そんなこと夢にも思っていない、もう読書をする気になれなかったので、彼女と話がしたくなっただけだ、と。私は彼女を正面に坐らせた。私に嫌悪感をいだかせたのは、まさに、老女のような彼女の顔つきと、弱小動物に特有の、活発によく動く目だった。私は自分自身に同情した、このような連れに耐えねばならないとは！　たしかに私は、自由なときも、自分に似つかわしい連れを選ぶことができない。なぜなら、妻がそうだったように、たいていは、相手のほうから私を選ぶからである。

暇つぶしに何か話を聞かせてくれないかと私が頼むと、彼女は私が興味をもつようなことは何ひとつ言えないと拒んだ。そこで、家族のことを話すように彼女に頼み、こうつけ加えた。誰でもひとつは、この世に家庭があるものだから。すると彼女はこの頼みを聞き入れて、ふたりの娘を救貧院に入れざるをえなかったということから語り出した。

その話に私はおのずと引きこまれた。続けざまにふたりを産んだために十八ヶ月間も妊娠期間が続いたと聞いておかしかった。しかし彼女は攻撃的な性格で、自らの正当性をまず私に認めさせようとやっきになると、私は耳をふさぎたくなった。彼女がそうせざるをえなかったのは給料が安いせいであり、救貧院が家族を養っているのだから一日二クローネもあれば充分だという数日前の医師の発言はまちがっている、というのだった。彼女はがなりたてた。

「ほかに何が必要かって？　娘たちは食べ物と着る物を支給されてはいても、それだけで事足りるわけじゃありませんからね」そして、娘たちに買い与えねばならないものをひとつひとつ列挙したが、私はもうおぼえていない。彼女の金切り声から耳を守るためにも、わざと別のことを考えていたのだ。それでも私は不快な気分になり、その見返りがあって当然だと思った。

「煙草を一本だけでいいから、もらえませんかね？　あなたに十クローネ払いましょう。ただし明日です、今ここには一銭ももちあわせがないので」

ジョヴァンナは私の申し出に心の底から驚いた。大きな声で、すぐに看護師を呼んでくると言うと、立ち上がって出てゆこうとした。

私は彼女をだまらせるために、すぐに私の提案を取り消し、とりあえず何かしゃべって平静を装うために、たまたまこんな質問をした。

「この牢獄にも、せめて何か飲み物はあるんでしょう?」

ジョヴァンナは即座に返答した。しかも、私が驚いたことに、会話のさいのしかるべき口調で、どなることもなく。

「もちろんですとも! 先生は退出する前に、このコニャックの瓶を一本私にわたしました。ほらまだ封を切っていません。ご覧なさい、まだ手つかずですよ」

酒で酩酊する以外に逃げ口がないという状況に私は置かれていたのだった。妻を信じたばかりに、このありさまである!

そのときは、喫煙の悪習が、私の強いられた努力に値しないことに思われた。もう三十分も吸っていないのに、妻とムーリ医師のことばかり考えていたため、まったく吸いたいとも思わなかったからだ。つまり私はすっかり治っていたわけだ。まったく、なんてばかばかしい!

私は酒の瓶をつかみ、琥珀色の液体を小グラスに注いだ。ジョヴァンナは口を開けたまま私を見ていたが、私は彼女に酒をつぐかどうかためらった。

「この瓶が空になったら、もう一本もらえますか？」

ジョヴァンナは、さらに親しげな会話調で、私を安心させた。「お好きなだけどうぞ！　あなたのご要望をかなえるためなら、貯蔵庫を管理する家政婦は真夜中だってとび起きるはずです！」

私は自分がけちだと思われるのがいやで、ジョヴァンナの小グラスになみなみと酒をついだ。ありがとうと言い終わらないうちに、彼女はグラスを空にし、らんらんと輝く目をすぐに瓶に向けた。彼女をとことん酔わせてやろう、そう私に思わせたのは、したがって、彼女自身だったのだ。だがそれは容易ではなかった！

小グラスを何杯も飲みほしたあとで、彼女が純然たるトリエステ方言でしゃべったことを私はいま正確に繰り返せないが、この話相手にとても好印象をいだいたのはたしかで、私が心配事に気をとられていなければ、きっと喜んでその話に耳を傾けたにちがいない。

まず彼女は、自分が働くのはまさにこのような楽しみがあればこそだと打ち明けた。彼女によれば、この世の誰もが、快適そのものの肘かけ椅子で、健康を害さないようなおいしいリキュールを前において、一日二時間ほどを過ごす権利を有するのである。

私からも質問してみた。彼女の夫が生きていたときも、彼女の仕事へのとりくみ方は今とまったく同じだったのかと尋ねた。

彼女は笑い出した。生前、夫からはキスされたことよりも殴られたことのほうが多かったので、夫のために働いていたときに比べれば、療養所における現在の仕事は、私が治療を受けに来る前から、休暇のようなものだったという。

それからジョヴァンナは思案顔になり、私にこう尋ねた。死者が生きている者の行いを見ているとあなたは信じますか。私は短くうなずいた。しかし彼女が知りたかったことは、死者があの世に行ったとき、彼らの存命中に下界で起きたことをすべて記憶しているかどうかだった。

その質問はしばしのあいだ、私の気晴らしとして役立った。そう私に尋ねたとき、彼女の声はさらに小さくなった。ジョヴァンナが声を落としたのは、死者に話を聞かれたくなかったからだ。

「あなたは、つまり」と私は言った。「浮気をしたことがあるのですか？」

彼女は大きな声を出さないように私に頼んでから、夫を裏切ったことがあると告白した。それは結婚当初だけで、そのうちに彼の暴力にも慣れ、夫を愛するようになったのだ、と。

私は会話を盛り上げるために、さらに尋ねた。
「ということは、あなたの長女の父親は、夫以外の人ですか？」
と言った。彼女は声を落としたままそれを認め、顔が似ていることからもそれはたしかだと思う
彼女は夫を裏切ったことをひどく後悔していた。口ではそう言いながらも、
顔はずっと笑っていた。というのはそれが、苦しくはあっても、笑う以外にないことだ
からだった。しかし、夫に死なれて初めて後悔するようになったという。存命中の夫は
その事実を知らなかったため、さほど大きな問題とはならなかったのである。
私は兄弟愛に似た共感につき動かされ、彼女の苦しみをやわらげようと試みてこう言
った。死者はすべてを知っているが、そんなことまで気にはしないと思うと。
「生きている者だけがそんなことで悩むのですよ！」机をこぶしで叩きながら私は叫
んだ。
手を打撲した。だが新しい発想を呼びさますには、身体の痛み以上に有効なものはな
い。妻が私の入院を利用して私を裏切っているのではないかという思いに悶々としてい
るあいだにも、医師は療養所に戻っているかもしれなかった。もしそうなら、私は平静
を取り戻すことができるだろう。私はジョヴァンナに、医師に伝えたいことがあるので、
彼のところに行ってもらえないか、お礼に酒瓶を一本進呈するから、と頼んだ。彼女は、

自分はそこまで酒好きではないと抗議したが、すぐに了承した。彼女が木の階段をよろめきながら登ってゆくのが聞こえた。そして三階まで行き、私たちの隔離された場所から出て行った。しばらくして、階段を降りるとき、彼女は足を滑らせて大きな音を立て、叫び声を上げた。

「地獄に落ちろ！」私は心の底からつぶやいた。彼女の首が折れていたら、私の立場はずっと単純なものになっていただろう。

ところが彼女は、痛みをさほど感じない酩酊状態にあったらしく、笑顔で戻ってくるや私にこう話しかけた。床に就こうとしていた看護師と彼女が話したところ、私が言うことを聞かない場合にそなえ看護師はベッドで待機しているらしい。そう言いながら、彼女は手を挙げて、人差し指を立てた。それは、笑顔でやわらげられてはいるが、威嚇のしぐさだった。それから、医師は私の妻と出かけたまま戻っていないと、そっけなく、つけ加えた。あれからずっと不在なのだ！　看護師によれば、医師の診察を必要とする患者がひとりいたので医師が戻るのを数時間も待ったが、ついに諦めたのだという。

私は彼女の顔をまじまじと見て、顔にしわを刻ませたそのほほ笑みが、ただの愛想笑いなのか、それとも、医師が彼の患者である私とではなく、私の妻とともにいるという事実を匂わせた、特別な笑いなのかをさぐろうとした。私は怒りをおぼえて、顔をそむけたくなった。告白せねばならないのは、私の心のなかではつねにふたりの人物が戦っていたということだ。より理性的なほうが私に言った。「愚か者！　なぜおまえの妻が浮気をしていると思うのだ？　わざわざおまえを閉じこめなくても、機会はいくらでもあるのに」もうひとりの、まちがいなく煙草を吸いたいほうも、私を愚か者呼ばわりして叫んだ。「夫の不在がどんなに都合がよいか、おまえはおぼえていないのか？　しかも相手は、おまえが報酬を払っている医師ときた！」

ジョヴァンナは、飲み続けながら言った。「三階の扉を閉めるのを忘れてしまった。でも、ふたつうえの階まで上がるのはもういや。どうせ、うえにはいつでも人がいますから、あなたが逃げようとしても、恥をかくだけですよ」

「なるほど！」その哀れな女を欺くのに必要だと思われてきたので、本心を隠しながら言った。そして私もコニャックを飲みほすと、こう宣言した。この酒がいくらでも手に入る今となっては、煙草なんてもうどうでもよい、と。彼女はすぐにそれを信じたので、さらにこう言ってやった。私自らが煙草をやめようと思ったのではない。それは妻の意向なのだ。煙草を十本も吸えば私がどんなに恐ろしいか教えよう。そばにいる女に見境なく手を出すのさ。

ジョヴァンナは椅子にのけぞりながら、げらげらと笑った。

「そうなるまでに必要な十本の煙草を、奥様が吸わせないわけですね？」

「まさにそのとおり！　ともかく、吸うなの一点張りなんだ」

コニャックをいくらあおってはいても、ジョヴァンナの意識ははっきりしていた。笑いの衝動を抑えられず、椅子からころげ落ちそうになっていたが、息つく暇があれば、私の病から大きく想像を膨らませて、とぎれとぎれに話した。「十本の煙草……三十分後……目覚ましをかけて……それから……」

私はその言葉を訂正した。

「十本吸うのに私は約一時間かかる。それから、充分な効果が出るまでに、さらに一時間、十分早いこともあれば十分遅れることもあるけれど……」

いきなりジョヴァンナは真顔になり、すんなりと椅子から起き上がった。少し頭痛がするので床に就くと言った。私は、コニャックには不自由していないから、その瓶をもっていくようにと彼女に勧めた。その代わり、翌日、おいしいワインをもってきてほしいと、思ってもいないことをわざと言った。

しかし彼女は、ワインのことは気にとめなかった。酒瓶を小脇にかかえて出てゆくとき、私を凍りつかせるような目でこちらを見た。

彼女は扉を開けっ放しにしていたが、しばらくして部屋のまんなかに小箱が投げ入れられたので、私はすぐに拾いに行った。十一本の煙草がそのなかに入っていた。哀れなジョヴァンナは、数えまちがいがないように一本余分に入れたのだ。それは普通のハンガリー産の煙草だった。最初に火をつけた一本は最高の味がした。気分爽快だった。最初は、子供を入院させるには適していても、私には場違いなこの病院への腹いせができたことがうれしいのだと思った。しかしそのうちに、妻への腹いせでもあったのだと気づいた。妻に同じ代償を払わせたような気がしていたからである。さもなければ、なぜ、私の嫉妬は、冷静な好奇心に変化したのだろう？　私はひどくまずい煙草を吸いながら、その場から動かずにいた。

およそ三十分後に、ジョヴァンナが報酬を期待しているので、その場から逃げ出さねばならないと思った。私は靴を脱いで廊下に出た。ジョヴァンナの部屋の扉は半開きだった。彼女のやかましく規則的な寝息から判断して、眠っているにちがいないと思った。踊り場に出て抜き足差し足で三階まで上り、ムーリ医師自慢のあの扉のうしろでまた靴を履いた。踊り場に出てからから、あやしまれないように、ゆっくりと階段を下りて行った。

二階の踊り場まで来たとき、看護服姿がなかなか似合う若い女性が私のあとを追いかけてきて、丁寧に尋ねた。

「どなたかおさがしですか？」

かわいらしい娘で、彼女のそばでなら、煙草を十本吸うのも悪くないぞと思った。やや高圧的な態度で私は彼女にほほ笑んだ。

「ムーリ医師はいらっしゃいますか?」

彼女は目を見開いた。

「この時間帯にここにおられることはありません」

「どちらにうかがえばお会いできますか? 家に病人がいて、診ていただきたいのですが」

彼女は親切に医師の住所を教えてくれた。私はそれを何度もつぶやいて、しっかり頭に入れるためにそうしているのだと思わせた。とくに急いで立ち去る必要はなかったが、彼女は当惑げに背を向けた。私はそのまま牢獄の外に放り出された。

階下で、ひとりの女が私のために扉を開けようとした。私は一銭ももっていなかったので、こう小声で言った。

「チップはまたの機会にお渡ししますから」

将来を知る者は誰ひとりいない。私の場合は、しばしば同じことが繰り返されるので、またそこに来ないともかぎらなかった。

夜空は晴れわたり、暑かった。私は帽子を脱いで、自由の風を満喫した。そして星々に見とれた。あたかも、私が星を征服したばかりであるかのように。翌日には、療養所から遠く離れたところで、煙草をやめるつもりだった。とりあえず、まだ開いていたカフェで、まともな煙草を購入した。なぜなら、喫煙家としての私の経歴を、哀れなジョヴァンナのあの煙草で終えるわけにはいかなかったから。私に煙草を渡した店員は知り合いだったので、つけにしてくれた。

私の屋敷に着くと、はげしく呼び鈴を鳴らした。窓際にまずメイドが、それからしばらく間があって、妻が姿を見せた。妻を待つあいだ、このうえなく冷静に考えた。「ムーリ医師がいるのかもしれないな」しかし、妻は私が誰かわかると、人気のない通りに笑い声を響かせた。一点のくもりもないその笑いだけで、疑念をすっかりふりはらうには充分だった。

家のなかで、私は異端審問官のように長々と検証を行った。私の冒険について、妻は聞かなくてもさっしがつくと思いこんでいるらしいが、翌日詳しく話すことを約束すると、妻は私にこう尋ねた。

「なぜお休みにならないの？」

私はこう弁解した。

「ぼくの留守をいいことに、あのタンスを動かさなかった？」

たしかに家のなかのものはつねに配置が変わるものだし、また、妻がしょっちゅう位置を変えるのも事実だが、そのとき私が隅々まで目を凝らしていたのは、ムーリ医師の小柄で上品な体が隠れていないかどうか確かめるためだったのである。

妻からよい知らせを聞いた。療養所からの帰り道、妻はオリーヴィの息子とたまたま出会い、父親の具合が、新しい主治医の処方した薬のおかげで、だいぶよくなったと言われたのだ。

寝入りぎわに、療養所を抜け出してよかったと思った。ゆっくり治療するだけの充分な時間ができたからだ。となりの部屋で寝ている私の息子もまた、私を批判したり、私のまねをしたりするまでにはきっとまだ時間がかかりそうだ。急ぐ必要などまったくなかった。

4　父の死

医師が町を離れ不在のため、私には、父の伝記を書くべきかどうか皆目見当がつかない。あまりにも詳しく父のことを書けば、私の治療のためにはまず父の分析が必要だということになり、結局はそれを断念せざるをえなくなるかもしれない。だが勇気を出してやってみよう。なぜなら、父が同じ治療を必要としていたとしたら、私とはまったく異なる病気によるものだったはずだから。いずれにせよ、時間をむだにしないために、あくまでも私自身の記憶の活性化に役立てることを目的として、父について語ることにしよう。

「一八九〇年四月十五日四時半、父が逝去。U. S.」最後のアルファベット二文字の意味を知らない人のために言えば、それは、アメリカ合衆国ではなく、最後の煙草(ultima sigaretta)を意味する。このメモは、オストヴァルト(Wilhelm Ostwald, 1853–1932. ドイツの化学者。エネルギー一元論を唱え、それを社会科学や哲学にも応用した)の実証主義哲学の本にあった。この本を読むのに、大きな期待を抱きながら何時間も費やしたものの、結局、何も理解できなかった。誰も信じようとしないだろうが、たとえそっけないものでも、このメモは私の人生の最も重要なできごとを記録しているのである。

私の母が死んだのは、私がまだ十五歳に満たないときだった。私は母をたたえる詩を書いたが、それはけっして母の死を嘆き悲しむことと同義ではない。その悲しみのなかには、この瞬間から私にとって真剣で勤勉な生活が始まるにちがいないという感情がつねに伴っていた。悲しみ自体が、より密度の濃い生活を暗示していた。さらに、宗教的な感情がこの耐えがたい不幸をやわらげ、甘美なものへと変えた。母は、たとえ私から離れてはいても生き続け、私の将来に約束された成功を喜んでくれるかもしれない。なんと気楽な考えだろう！　私は当時の心情を正確に覚えている。母の死と、それによって得られた健康的な興奮のおかげで、私のなかのすべてがよくなってゆくはずだった。

ところが、父の死はまさに大きな痛手となった。天国はもはや存在せず、私は三十歳にして、すでに終わった男(un uomo finito)となった。私もまた終わったのだ！（一九一三年に出版されたジョヴァンニ・パピーニの小説 *Un uomo finito* への示唆）私は初めて気づいた、人生の最も大切で決定的な部分が私の背後に横たわり、もはや取り返しがつかないことに。私の悲しみはたんに自己中心的なものではなかった。私の言葉からはそう思われるかもしれないが、まったくちがう！私は父と私のために嘆き悲しんだが、自らを憐れんだのは、父が死んだからにほかならない。そのときまで私は、煙草をやめてはまた吸い始め、自らの能力に確たる自信を抱いて、大学の学部を転々としていた。しかし、もし父が死んでいなければ、人生をとても甘美なものにしていたこの自信はきっと今日まで続いていたと思う。父が死んでからは、誓いを立てるべき明日がもはやなかったのだ。

私自身と私の将来へのこのような絶望が、父が死んで初めて生まれたことのふしぎさを考えるたびに、幾度となく驚きにとらわれる。全体的に見れば最近のできごとであるから、私の大きな悲しみと不幸の細部を逐一思い出すのに、精神分析医が望むように、夢を見る必要などは感じない。すべてを覚えているが、何も理解できないのだ。父が死ぬまでは、私が彼のために生きたことはなかった。父に近づくための努力はいっさい払わず、父を傷つけずにそれが可能なときは、彼を避けた。大学で父は、私のつけたあだ名「送金人のシルヴァ爺さん」でみなに知られていた。私を父に結びつけるには病気が必要だったが、病は死と直結していた。病気の期間はきわめて短く、医者からすぐに見放されたのだった。私がトリエステにいた頃、父と顔を合わせるのは一日にせいぜい一時間たらずだった。喪中のときほど私たちが強く結ばれ、しかも長くいっしょにいたことはかつてなかった。きっと父の世話をもっとしていたら、これほど涙を流さずにすんだろうに！　私の病もこれほど深刻ではなかっただろう。ともに過ごすのがむずかしかったのは、私と父のあいだには知的な面で何も共通点がなかったからでもある。顔を合わせると、互いの目にそれぞれ同情のほほ笑みが浮かぶのだった。私の将来への父親らしい心配から、彼の同情のほうがより苦渋に満ちてはいたのだが。私の心にあったのは、寛大さだけだった。私は、父の衰弱ぶりが重大な影響を及ぼすことはもはやないと確信し、それを年齢のせいだと考えていた。父は私の活力に不信を抱いた最初の人物だったが――私の考えでは――、それがあまりにも早すぎた。したがって父は、科学的な根拠もなく私を信頼していなかったのではないだろうか。なぜなら、父にたいする私の不信感を増幅させるように促すものを、――こちらのほうは科学的な確信を抱きながら――彼自身が作り出していたからだ。

たしかに父は有能な商人という評判を得ていたが、その事業は長年にわたりオリーヴィが管理していたことを私は知っていた。私たちふたりは、商才のなさにおいて似た者どうしだったが、共通点はほかには何もなかった。私たち親子においては、私が強さを、父が弱さを体現していたといえよう。もちろん、このノートに私が書きとめたことは、私のなかに昔から自己を高めたいという激しい衝動がつねにあり、現に今もあること――これこそおそらく私の最大の不幸だろう――を証明している。安定と力への私の憧れはすべて、このことに起因する。父はそのような事情をまったく知らなかった。父は、ありのままの自分を完璧に受け入れて暮らしていた。父が自己を高める努力をした経験があるとは私にはとうてい思えない。日中はずっと煙草を吸い、母が亡くなってからは、夜、眠れないときにも吸っていた。酒も飲んだが度を越すことはなかった。ジェントルマンらしく、夜、夕食のときにかぎって。それも、床に就いてすぐ寝つくのに必要な分量だけだった。父の考えでは、煙草もアルコールも、良薬にほかならなかった。

女性にかんしてだが、親類から聞いたところでは、父は母を嫉妬させることがあったようだ。それどころか、温厚な母ではあったが、ときには夫が度を越さないようきつく言ったことがあるらしい。父は、愛し敬う母に逆らうことはなかったが、母は父から浮気の告白を一度も引き出せなかったため、自分はだまされたと確信して死んだはずだ。それでも、親切な親類が語るところでは、母は、父が母の洋裁師といっしょにいる現場を事実上おさえたことがあったという。父が軽率さを詫び、断固として浮気を否定したので、最後は母に信じてもらえた。この一件から生じた結果はただ、母も、そして父も、二度とその洋裁師のもとに行かなくなったという事実だけだった。私が父と同じ立場だったら結局は告白してしまっただろうが、洋裁師とは別れられなかったにちがいない。私は自分が立ち止まる場所に居すわってしまうたちだから。

父は真の家長として、自らの平安を守るすべを知っていた。彼は自らの家と心に平安を保っていた。父が読むのは、おもしろみのない道徳的な本だけだった。しかしそれは、けっして偽善的な理由からではなく、きわめて真剣な確信に根ざすものだった。父はそのような道徳的説教の真実を痛切に感じ、徳目を真剣に志向することで自らの意識が静められたのだと思う。年老いた私は今、ある種の族長になりつつあり、私もまた、不道徳な行為そのものよりも不道徳を推奨することのほうが罪深いと感じている。人は愛によっても憎しみによっても殺人を犯しうる。しかし殺人の宣伝は悪意によるもの以外にはない。

私たちはかくも共通点が乏しく、父は私にこう打ち明けたことさえあった。この世でいちばん父を不安にさせるのは私だ、と。健康への私の欲求は、人体の研究へと私を向かわせた。ところが父は、人体という驚くべき機械についての思考を記憶からいっさい排除することができた。彼にとって心臓は脈打っておらず、己の身体がどのように生きているかを説明するためにわざわざ、弁や血管や新陳代謝を思い出す必要はなかった。運動もしなかった。なぜなら、運動するものが結局は停止することを経験が教えていたから。彼にとっては地球もまた動いておらず、心棒で堅く固定されていた。もちろんそれを口にすることはけっしてなかったが、そのような考えに合致しないことを言われるのをいやがった。あるとき私が地球の裏側の住民のことを父に話すと、不愉快そうに話をさえぎった。頭をさかさまにしたそのような人々のことを考えるだけで、吐き気をもよおしたのだ。

ほかにふたつ、父が私を非難することがあった。私の注意散漫と、このうえなくまじめなことを笑う傾向である。注意散漫にかんして、父は私とは異なり、記憶にとどめたいことをすべて手帳に書きとめ、一日に何度も見直していた。こうして病に打ち克ったと思いこみ、悩むことはなくなった。父は私にも手帳をもたせたが、最後の煙草以外に私は何も書きとめなかった。

まじめなことにたいする私の軽蔑についてだが、父には、この世のあまりにも多くのことがらを深刻にとらえる欠点があるように思う。ひとつ例をあげよう。法律の研究から化学の研究に移行したのち、私が再び父の許可を得て法学に戻ったとき、父は穏やかにこう言った。「これで、おまえの頭がおかしいことがはっきりした」

私はまったく怒りをおぼえなかった。むしろ、父がそれを黙認してくれたことに感謝の念がわき、彼を笑わせることによって報いたいと思った。私は自分の精神が正常だという診断書をもらうために、カネストリーニ医師の診察を受けに行った。長く細かい検査を受けねばならず、なかなか簡単にことは運ばなかった。ついに診断書を書いてもらうと、それを誇らしげに父に見せに行ったが、父は笑わなかった。悲しげな口調で目に涙をためながら叫んだ。「そうか、おまえはやっぱり狂っているのか！」

これが、無害だが骨折り損の、私の茶番劇への報酬だった。父はこのことで私をけっして許そうとせず、笑うこともなかった。冗談で医者の診断を受けるとは！　冗談で印紙の貼られた診断書を書かせるとは！

要するに、私は父に比べれば、強いつもりでいたが、私を優位にしていた父の弱さが消滅したとき、さびしいような気がしたのだった。

父の弱さが露呈したときのことが忘れられない。それは、オリーヴィの悪党が父をそそのかして遺言を書かせたときのことだった。老獪なオリーヴィは、私の事業を彼の監視下に置くことにこだわり、そのやっかいな仕事を父に決断させるべく、長いこと企みをめぐらせていたらしい。ついに父は決断を下したが、そのとき、父の大きくて穏やかな顔がくもった。その行いによって死と接触したかのように、父はそれ以来たえず死を意識するようになった。

ある夜、私にこう尋ねた。「人は死ぬと、すべてが終わってしまうとおまえは思うか？」

今や、死の神秘について私が考えない日はないが、当時はまだ、父の求める見解を述べるだけの経験がなかった。父を喜ばせるため、口からでまかせに、私たちの将来にたいするこのうえなく幸福な信頼を表明した。

「快楽は死後も残るとぼくは思います。苦痛はもはや必要なくなりますからね。肉体の腐敗は性的な快楽を想起させるでしょう。再生は骨が折れるので、まちがいなくそれは、幸福と休息の感覚を伴うでしょう。きっと腐敗は生命の報酬にちがいありません！」

私は大失態を演じることになった。私たちは夕食が終わり、まだ食卓に坐っていた。

父は返事もせずに椅子から立ち上がると、グラスを飲みほしてから言った。

「こんなときに哲学談義なんかするものか、とくにおまえとはな！」

父は部屋から出て行った。私は不安にかられて父のあとを追い、彼のそばにいて、つらい思いをさせないようにしたかった。父は、私がいるとかえって死と快楽を思い起こさせるからと言って、私を遠ざけた。

父は、遺言のことを私に伝えないかぎり、それを忘れ去ることができなかった。私の姿を見るたびに、そのことを思い出した。ある夜、ついに打ち明けた。

「遺言を書いたことをおまえに言っておかねばならん」

その告白に驚かされた私だったが、父に悪夢を思い出させないよう、すぐに平静を装って言った。

「ぼくにそんな心配は無用です。ぼくよりも先に、相続人がみんな死んでしまうことを願っていますから」

かくもまじめな話題を私が笑いとばしたことに父はすぐにいらだちを見せ、私を罰したいという思いを強くした。このため、私をオリーヴィの保護下に置くという厳しい仕打ちを打ち明けることが気分的に楽になったのだ。

私はよい子を演じたことを認めねばならない。父につらい思いをさせないように、いかなる反論も断念した。そして、父の遺言状がいかなるものであれ、私はそれに従うことを約束した。

「きっと」と私はつけ加えた。「今後ぼくは、父さんが遺言状を変更したくなるように、行動を改めます」

この言葉が父は気に入った。私が父の余生をまだとても長いと見ていると、判断したからでもあった。しかしながら父は、自分が遺言を書き直さないかぎりは、私がオリーヴィの権限を制限しないよう、私に誓約までさせようとした。父が私の口約束だけでは満足していなかったので、私はそれを誓った。生前は父をさほど愛さなかったのではないかという後悔に苦しむときは、いつもこの場面を思い出すようにしている。それほど、そのときの私は従順だった。正直に言えば、父のそのような意向を諦めて受け入れることは、それほどむずかしくなかった。なぜなら、その当時、働かなくてよいと言われることは、むしろ気楽だったからだ。

父が死ぬ一年ほど前に、父の健康に留意して、そうとうにきつく意見したことがあった。ぐあいがよくないと父から聞かされた私は、むりやり父を医者に行かせ、私がつきそった。医者は何かの薬を処方し、数週間後に再び診察を受けるように言った。しかし父は、墓掘り人と同じくらい医者が嫌いだからと言ってそれを拒み、処方された薬も飲もうとしなかった。薬もまた、医者と墓掘り人を思い出させるという理由で。父は二時間ほど禁煙し、一回だけワインを飲まずに食事をとった。そしてこのような療法を終えると、すこぶる元気になった。私は父が以前より幸せそうに見えたので、病のことはもはや気にかけなくなった。

それからは、寂しそうにしている父の姿をたびたび見たが、高齢でひとりぼっちの父が幸せに見えるほうが、むしろふしぎな気がしただろう。

☆　☆　☆

三月末のある夜、私はふだんよりも少し遅く帰宅した。何かよくないことが起きたわけではない。ひとりの博学な友人につかまり、キリスト教の起源にかんする彼の見解を打ち明けられたのだった。キリスト教の起源について考えるように促されたのは初めてだったが、それでも私は、友人を喜ばせるために、その長い講義につきあった。小雨の降る、寒い日だった。天気だけではなく、すべてが不快で陰気だった。友人の語ったギリシア人とユダヤ人までもが。とはいえ、二時間にもわたる苦痛に耐えた。これぞ私のいつもの弱さ！　もし誰かが、しばらくのあいだ天文学を勉強するように私を真剣に説得すれば、私は今でもそれに抗えないと断言できる。

私は、私たちの屋敷を取り囲む庭のなかに入った。わが家まで、一本の短い馬車道が敷かれていた。窓ぎわで私を待ち受けていたお手伝いのマリーアが、足音が近づくのを聞くと、暗闇に向かって叫んだ。

「ゼーノさん、あなたですよね？」

マリーアは、もはや珍しい昔ながらの女中だった。彼女は十五年近くもわが家にいた。毎月、老後にそなえ、給料の一部を貯蓄銀行に預金していたが、結局、貯金は役立たなかった。私が結婚してまもなく、いつものように働いているときに、わが家で亡くなったからである。

その夜マリーアは、数時間ほど前に帰宅した父が、夕食をともにしたくて私の帰宅を待っていると告げた。彼女が、先に食べるように父に言うと、彼女をつっけんどんに追い払ったのだという。しばらくして父は、そわそわと心配そうに、私のことを何度も尋ねたそうだ。マリーアは、父のぐあいが悪いのではないかという懸念を私に伝えようとしていたのだ。その証拠に、父は言葉につかえ、息を切らしているという。つねに父とふたりきりだった彼女は、父が病気だとついつい考えてしまうにちがいない。かわいそうに彼女は、寂しい家でほかに考えることもなく——母に先に死なれてからは——、みんなが自分より先に死んでしまうのではないかと不安になるのだった。

私は、不安というよりも、ある種の好奇心にかられて食堂にかけつけた。父は、横たわっていた長椅子からすぐに起き上がり、大喜びで私を迎えたが、私が父の表情に認めたのは何よりも叱責だったので、心を動かされることはなかった。しかし同時に、父の喜びは健康のしるしだと思われたため、安堵もした。マリーアが話した、父の言葉のつかえと呼吸の乱れの兆候は見られなかった。それどころか父は、私を叱るかわりに、自らの頑迷さを詫びた。

「しかたないだろう？　私たちはこの世にふたりきりなんだ、寝る前におまえの顔を見たかったのさ」

ここで私は単純にふるまえばよかったのかもしれない。病気のせいで、温厚でやさしくなった親愛なる父を抱きしめればよかったのだ！　ところが私は冷静に、父の診断を始めた。シルヴァ爺さんがこれほど穏和になったとは！　病気のせいだろうか？　私は父をさぐるように見つめ、ここは小言を言うのがいちばんだと判断した。

「どうして今まで食事もせずに待っていたのですか？　食べてからぼくを待てばよかったのに！」

父は、はつらつとした笑顔を見せた。

「ふたりで食べるほうがおいしいじゃないか」

このような快活さは、食欲があることのしるしとも考えられた。私は安心して、食べ始めた。父は、スリッパを履き、おぼつかない足取りで食卓に近づくと、いつもの席についた。そして、私が食べているところをじっと見つめていたが、自分はスプーンに軽く二杯ほどしか口にしなかった。それ以上は何も食べようとせず、うんざりしたように、皿まで遠ざけた。しかし、その老けた顔には依然として笑みが浮かんでいた。きのうのできごとのように思い出すのは、私が父の目を二度ほどのぞきこむと、父が目をそらしたことだけである。それは嘘をついているしるしだといわれるが、病気の兆候であることが今ならばわかる。病気の動物は、病という弱点を見抜かれまいとして、見つめられるのをいやがるものである。

父は、長いこと待たされているあいだに、私が何をしていたかを聞き出したくてうずうずしていた。父がそれにこだわっているのがわかったので、私はいっとき食事を中断し、今までキリスト教の起源について議論していたのだと、ぶっきらぼうに言った。

父は当惑し、いぶかるように私を見た。

「おまえも、今、宗教について考えているのか?」

父と同じく宗教について考えることを私が受け入れていたら、まちがいなく、父にとっては大きな慰めになっただろう。ところが、父の存命中は、父に反抗ばかりしていた私は(その後はもはやそうではないが)、毎日のように大学界隈のカフェで耳にするお決まりの言葉を述べた。

「ぼくにとって宗教は、研究すべきひとつの現象にすぎません」

「現象?」父は困惑した顔で言った。父はとっさの答をさがし、口を開いて何かを言おうとしたが躊躇した。ちょうどそのとき、マリーアが運んできたメインディッシュに目をやったが、料理には口をつけなかった。それから、口をつぐむのに好都合だったので葉巻の吸い殻に火をつけたが、そのまま吸わずに放置し、火はまもなく消えた。こうして父は一息つき、落ち着いて考えを巡らせてから、一瞬のあいだ、決心したように私を見つめた。

「おまえは宗教をあざ笑うつもりじゃなかろうな?」

「あざ笑うなんてとんでもない！　研究するんです！」

父は黙り、皿に置いてあった葉巻の吸い殻を長いこと見つめた。今ならば理解できる、彼がなぜその話をしたかが。今ならば手にとるようにわかる、あの当時すでに混濁していた父の頭に去来したものすべてが。そして、当時の私がまったく何もわかっていなかったことに驚かされる。当時の私の心には、多くのことを気づかせてくれる愛情が欠如していたのだと思う。のちには、それがいとも容易だったのに！　父は私の懐疑主義に立ち向かうことを避けていたのだ。あのときの父にとって、それはあまりにも過酷な戦いだったが、彼は、病人に寄り添うように、静かにその問題と向き合うことができるはずだと考えていた。話すときに父の呼吸が乱れ、言葉がなかなか出てこなかったことを私はおぼえている。戦いにそなえるだけでも大変な苦労だったのだ。しかし、私を面と向かって叱責するまでは父がけっして諦めて床につくことはないだろうと私は思い、議論にそなえたが、そのような機会は訪れなかった。

「私はな」とっくに火の消えていた葉巻の吸い殻をなおも見つめながら、父が言った。「私の人生経験と知恵がいかに大きいかがわかる。人は何年も無為に過ごしてはならん。私はたくさんのことを知っているが、あいにく、自分が望むように、そのすべてをおまえに教えることはできない。ああ、そうできればなあ！　私にはものごとの本質が見える。何が正しくて真実かがわかる。何がそうではないかもな」

反論の余地はなかった。私はあまり納得がいかず、口に食べ物を入れたまま、もぐもぐと言った。

「そうだね、父さん！」

私は父を傷つけたくなかった。

「残念なことに、おまえの帰りが遅すぎた。さっきまでは、今ほど疲れていなかったから、たくさんのことをおまえに伝えられたのに」

私の帰宅が遅かったことでまた小言を言われるのかと思い、そのことは翌日あらためて議論しようと提案した。

「議論なんてするつもりはない」父は夢うつつで答えた。「まったく別のものだ。それは議論などできないことで、私が言えばすぐにおまえにもわかるだろう。だが、口で言うのはむずかしい！」

このとき私に疑問がわいた。

「父さん、ぐあいがよくないのでは？」

「ぐあいが悪いとまではいえないが、ひどく疲れたから、すぐに寝るとしよう」

父は呼び鈴を鳴らし、同時に声を出してマリーアを呼んだ。彼女が来ると、寝室の用意はすべて整ったかと訊いた。それからまもなくして、スリッパを床に引きずりながら歩き始めた。私のそばまで来ると、頭をかしげて頬を差し出し、おやすみなさいのキスを受けようとした。

その足取りがあまりにもおぼつかないのを見て、私は再びぐあいが悪いのではないかと疑い、そう父に尋ねた。私たちふたりはともに同じ言葉を繰り返したが、父は、疲れてはいるが病気ではないと明言した。そしてこうつけ加えた。

「明日おまえに伝える言葉をこれから考えることにしよう。必ずやおまえを納得させるような言葉をな」

「父さん」私は感激して約束した。「喜んで聞きますよ」

父は、私が彼の経験に耳を傾けることにとても意欲的だと見るや、私のもとを離れることをためらった。絶好の機会を逃してはならなかった！　父は額に手をやり、キスを頬に受けるときにつかまっていた椅子に腰かけた。かすかに息を切らしていた。

「なんともふしぎだ！」と父は言った。「おまえに言うべき言葉が何も見つからないとは、まったく何も」

父は周囲を見まわした、あたかも、自らの内部でつかみきれないものを外部にさがすかのように。

「それでも、私は多くのことを知っている。すべてを知っているといっても過言ではない。これは、私の大きな経験の結果にちがいない」

自らの実力と偉大さを誇る父は、さほど言葉に難があるようには見えなかった。なぜ私がすぐに医者を呼ばなかったのかわからない。むしろ、苦痛と後悔をもって告白せねばならないことがある。父の言葉は、私が彼のなかに幾度となく認めてきたうぬぼれから発せられたものであると考えていたのだ。一方で、父の衰弱の兆候は見過ごしてはおらず、だからこそ議論を避けたのだった。父が、じつはすっかり弱っているにもかかわらず、自分にはまだ力が残っているという幻想を抱いて幸せそうにしているのを見ていたかった。それに、人生の知恵を所持していると信じる父が、それを私に教えたいと言ったときに示した愛情に、私はほだされたのだった。たとえ、父から学ぶものは何もないと確信していたにせよ。父を喜ばせ、安心させるために、こう言った。口から出てこない言葉をむりに引っ張り出す必要はない、同じ苦境にあるとき、最高の学者たちは、あまりにも複雑な問題がやがて自然に単純化されるように、頭の片隅に置いておくものだから、と。

父が答えた。

「私がさがしているものは、ぜんぜん複雑ではない。ひとつ、たったひとつの言葉。

いずれ見つけるさ！　だが今夜はやめておこう。何ひとつ考えずにひたすら眠るとしよう」

しかしながら、父は椅子から立ち上がらなかった。ためらいがちに、私の顔を一瞬さぐるように見て言った。

「私が考えをおまえに伝えられないのは、ただたんに、すべてを嘲笑する習慣がおまえにあるからではないかという気がするのだがな」

この言葉に憤慨しないでほしいと私に懇願するかのようにほほ笑むと、椅子から立ち上がり、再度ほおを私に差し出した。この世にいかに、笑えること、笑わねばならないことが多いかを父に納得させることは諦め、議論を避けて、強く抱擁して父を安心させた。あまりに強く抱きしめたせいか、さっきよりも息苦しそうな表情を浮かべて父は私から離れたが、私の身ぶりを愛情の表現と受けとめたことはたしかであり、その証拠に、愛想よく手を振っておやすみと言った。

「さあ寝よう！」父はうれしそうに言うと、マリーアを従えて部屋を出た。

ひとりになった私は(これまたふしぎなことに！)もう父の健康を気にかけることはなく、むしろ感動すらおぼえた。さらに、こう言ってよければ、子として父を敬うからこそ残念でならなかったのは、高い目標を掲げるそのような精神のもち主が、よりよい教育の機会をもてなかったことだ。私がこれを書いている今日、当時の父の年齢に近づいてから、確実にわかったことがある。ひとりの人間が、最高の知性をもっているという感情を抱けるのは、その知性がまさにそのように強い感情をとおして表明されるからだ、と。たとえば、深呼吸して、あるがままの自然を、私たちに与えられた不変のものとして受け入れ、感嘆することがある。このことによって、天地創造が命じたのと同じ知性が表明されるのだ。父の場合たしかなことは、明晰な意識のあった人生最後の瞬間に、自らの知性にたいする感情が、突然の宗教的霊感によって生じたことである。だからこそ、私が、キリスト教の起源について考えていたと語ったとき、父は私にそのことを告げる決心をしたのだ。だが今ならばわかる、そのような感情が、脳浮腫の初期の症状でもあることが。

マリーアが皿を片づけに来て、父はすぐに眠ったようだと言った。それで私もすっかり安心して床に就いた。屋外は風が吹き荒れていた。私はそれをベッドから子守唄のように聞いていたが、眠りが深くなるにつれて風音はしだいに遠ざかっていった。

どのくらい眠ったのだろう。私はマリーアに起こされた。彼女は何度も寝室まで私を呼びに来て、また急いで出て行ったらしい。深い眠りにあった私は、最初はぼんやりと物音を聞いただけだったが、やがて部屋を飛びまわる老女の姿が目に入り、理解した。

彼女は何度も私を起こそうとしたのだったが、ついに私の目が覚めたとき、彼女の姿はもう部屋になかった。風の音に私はなおも眠気を誘われ、正直に告白すれば、睡眠をむりやり中断された恨みを抱きつつ父の部屋に行ったのである。マリーアがいつも、父は危険な状態にあると考えていたことを思い出した。父が病気でなければ、今度こそ承知しないぞと私は思った。

父の部屋は大きくはなく、家具がやや多目だった。母が死んでから父は、その不在を思い出すことがないように、部屋を変え、もっと小さな新しい部屋に家具をすべて運びこんだ。とても背の低いナイトテーブルのうえに置かれたガス・ランプの炎だけでは、部屋全体を照らすには不十分で、室内は薄暗かった。マリーアが主張するところでは、仰向けに寝ていた父の上半身の一部がベッドからはみ出ていたという。汗びっしょりの父の顔は、近くにある照明のせいで赤く染まっていた。彼の頭は、忠実なマリーアの胸に抱かれていた。苦痛にうめきながら、口はだらしなく開き、唾液があごまで垂れていた。身じろぎせずに正面の壁を見つめたまま、私が部屋に入っても振り向かなかった。

マリーアは父のうめき声を聞き、父がベッドからころげ落ちるのをなんとか防いだと言った。マリーアによれば、父は先ほどまでもっと興奮しており、今かなり落ち着きをとりもどしたようだが、とてもひとりにしておける状態ではなかった。おそらく彼女は、私を呼びに来たことを詫びたかったのだろうが、起こしてもらってよかったことに私はすでに気づいていた。彼女は話しながら泣いていたが、まだ私がいっしょに泣くことはなかった。逆に、彼女の泣き声が夜中に響くとまずいので、静かにするように注意した。私はまだすべてを理解していたわけではなかったのだ。哀れな女は、懸命に嗚咽を抑えた。

私は父の耳に口を近づけて叫んだ。

「なぜうめいているの、父さん？　気分が悪いの？」

父は聞こえているようだった。というのは、うめき声がやや小さくなり、まるで私を見るかのように正面の壁から目をそらしたからだ。しかし、私のほうに振り向くまでにはいたらなかった。何度も父の耳元で同じ質問を繰り返したが、結果は同じだった。私の自制心は早くも失われた。そのとき、私の叫びはもはや届かず、父は、私の近くではなく、死のすぐそばにいたのだ。私は大きな恐怖におそわれ、何よりもさきに、前夜に交わした言葉を思い出した。それからわずか数時間後に、父は私たちふたりのうちどちらが正しかったか見極めようと踏み出したのだ。ふしぎだった！　私の苦痛には後悔の念が伴っていた。私は父と同じ枕に顔を埋め、嗚咽をもらしながら、さめざめと泣いた。マリーアの嗚咽を今しがた叱責したばかりにもかかわらず。

今度は彼女が私をなだめる番だったが、奇妙な方法でそれを行った。父の話をすることによって、私を落ち着かせようとしたのだ。その父はしかし、まるで死人のように目を大きく見開いてうめき続けていた。

「かわいそうに！　こんなふうに亡くなるなんて！　まだこんなに髪がきれいでふさふさなのに」マリーアは父の髪をなでながら言った。それはたしかだった。父の頭は、豊かな巻き毛の白髪でおおわれていた。一方、私は三十歳にしてもう、髪がかなりうすくなっていた。

この世には医者というものがいて、ときに命を救ってくれると考えられていることを、私はすっかり忘れていた。苦痛でゆがむ父の顔には死相が現れており、私は希望を捨てた。はじめに医者のことを思いついたのはマリーアだった。庭師を起こして、町なかまで医者を呼びに行かせることにした。

私はひとりとどまり、十分ほど父の体を支えていたが、その時間が永遠に続くように思われた。悲鳴をあげる父の体に触れる私の両手に、できるかぎり、私の心を満たしていたやさしさをこめた。父はもはや言葉が聞こえない。私が父をどれだけ愛しているかわからせるのに、ほかにどうすればよかっただろうか？

庭師が来ると、私は伝言を書くために自室に行ったものの、医者が薬などを直接もってくるさいの参考になるような、短い文がうまくまとめられなかった。確実に迫る父の死が脳裏から離れず、こう自問するばかりだった。「今この世で私は何をすればよいのだろう？」

それから、待ち時間が延々と続いた。そのときの時間を私はかなり正確に記憶している。最初の一時間が過ぎると、父は意識を失ってベッドに行儀よく横たわり、体を支える必要がなくなった。うめき声はやんだが、意識の回復は見こめなかった。父の早い呼吸を、私はほとんど無意識にまねていた。そのリズムで長いこと呼吸することができず、私はときおり、ひと息つきながら、病人も同時にひと休みさせられないものかと期待した。しかし、その荒い息づかいに変化は見られなかった。私たちは彼に紅茶をひとさじ飲ませようとしたがむだだった。世話をやく私たちから身を守るときにのみ、意識がいくらか戻るかのようだった。そして、断固として口を閉じた。意識がないときも、父はあの手におえない頑固さとは無縁ではなかった。夜が明けるだいぶ前に、父は呼吸のリズムを変えた。健康な人と同じゆっくりとした呼吸のあとで、今度は早くなり、やがてぱったりと息が止まったような恐ろしい状態が長く続いたため、私とマリーアには、死の前兆ではないかと思われた。しかし、ほぼ一定の間隔で同じことが繰り返された。それは、ひどく単調な、はてしない悲しみの音楽のようだった。息づかいはずっと同じではなくても、たえず大きな音を伴い、その騒音はまるで部屋の一部のようになり、そのときから、じつに長きにわたってそこに残った！

私が数時間ソファに横たわっているあいだ、マリーアはずっとベッドのわきに坐っていた。そのソファで、私は生涯で最もつらい涙を流した。涙を流すことで己の責任をぼかし、誰はばかることなく、運命に罪をかぶせることができる。私が泣いたのは、ともに生きてきた父を亡くしたからだった。父とともに過ごした時間が短かったとしても、それはどうでもよかった。よりまともな人間になるための私の努力は、父に満足感を与えることはなかったのだろうか？　私が成功を切望していたのは、どちらかといえば、私を信用していなかった父に自慢するためではあったが、私の成功は、彼の慰めにもなったはずだ。ところがもはや、父は私が成功するまで待つことができず、どうにもならない私の弱点を確信してあの世に行こうとしていた。私の涙はこのうえなく苦かった。

当時のつらい思い出を書きながら、というよりも紙に刻みながら発見したことがある。私の過去を見つめようと最初に試みたときに執拗に現れた、険しい坂を車両を引いて登る機関車のイメージが最初に浮かんだのは、そのソファで父の呼吸を聞いているときだったのだ。重い荷物を引きずる機関車はこのときに現れたのだ。最初は規則的に煙を吐き出していた機関車が、やがてそのリズムを加速させ、最後はぴたりと吐き出すのをやめてしまう。この休止もまた恐ろしいのは、聞く者にとって、機関車が牽引車両ごと谷底に転落するところを想像してしまうからである。そうだったのだ！　過去を思い出す私の最初の努力は、わが人生で最も大切な時間であるあの夜に、私をいざなったのだ。コプロジッヒ医師が、薬剤の小箱をもった看護師を連れて屋敷に着いたのは、まだ夜が明ける前だった。激しい嵐のせいで馬車が見つからず、徒歩で来ざるをえなかった。私が泣きながら出迎えると、彼はきわめてやさしい態度で私に接し、希望をもつように励ました。だがあらかじめ言っておかねばなるまい。その日に会ったときから、コプロジッヒ医師ほど私に反感をいだかせる人物はこの世にわずかしかいない。彼は現在もなお、老いぼれて町じゅうの名声に囲まれながら生きている。衰弱した彼が、ちょっとした用事や気分転換のために、おぼつかない足取りで通りを歩くのを見かけると、今でもあらためて嫌悪感が呼び起こされる。

当時、医師は四十歳をやや過ぎていたはずだ。法医学の研究に打ちこみ、いたってまじめな人物という評判だったため、オーストリア当局からきわめて重要な鑑定を任されていた。やせた神経質な男で、顔にはこれといった特徴がなかったが、はげているせいで額が極端に広いように見えた。もうひとつの欠点は、彼を大物らしく見せるのに役立った。眼鏡をはずすとき(考えこむときはいつもそうしたが)、視力の弱い両目が対話者の横や上をさまよい、銅像のように生気を欠いたそのまなざしが、脅すような、というよりむしろ皮肉のこもったふしぎな表情を浮かべるのだ。そのときの目つきは人を不愉快にさせた。ひとことでも言うべきことがあると、眼鏡をかけ直した。するとまた、その目は、話題の対象について慎重に検討する、ありふれたよき市民の目つきになった。

彼は控えの間に坐り、数分のあいだ休息した。彼が到着する前に見られた最初の前兆を正確に説明するように私に言った。そして眼鏡をはずすと、私の背後の壁を奇妙な目つきで見つめた。

私は正確に伝えようと努めたが、そのときの精神状態からして、それは容易ではなかった。コプロジッヒ医師が、医学を知らない者が医学用語を用いて、さもそれが何かを知っているようにふるまうのを容認しないことも思い出した。「脳低酸素」と私には思われた症状について言及すると、彼は眼鏡をかけて言った。「定義については慎重に。それが何かはいずれ明らかにしましょう」私は父の奇妙なふるまいについても話した。私の顔をしきりに見たがったり、急いで横になったりしたことを。父の奇妙な発言については報告しなかった。おそらく私は、そのときの父にたいする私の返答の一部を言わせられるのがこわかったのだろう。それでも、私は医師にこう告げた。父は考えを正確に伝えられず、頭のなかをぐるぐる回る何かについてしきりに考えているようだが、それを表現できないのだ、と。医師は眼鏡をかけ直し、誇らしげに言った。

「彼の頭のなかをぐるぐる回っているものが何か、私にはわかります！」

私にもわかっていたが、コプロジッヒ医師を怒らせないように黙っていた。それは脳浮腫だったのだ。

私たちは病人の枕元に行った。医師は、看護師の助けを借りながら、されるがままの哀れな体を何度も回転させたが、その時間がとほうもなく長く私には思われた。彼はその体を聴診しながら詳しく調べた。患者自身から反応を得ようとしたがむだだった。

「もう充分だ！」彼はしばらくして言った。眼鏡を手にもち、床を見ながら、ため息をついて言った。

「どうか気を強くもってください！　かなりの重症です」

私たちは私の部屋に移動し、そこで医師は顔を洗った。

眼鏡のない顔を上げて拭こうとしたとき、水に濡れたその顔が、ぞんざいに作られた魔よけの奇抜な頭部のように見えた。そのとき彼は、数ヶ月前に私たちとすでに会っていることを思い出し、なぜあれから診察に来なくなったのかと、驚きを隠さずに尋ねた。それればかりか、私たちが別の医師のもとに通うようになったと思いこんでいたらしい。父の治療が必要だと彼が明言していたにもかかわらず。こんなふうに、眼鏡なしで叱責するときの顔は、恐ろしかった。声をあららげ、釈明を求めた。その目は説明をさがして、あちこちを見まわしていた。

たしかに彼の言い分は正しく、私は叱責に値した。ここで断っておかねばならないが、そのような発言ゆえに私がコプロジッヒ医師を毛嫌いしているわけではない。私は彼に、医者と薬にたいする父の嫌悪のせいだと言い訳をした。泣きながら話していると、医師の態度は寛大で穏やかになり、私をなだめようとして言った。私たちがもっと早く彼の診察を受けていたにしても、彼の医学では、いま目のあたりにしている重篤な状態をせいぜい遅らせることしかできず、完全には予防できなかっただろう、と。

しかし、病気の前兆をさらに調べるにつれて、彼は私を叱責するための新たな材料を見出した。父が自分の健康状態について、食欲や睡眠について、その数ヶ月前から何か不安をもらしていなかったかどうか彼は知りたがった。私は正確な情報を何も教えられなかった。毎日、父と同じテーブルで食事をしていたにもかかわらず、父の食事の量が多かったのか少なかったのかも私には答えられなかった。私の責任が明らかになり、私は失望したが、医師はそれ以上の質問を控えた。マリーアは父が日に日に弱って今にも死にそうだと心配していたのに、私が彼女を相手にしなかったのだと、私から医師に伝えた。

彼は天井を見ながら、耳を拭いた。

「たぶん二時間ほどたてば、意識を回復するでしょう、少なくとも部分的には」と彼は言った。

「ということは、多少は希望があるのですか?」私は大きな声で訊いた。

「まったくありません!」彼はそっけなく答えた。「とはいっても、ヒルに血を吸わせれば、この場合はなんらかの効果があるはずです。きっと少しは意識を回復するにしても、おそらく正気には戻らないでしょう」

医師は肩をすくめ、タオルをもとあった場所にかけた。肩をすくめた身ぶりは、自らの治療にたいする落胆を明らかに表していたので、私は勇気を出して問いかけた。父が昏睡から覚めても、自分が死ぬことを悟るだけではないかと考えると、私はこわくてしかたがなかったのだが、もし医師が肩をすくめなければ、その恐怖を口に出す勇気はもてなかっただろう。

「先生!」私はすがるように言った。「父の意識を回復させるのは、残酷な仕打ちだとは思われませんか?」

私はわっと泣き出した。神経が高ぶるなか、泣きたいという衝動はつねにあったのだが、そこで抵抗なく感情に身をゆだねることができたのは、自分の涙を医師に見せて、彼の治療にたいして思い切って私が下した評価を許してもらおうとしたからだった。

　このうえなくやさしく彼は言った。

「さあ、もう泣かないで。患者の意識は、自らの病状を認識するまではっきりと戻ることはけっしてありません。危篤だと教えさえしなければ、気づくことはないでしょう。もっと悪い事態が起こるかもしれませんよ。正気を失う可能性があります。とはいえ、拘束服をもってきましたし、看護師もここに残ります」

　驚愕した私は、ヒルによる治療を父には施さないように医師に頼んだ。すると彼は落ち着きはらって言った。父の部屋を離れる前に、看護師にその治療を指示してあったので、まちがいなく処置は終わっているだろうと。私は怒りをおぼえた。病人の意識を回復させること以上に残酷な仕打ちがあっただろうか、救済の可能性がまったくないまま、ただ彼を絶望の淵に追いやるだけなのに？　そのうえ彼は――あれだけ息が苦しくても！――、拘束服まで着させられかねないというのに？　激しい口調で、しかしなおも、相手に寛大な態度を期待して、私は涙まじりに訴えた。もはや治る見こみのまったくない者を安らかに永眠させせないのは残忍きわまりないと思う、と。

　私はその男が憎い。というのは、そのときの彼が私に怒りをぶちまけたから。彼をけっして許せないのはそのためだ。彼はあまりに興奮したために、眼鏡をかけるのも忘れていたが、それでも、私の顔の位置を正確に把握して、恐ろしい目で私を見つめた。まだ残されていた一縷の望みすら断ち切るつもりなのかと私に言った。彼は冷たく、まさにそう言い放ったのだった。

いまにも口論になりそうな気配だった。泣き叫びながら私は反論した。ついさっき、病人を救ういかなる望みもないと断言したのはあなたではないか。わが家も、ここに住む家族も、実験の道具となってはならない、実験の場ならこの世にほかにあるはずだ、と。

いたって厳格に、脅しのようにも映る落ち着きをもって、彼は答えた。

「私は先ほど、現在の医学の水準についてあなたに説明しました。ですが、三十分後、あるいは明日までに起こりうることを誰が予測できますか？　お父さまの命をつなぎとめることで、私はあらゆる可能性に道を開いたのです」

そこで彼は眼鏡をかけ、形式ばった事務員のような表情で、さらに延々と説明を続けた。一家の経済的な命運を握る医師の介入の重要性についてだった。三十分の延命は、家督の運命を左右するというのだ。

いつのまにか私は涙を流していた。このようなときに、そのようなことを聞かされねばならない私自身が哀れだったからでもある。私は疲れはて、議論するのをやめた。どうせヒルの治療はもう行われてしまったのだから！

医者は病人の枕元にいるとき、強大な力をもっている。だからこそ私は、コプロジッヒ医師に最大の敬意を払ったのだった。そのような敬意ゆえに、あえてほかの医師の意見を求めなかったことで、私は長年自分自身を責めた。今では、そのような後悔の念もついえてしまった。誰か別人の身に起きたことがらを語るときのような冷静さで、ここに書き連ねているほかの私の感情すべてとともに。あの当時のことで、私の心に残っているのは、今もなお生きているあの医者への敵意だけである。

あとでもう一度、私たちは父のベッドに行った。父は右のわき腹を横にして眠っていた。こめかみには、ヒルが吸ってできた傷口を覆うナプキンがあてられていた。医師は、意識が戻りつつあるかどうかすぐに確認しようとして、父の耳元で叫んだ。病人はまったく反応しなかった。

「これでよかったんだ！」私は勇気をふりしぼって、しかし泣き続けながら言った。

「期待された効果がまちがいなく現れている！」と医師は答えた。「呼吸がすでに変化したことにお気づきですか？」

実際に、呼吸はなおも速く苦しげだったが、先ほど私を驚かせたような極端な変動の周期は見られなくなっていた。

看護師が何かを言い、医師がうなずいた。拘束服を病人に装着させるつもりだった。ふたりはケースから器具を取り出し、父の上体を起こして、むりやりベッドに坐らせた。すると父は目を開いたが、その目はうつろで、まだ光に反応していなかった。その目が凝視し、すべてを見てしまうのではないかと私は恐れ、またすすり泣いた。しかし、病人が頭を枕に落とすと、その目は、ある種の人形の目のように再び閉ざされた。

医者は得意げだった。

「予想外の事態だ！」とつぶやいた。

まさしく、予想外の事態だった。私からすれば、それは深刻な状態にほかならなかった。私は父の額に唇を強く押しつけ、心のなかで願った。

「さあ、眠って。永遠の眠りにつくまで！」

こうして私は、父の死を祈願したのだが、医師はそれに気づいていなかった。柔和な顔で私にこう言ったからだ。

「意識が戻って、今度はあなたもうれしそうですよ！」

医師が帰るとき、空が白み始めていた。ためらいがちな、よどんだ夜明けだった。まだ突風が吹いていた。氷結した雪を巻き上げていたとはいえ、風の勢いはやわらいだようだった。

医師を庭まで見送った。恨みの感情を気取られないように、極端にうやうやしくふるまった。尊敬と心服の念しか顔に出さなかった。医師が小道を歩いて遠ざかり、敷地の外へと向かうのを見て、ようやく私はこのような緊張をゆるめ、不快感をあらわにして顔をしかめた。雪のなか、彼の姿は小さくて黒くなった。よろめきながら、突風にあおられないように、たびたび立ち止まった。私はあれだけむりをしたあとだけに、渋面だけでは満足できず、もっと荒々しくふるまわないと気がすまなくなった。寒さのなか、私は帽子もかぶらずに数分間、積もった雪を乱暴に踏みつけながら並木道を歩いた。しかし、子供じみた激しい怒りが医者に向けられたものか、それとも私自身にたいするものだったのかわからない。それは、誰よりも私自身にたいする怒りだった。父の死を望みながら、それを口に出す勇気がなかった私自身への怒りだったのだ。私の沈黙は、息子としての純真な愛情に根ざす私の願いを、私の心に重くのしかかる本当の犯罪に変えたのだ。

病人は眠り続けていた。二言三言、何か聞き取れない言葉を口にしたが、その口調はいたって穏やかだった。それはいともふしぎなことだった。ますます速く、かくも不安定な呼吸を中断したのだから。意識が戻りつつあったのか、それとも、絶望的な状態に近づいていたのか？

マリーアは、看護師とともにベッドの横に坐っていた。この男は信頼できそうに思われたが、ひとつだけ残念だったのは、その過剰ともいえるまじめさだった。マリーアはひとさじのスープが良薬になると考えて、病人に飲ませようと提案したが、彼はそれを拒んだ。医師からはスープについて何も聞かされていなかったので、看護師は、そのように重要なことがらを決めるにあたり、医師の指示を待ちたいと言った。その言い方は、不必要なまでに横柄だった。哀れなマリーアも私もそれ以上強く言えなかったものの、私はまた不愉快になって顔をしかめた。

私は横になるように勧められた。病人の介護のために私は看護師と深夜を寝ずに過ごすことになるからである。付き添いはふたりで充分なので、ひとりはソファで休息できた。私は身を横たえるとすぐに眠りに落ち、いっさい夢にさえぎられることなく――そう断言できる――、深く心地よい睡眠がとれた。

ところが、昨日はこのように手記を書くために自分の記憶をたどりながら一日の大半を過ごしたあとで、深夜、鮮明な夢を見たため、一気に時間を飛び越えてあの当時に呼び戻された。ヒルと拘束服について話し合ったあの同じ部屋で、私は医師と対面していたが、私と妻の寝室となったその部屋は今やまったく様相を異にしている。私は医師に、父の看護と治療の方法を教え、一方の彼は(老いて衰えた現在の姿ではなく、元気で神経質な当時のままだった）いらだち、手に眼鏡をもちながら、焦点の定まらない目つきで、そんなに多くの治療をしてもむだだと叫んでいた。彼はまさにこう言っていた。「ヒルは彼に命と苦痛の両方を与えるはずだから、瀉血はすべきではない！」一方、私は、医学の本をこぶしで叩きながらこう叫んでいた。「ヒルだ！　ヒルをもってきなさい！　それに拘束服も！」

私の夢は騒々しかったらしく、妻が私を起こして夢を中断させた。過去の幻影よ！私が思うに、おまえたちを認識するには錯覚の助けが必要であり、だからこそ、おまえたちの姿は現実と逆転するのだ。

私の安らかな睡眠が、あの日の最後に刻まれた記憶となった。それから、どの時間も似通っている長い日々が何日か続いた。天候がよくなって、父の病状も回復したようだ。父は室内を自由に動き回り、ベッドから肘かけ椅子まで新鮮な空気を求めて移動を始めた。閉じた窓ごしに、しばらく、日光を反射する雪に覆われた庭も眺めた。私はその部屋に入るたびに議論を吹きかけるつもりだった。コプロジッヒが回復を期待していた意識を鈍らせるためである。しかし、父は日ごと言葉を聞き分け、理解する力が向上していたが、意識だけはまだ遠いままだった。

残念ながら私は告白せねばならない。父の死の床で私が心にいだいたのは、奇妙なことに私の悲しみにまとわりついて、それをゆがめるほど大きな恨みの感情だったことを。この恨みは誰よりもまずコプロジッヒに向けられていたが、それを彼に見せまいという努力によって増幅された。またその恨みは、私自身にたいするものでもあった。医師との協議を再開し、あなたの医療などなんの価値もないと面と向かって言えない私への恨み、苦しみを父に与えるくらいならむしろその死を願うとはっきり言えない私への恨みである。

結局、病人をも、私は恨むようになった。看護師としての役割を果たす能力がないため、ほかの人たちの行うことすべてを静観するしかない傍観者として、病状の安定しない病人に数日、数週間と付き添ったことのある人なら、私を理解してくれるだろう。本来であれば、自分の気持ちをはっきりさせるために、さらには、父と私自身にたいする苦悩を抑えて吟味するためにも、長い休息が必要だったのだ。ところが私は、父に薬を飲ませ、部屋から出さないよう格闘するはめになったのだった。戦いはつねに恨みを産むものである。

ある夜、看護師のカルロが来て、父の病状が進んだから確認してほしいと言った。父が自分の病気のことを知り、私を非難するつもりではないかという不安を感じながらかけつけた。

父は部屋のまんなかに立っていた。肌着だけをまとい、赤い絹のナイトキャップをかぶっていた。あいかわらず息はきわめて速かったものの、ときおり、意味の明瞭な短い言葉を発した。私が部屋に入ると、父はカルロに言った。

「開けてくれ！」

父は窓を開けてほしかったのだ。外はとても寒いので開けられないとカルロは答えた。父はしばらくのあいだ自分の質問を忘れていた。窓際に行って肘かけ椅子に腰かけてから、より楽な姿勢をとろうとして横になった。私を見ると、ほほ笑みながら尋ねた。

「おまえは眠ったのか？」

私の返事が父の耳に届いたかどうか疑わしい。それは私が恐れていた意識ではなかった。人は死ぬときに、死について考えることよりもほかにすべきことがあるものだ。父は体全体で呼吸していた。私の言葉に耳を傾けることなく、再びカルロに叫んだ。

「開けてくれ！」

父はじっとしていられなかった。肘かけ椅子から立ち上り、看護師の手を借りて、四苦八苦しながら、ベッドに横たわった。まずは一瞬、左のわき腹で体を支えたが、すぐに向きを変え、右のわき腹を下にし、その姿勢を数分のあいだ維持した。そして再び看護師の手を借りて立ち上がると、また長椅子に戻り、今度はそこに先ほどよりも長くとどまった。

あの日のことだった、父がベッドから肘かけ椅子に向かう途中で鏡の前で立ち止まり、鏡をのぞきこみながらこうつぶやいたのは。

「まるでメキシコ人みたいだな！」

父があの日に煙草を吸おうとしたのは、ベッドから肘かけ椅子までの恐ろしく単調な移動をまぎらわすためだったのではないかと思う。しかし一口だけ煙を吸いこんだものの、すぐにむせて吐き出した。

病人にはっきりと意識が戻ったとき、カルロは私を呼んで立ち合わせた。

「要するに、私の病状は重いのか？」不安げに父は尋ねた。それ以上は意識が回復することはなかった。それどころか、その少しあとで一瞬、錯乱に陥った。ウィーンのホテルで夜中に寝ているときに目覚めたのだと思いこんでいた。のどの渇きをいやしたいがために、ウィーンに特有のおいしくて冷たい水を思い出して、その町の夢を見たにちがいなかった。だからすぐに、近くの噴水でおいしい水を飲みたいと言ったのだ。

もっとも、落ち着きのない病人ではあったが、父はおとなしかった。私が気がかりだったのは、父が自らの病状を察したら、かたくなな態度に変わるのではないかという不安を私がつのらせていたからだった。したがって、父の従順さによって、いっこうに私の気苦労は減らなかった。しかし父は、いかなる提案がなされようともそれにおとなしく従った。何かの提案のたびに、息苦しさを解決してくれるのではないかと期待したからだった。看護師が牛乳をコップ一杯もってこようと言うと、父は大喜びでそれを了承した。父は牛乳が来るのを今か今かと待ったあげく、なおも気ぜわしそうにそれを飲みほそうとして一口すすったが、すぐに嫌気がさしたのか、コップを床に落としてしまった。

医師は、病人の置かれた状況に失望しているようすはみじんも見せなかった。病状は日ごと改善していると口では言うのだが、じつは、危機的状況が迫っているとみていた。ある日、彼は馬車でやって来て、急いで立ち去った。病人をできるだけ長く寝かせておくようにと私は指示された。血液の循環にとってそれが最良の姿勢だというのだ。彼は、父にも同じことを注意した。父は、部屋の中央に立ちつくしたまま、いたって聡明な顔つきでうなずいたが、すぐにまた茫然とした表情になった。つまりそれは、私に言わせれば、自らの呼吸困難に思いを巡らせているときの表情だった。

父の意識が戻ることへの大きな不安を私が抱いたのは、その日の深夜が最後になった。彼は窓際の肘かけ椅子に坐り、ガラスごしに、晴れわたる一面の星空を眺めていた。呼吸は依然として荒かったが、空を眺めることに気をとられて、さほど苦しそうには見えなかった。おそらく、そのような息づかいのせいで、父の頭は同意の合図であるかのように揺れていた。

私は驚いて、「ずっと避けてきた諸問題について考えているにちがいない」と思った。そして、父が見つめている空の正確な場所がどこかをつかもうとした。背筋を伸ばしたまま、はるか頭上の穴から懸命に奥をうかがうようなそぶりだった。どうやら、すばるを見ているようだった。おそらく、生涯にこれほど長いあいだ星を眺めたことはなかったにちがいない。いきなり、背を伸ばしたまま、私のほうを向いた。

「見ろ! 見ろ!」警告を発するときのような険しい顔で私に言った。すぐにまた空を見上げてから、再び私のほうに向き直った。

「見えたか? 見えたのか?」

父はまた星を見ようと試みたが、はたせなかった。肘かけ椅子の背もたれに力なくもたれかかり、何を見せたかったのか尋ねても、その質問を解せず、自分が何を見たのか、何を私に見てほしかったのかもおぼえていなかった。あれだけ苦労して私に伝えようとした言葉は、永久に忘れられてしまったのだ。

夜は長かったが、私にとっても、看護師にとっても、特別な労苦はなかったと言わねばならない。私たちは病人の望むことをさせ、彼は、死期が迫っているとはゆめにも思わずに、奇妙な身なりで室内を歩きまわっていた。一度、冷えきった廊下に出ようとした。私がそれをはばむと、彼はすぐに従った。ところが、別なときに、看護師が医師の忠告に従ってベッドから起き上がることを禁じようとすると、父は抵抗した。放心状態から抜け出し、泣きながら悪態をついて起き上がったので、私は、好きなように動く自由を父に与えてほしいと頼んだ。父はすぐにおとなしくなって落ち着きをとりもどし、またもや、むなしくも慰めを追い求めた。

医師が戻ったとき、父は素直に診察を受け、要求されるがままに、息を深く吸いこもうとさえ試みた。それから私のほうを向いた。

「彼はなんと言ってるのかね？」

父はほんの一瞬、私から目をそらしたが、またすぐに私のほうを向いた。

「いつここから出られるんだい？」

父の従順さに意を強くした医師は、できるだけ長くベッドにいる努力をするように私から父に言わせた。父は慣れ親しんだ声、つまり、私の声、マリーアと看護師の声にしか反応しなかったのだ。そのような忠告が有効とは思えなかったが、私は脅かすような響きも声にまじえて言った。

「わかった、わかった」そう約束した瞬間、父は起き上がり、肘かけ椅子に移動した。

そのようすを見た医師は、諦めたようにつぶやいた。

「姿勢を変えることで、気が楽になるようですね」

まもなく私は床に就いたが、まんじりともしなかった。将来を見すえながら、自らを向上させる努力をなんのために、また誰のためにすべきなのか考えあぐねた。私はさめざめと泣いた。落ち着きなく寝室を動きまわる不幸な父のためではなく、むしろ私自身のために。

私が起きるのを待って、マリーアは横になり、私は看護師とともに父に付き添った。私は疲れはてていた。父の容態はますます不安定になった。

そのときだった、けっして忘れられないできごとが起きたのは。そのできごとは、はるか遠くまで影を落とし、その後、私の勇気と喜びはすべてその暗い影に包まれた。そのときの苦痛を忘れ去るには、あの衝撃が長い年月を経て弱まるのを待たねばならなかった。

看護師が私に言った。

「病人を寝かしつけられれば、どんなにいいでしょう。先生もその大切さを強調していましたからね！」

そのときまで私はソファに腰かけていた。私は起き上がり、ベッドまで行った。そのとき、病人は急に息を切らして横たわった。私は決心した。せめて半時間は、医師の望んだように、父にむりやり休息させることを。これこそ私の義務ではなかっただろうか？

父はベッドの縁で体を反転させ、私の圧迫を逃れて起き上がろうとした。私は父の肩を手で強く抑えつけて制止し、声を荒げて動くなと命令した。父が恐怖にかられて従ったのはつかのまだった。やがて父は叫んだ。

「死にそうだ！」

父は、はね起きた。私のほうも、その絶叫に驚いて、ただちに手の力をゆるめた。こうしてベッドの縁に坐ることができた父と私は、真正面から顔を見合わせた。そのとき父の怒りは、ほんの一瞬ではあったが動くことを禁じられて、大きくなったのだと思う。坐っている父の前に立ちはだかって光をさえぎっていた私が、彼が大いに必要としていた空気までも奪っているように思えたのだろう。父は気力をふりしぼってなんとか立ち上がると、手を高く高く掲げ、それ以上の力を手に伝えるのはむりだとばかりに、振り上げた手を私の頰めがけて落下させた。それからベッドから滑り落ちて床にころがった。死んだのだ！

死んだかどうかわからなかったが、死ぬまぎわに父が私に与えようとした罰におのののき、心臓が止まる思いだった。カルロの手を借りて父を抱きかかえ、ベッドに寝かせた。まさに罰を受けた子供のように、泣きじゃくりながら、私は父の耳元に叫んだ。

「ぼくのせいじゃない！　父さんをむりやり寝かせようとしたあのいまいましい医者のせいなんだ！」

それは嘘だった。それから、なおも子供のように、もう二度としないと約束して言った。

「父さんの好きなように動いていいんだよ」

看護師は言った。

「お亡くなりです」

私はその部屋からむりやり遠ざけられた。父は死に、私は己の無実を父に証明することがもはやできなくなったのだ。

孤独のなかで私は気をとりなおそうとして、冷静に考えてみた。ずっと正気を失っていた父が、私を罰するつもりで、私の頬めがけて、あそこまで正確に手を振り下ろしたとは考えにくかった。

私の推論が正しいという確証をうることは可能だったろうか？　私はコプロジッヒに相談しようかとさえ思った。彼は医師として、瀕死の人にどのような決断と行動ができるのかを私に教えてくれるかもしれなかった。私は、呼吸を楽にしてやろうとしたばかりにむごい仕打ちを受けたのだから、犠牲者とも考えられた！　しかし、コプロジッヒには相談しなかった。父が永久の別れをどのように私に告げたか、私はとても彼に打ち明けられなかった。かつて、父にたいする愛情が私には欠如していると非難したことのある彼だけに、なおのこと。

さらなる痛撃が私を待っていた。看護師のカルロが夜、厨房でマリーアにこう話しているのを聞いたのだ。「父親は手を高く高く振り上げて息子を叩いた、彼が最後にとった行動がこれだ」看護師はそれを知っていたのだ。したがってコプロジッヒの耳にも入っていたにちがいなかった。

遺体安置室に入ると、父は死装束がほどこされていた。看護師が、父の美しい白髪も整えたらしかった。死が、尊大で横柄な態度で横たわっているその遺体をすでに硬直させていた。彼の大きくてたくましい、形もみごとな両手は鈍色に変わってはいたが、今にも私をつかんで制裁を加えそうなほど、ごく自然な感じがした。私はその遺体を二度と見たくなかったし、再び見ることなどとてもできなかった。

その後、葬儀の席で、私が子供のときからつねに弱くやさしかった父の思い出がよみがえり、臨終の父が私に浴びせたあの平手打ちは、彼が望んだものではなかったのだと確信するにいたった。穏やかで柔和になった私の心に、父の思い出がますます甘美なものとなって宿った。それはまるで楽しい夢だった。私たちの意見はもはや完全に一致し、私が弱者で、父は強者だった。

私は子供の頃の宗教(ユダヤ教)に戻り、長らくそれをよりどころとした。父が私の言葉を理解し、責任は私ではなくて医師にあると告げるところを想像した。嘘は重要ではなかった。父も、そして私も、もはやすべてを理解していたから。父との会話は、長きにわたり、道ならぬ恋のように秘められた甘美なものであり続けた。というのは、私はみなの前では、あらゆる宗教的儀式をあざ笑い続けていたのだから。しかし、その一方で――ここで告白しておきたいのだが――、毎日しかも熱心に、父の魂の安らかならんことを誰かに祈っていたのも事実である。ときおり――あるいはまれに――、慰めが欠かせないときが誰にでもあるが、真の宗教とはまさに、それをうるために声高に信仰を表明する必要のないものなのである。

5　私の結婚をめぐる物語

中産階級の青年の思考において、人生という概念は立身出世の概念と結びついている。青春において、出世とはナポレオン一世のそれを意味する。なにも皇帝になろうなどと夢想するわけではない。はるかに低いレベルにおいてではあるが、ナポレオンのようになれるからである。最も濃密な人生とは、要するに、海の波の音という最も基本的な音によって語られる。それは、いったん形成されるや、消滅するまでたえまなく形を変えるのだ！　したがって私は自らが、ナポレオンや波のように成長し、解体することを期待していた。

私の人生は、なんの変化もしないたったひとつの音色しか提供できなかった。その音程はかなり高く、一部の人からはうらやましがられたが、恐ろしく単調だった。友人たちの私にたいする評価は生涯を通じて変わらなかった。私もまた、分別のつく年ごろになってからというもの、自分自身への評価をあまり変えていないように思う。

したがって、結婚するという考えが私の頭に浮かんだのは、この単調な音色を発し、それを聞くことに疲れたからかもしれないのだ。結婚したことがない者は、それが実際以上に大切なものだと思いこむ。自らの血統は、めとった妻の産む子供のなかへと受け継がれる。それが改善されるにせよ、悪化するにせよ。しかし、母なる自然は、これを望みながら、私たちをまっすぐに導くことはできない。なぜなら、妻を選ぶとき、私たちは子供のことなどまったく考えないからだ。その結果、妻によって私たち自身も再生すると思いこまされる。これは、なんの文献的な裏づけもないふしぎな幻想である。実際は、その後、伴侶とともに暮らし始めるものの、私たちはもとの姿を変えることはない。せいぜい、私たちとあまりにも異質な相手に反感をつのらせるか、私たちよりすぐれている相手に嫉妬をおぼえるか、そのどちらかである。

興味深いことに、私の結婚の冒険はまず、私の将来の義父と知り合ったことから始まった。彼が婚期の娘をもつ父親だと知る前に、彼と交友し、尊敬の念をいだいたことから始まったのだ。したがって当然ながら、私は決意をもって自分の眼中にない結婚という目標に向かったのではなかった。私は、自分にふさわしいかもしれないと思っていたひとりの若い女性と付き合うのをやめ、未来の義父にしがみついたのだった。運命を信じたくもなる。

私の心にあった新しさを求める願望は、ジョヴァンニ・マルフェンティによって満たされた。彼は、私とも、それまでに私がつき合ってきた知人や友人とも、まったくタイプが異なった。ふたつの学部で学んだおかげで、また、知識を養うという点では有意義だったと確信するその後の長い無為な暮らしのせいで、私はかなり教養があった。一方の彼は、無知で活動的な、卓越した商人だった。しかし彼の無知は、活力と落ち着きのみなもとであり、その姿に私はみとれ、羨望をおぼえるのだった。

マルフェンティは当時、五十歳前後で、鉄のように頑健だった。百キロを超す巨体のもち主で、背も高く恰幅もよかった。その大きな頭のなかにはわずかの思考しか宿らなかったが、それらのアイデアはいずれも彼によって理路整然と展開され、徹底的な検討ののち、さらに発展させたうえで、日常の多くの新事業に適用された。それらは彼の一部、彼の手足、彼の性格となった。そのようなアイデアが私にはほとんど欠けていたので、自分を豊かにするために彼に近づいたのだった。

私は証券取引所のあるテルジェステーオ宮に顔を出すようになっていた。きっかけは、証券取引所に通うことが私の商業活動の絶好の滑り出しとなり、その場所で有益な情報を得られるだろうというオリーヴィの勧めだった。そこで、私の将来の義父が君臨する机に私は坐り、けっしてその席から離れなかった。かねてより私が待ち望んでいた本当の経営学講座に出席しているように思われたのだ。

彼はすぐに私の称賛に気づき、私に友情を示してくれたが、ほどなくして、それが父親の愛情のように感じられてきた。それがどういう事態を招くか彼は初めから知っていたのだろうか？　模範とすべき彼の立派な仕事ぶりに私は心を奪われて、オリーヴィから独立して私の事業を自分でとりしきりたいと、ある夜、彼に打ち明けると、それはやめたほうがよいと言われた。私の意向に不安さえいだいたようだった。私が商取引に携わるのはかまわないが、彼の知人でもあるオリーヴィとつねに密接な連携を保つべきだというのだ。

彼はきわめて熱心に私の指導にあたり、自らの手で私の手帳に三つの訓戒までしたためてくれた。それさえ守れば、いかなる会社も繁栄すると彼が考える教えだった。一つ、自ら働く能力がなくてもよいが、他人を働かせる能力がなければ身を滅ぼす。二つ、唯一心から後悔すべきときは、自らの利益を生み出せなかったとき。三つ、事業において理論は非常に有益だが、取引が決まらなければ適用できない。

私はこの三つも、ほかの多くの定理も記憶しているが、どれも役立たなかった。

私は誰かに憧れると、すぐにその人をまねようとする。マルフェンティのまねも試みた。私は賢くなりたかった。そして実際に、ずいぶん賢くなったような気がした。それどころか、彼よりも狡猾になることを夢見たことさえあった。私は彼の会社の過ちを発見したと思いこみ、彼にほめられたくて、すぐにそれを指摘したのだ。ある日、テルジェステーオ宮の机で、彼がある事業について議論しているとき、話相手を愚か者呼ばわりしたので、私は彼を呼び止めてこう忠告した。自分の抜け目なさを誰にたいしても見せつけるのはまちがっていると思う。私の考えでは、商売において本当に抜け目ない者は、むしろ未熟者のようにふるまうべきだ、と。

彼は私をあざ笑った。彼によれば、狡猾さの評判はきわめて有益である。これまでも、多くの人が彼に助言を求めにやって来て、最新の情報をもたらした。一方、彼は中世以降積み上げられてきた経験をもとにきわめて有益な助言を与えていたが、ときには、情報を得る機会だけではなく、商品を販売する可能性にも恵まれた。つまり――ここで彼の声がいちだんと大きくなったのは、私を納得させるべき論題がついに見つかったからだった――、有利な売買をするためには、誰もが最も抜け目ない人のもとに行くのである。未熟者に期待できるのは、彼の利益を犠牲にするようしむけることだけだが、彼の商品は、購入時にすでにだまされているから、抜け目ない者のそれよりも高いのがつねなのである。

同じ机に坐る者たちのなかで、彼にとってはいちばん大切な人物が私だった。彼は取引上の秘密を私には打ち明け、私はそれを誰にも告げなかった。彼が全幅の信頼を寄せているように見えたので、私が婿になってから、二度も私は彼にだまされたほどだった。

最初は、彼の抜け目のなさのせいで私は金銭的被害までこうむったが、だまされたのはオリーヴィだったので、さほど苦にならなかった。オリーヴィは抜け目なく情報を得るために私を彼のもとに派遣し、私が情報を収集した。しかしその情報に裏切られたために、オリーヴィは二度と私を許そうとせず、その後私が彼に情報を伝えようとするたびに、「誰からの情報ですか？　あなたの義理のお父さんですか？」と訊くようになった。私は自分を守るためにジョヴァンニを弁護するはめになり、結局、自分がだまされたのではなく、詐欺師になったような気になった。それはこのうえなく愉快な気分だった。

しかし二度目は、私が愚か者を演じることになったが、それでも義父を恨む気にはなれなかった。彼はあるときは私の嫉妬心をかきたて、またあるときは私を陽気にした。私は自らの不運の原因が、彼が充分すぎるほどに解説してくれたあの原則を杓子定規に適用したことにあるとみていた。彼は私を物笑いにする方法も心得ていた。私をだましたとはけっして言わず、私の不幸の喜劇的側面を笑わずにはいられないのだと言い張った。一度だけ、私をからかったことがあると告白した。それは、彼の娘、アーダの結婚式（相手は私ではない）のことだった。ふだんは真水しか飲まないその巨体が、シャンパンを飲んだせいで酩酊していた。

その席上で彼は、笑いを必死にこらえながら大声であのことを話し出した。「ちょうどあの法令が出たときだ！　私は頭を抱えながら、どれだけ費用がかさむか計算しているところだった。そこへ婿殿が登場。商売に専念したいとのたまうではないか。「それはいい機会だね」と私は彼に言った。すると彼は、オリーヴィが邪魔しに来る前に大急ぎで書類にサインをし、取引が完了したというわけだ」彼はそれから私をほめそやした。「婿は古典を暗記している。誰がああ言ったとか、こう言ったとか、みんなご存知さ。新聞の読み方は知らんのだがね！」

たしかにそうだった！　私が毎日読んでいる五つの新聞にも、目立たない箇所ではあるがその法令の記事が出ていたので、私がそれを見ていたら、罠にはまることもなかっただろう。法令の意味するところを私はすぐに理解し、その結果を予想していたはずだった。法令によって関税率が引き下げられ、扱っている商品の値段も下がるため、容易ならざる事態を意味した。

翌日になって義父は告白を取り消した。彼によれば、取引は結婚式の晩餐以前の様相をとりもどしたという。「酒は嘘をつく」と彼は穏やかな口調で言った。問題の法令は、その取引が完了してから二日後に公布されたことが判明したのだった。私が法令のことを知りながら、その意味するところを理解できなかったとはもはや考えていなかった。私は自尊心がくすぐられた。彼が私にわざわざ気をつかってくれたからではない。新聞を読むときは誰もが自らの利益を考慮するものだと彼が考えていたからである。ところが私は、新聞を読むとすっかり世論にとらわれてしまう。関税引き下げで私が思い出すのは、コブデン（Richard Cobden, 1804-1865. イギリスの政治家、実業家）と自由貿易主義なのだ。重要な問題で頭がいっぱいで、私は自分の商品のことなど考える余裕はないのである。

しかし一度、ありのままの私、というよりも私の最大の欠点ゆえに、ほめられたことがあった。私と彼は、奇蹟的な値上がりを期待して、製糖会社の株をしばらく所有していた。ところが、株は少しずつではあったが日ごと値を下げていった。ついに、時流に逆らう意志のないジョヴァンニは自分の株を手放し、私にも売却するよう勧めた。私もまったく同じ意見であり、私の仲買人に売却の指示を出すつもりで、当時またもち始めていた手帳にメモしておいた。しかし日中はポケットなどあまり見るものではない。寝るときになってようやくそのメモをポケットに発見して呆然とすることが幾晩も続いた。指示を出すには遅すぎる時間だった。一度あまりの悔しさに大声を出したとき、妻にこまごまと理由を説明したくなくて、舌をかんだのだと言い訳した。その後またもやうっかり見過ごしたときは、手をかんだことにした。「今度は足をかまないように気をつけて！」笑いながら妻が言った。しだいに己の不注意に慣れてしまった私は、もうそれ以上上げがを増やす必要がなくなった。薄すぎて、重さが感じられないため、日中はその存在に気づかない呪われた手帳を私は茫然と見つめるのだが、次の夜までまた忘れてしまうのだった。

ある日、急な豪雨に見舞われて、テルジェステーオ宮に逃げこまざるをえなくなった。そこでたまたま会った私の仲買人に、ここ八日間で例の株の値段が二倍に跳ね上がったと言われた。

「今が売りだ！」私は勝ち誇ったように叫んだ。

私が義父のもとにかけつけると、株価の上昇をすでに知っており、自分の株を売ったことを後悔していたが、私にも売るように勧めたことはさほど後悔していなかった。

「堪忍してくれよ！」と笑いながら彼は言った。「私の助言に従って損をしたのはこれが初めてだから」

例の取引は彼の助言によるものであり、提言ではなかった。彼によれば、そこが大きな違いだった。

私は腹の底から笑った。

「じつはあの助言には従いませんでした！」私は、たんなる幸運だけでは気がすまず、自分の手柄のせいにしたくなった。あの株は翌日になってから売るはずだったのだと告げてから、大物ぶった態度で、こんな作り話をした。私はいくつかの情報をつかみ、あなたの助言に従わないほうがいいと判断したのですが、あなたに言うのを忘れていました。

義父は顔をくもらせ、私の顔を見ずに怒ったように言った。

「きみのような不届き者は事業に携わるべきではない。こんな悪事をはたらいたあとは、黙っているものだぞ！　きみはまだ学ぶべきことが多いな」

彼を怒らせたくはなかった。彼に傷つけられるよりはよっぽど楽しかったが。そこで正直にことのしだいを打ち明けた。

「おわかりのように、まさしく私のような不届き者が事業に携わるべきなのですよ！」

義父はすぐに表情をやわらげて、私をからかった。

「そのような取引できみが得たのは利益ではなくて、補償金だよ。その頭のせいでこれまでにずいぶん被害をこうむったのだから、損失の一部が補塡されて当然だ！」

ごくまれだった義父との対立に、なぜこれほど多くの記述を費やしたのかわからない。私は彼が好きだったし、だからこそ、考えをはっきりさせるときどなる習慣が彼にあったにもかかわらず、彼とのつきあいを望んだのだ。私の鼓膜は彼の大声に耐えた。もし声がもっと小さかったら、その不道徳な理論はより攻撃的になっていただろうし、彼がもっとよい教育を受けていたとしたら、彼の力はさほど強大には見えなかっただろう。

義父は私とはだいぶタイプが異なるとはいえ、私の愛情に同じような愛情で答えてくれたのだと思う。もし彼がこんなに早く死んでいなければ、もっとはっきりとそれがわかっただろう。私が結婚してから義父はたえず教訓を授け続けた。しばしばその教訓は、どなり声と尊大な態度で味つけされていたが、私はそうされても当然なのだと信じて、それを受け入れた。

私は彼の娘と結婚した。神秘的な母なる自然の導きだったが、いかにそれが強引だったかいずれ明らかになるだろう。今ときどき私は私の子供たちの顔をのぞきこんでは、私が遺伝させた、弱さのしるしである華奢なあごや、夢見がちの目のほかに、私が彼らのために選んだ祖父の荒々しい力の痕跡がせめて多少なりともないかさがすことがある。

義父の墓前で私は泣いた。彼ともまた、あまり愛情のこもった最後の別れとはならなかったにもかかわらず。臨終の床で義父は私に言った。自分がベッドに釘づけにされているのに、自由に動き回る私のあつかましい幸運がうらやましい、と。驚いた私は、なにゆえに病気の私を見たいなどと思うのかと尋ねた。彼はあろうことか次のように答えた。

「病をきみに移して私が自由に動けるようになるのなら、喜んでそうしたいよ、できれば病を二倍に増やしてね！　私はきみのように人道主義的な妄想はもちあわせていないんでね！」

悪意はまったく感じられなかった。彼はかつて値下がりした商品を私に押しつけたことがあったが、それと同じ取引をしたかったのだろう。それに、この言葉には優しさもあった。私の弱さが、私のかかえているという人道主義的妄想によって説明されたことに、私も悪い気はしなかったからである。

ほかのどの墓でもそうだが、私が彼の墓前で泣いたのは、そこに埋められた私自身の一部にも哀悼の意を捧げるためだった。私の弱さと教養と臆病さを引き立たせる、平凡で無知な荒々しい闘士だった第二の父を失ったことは、私にとってどれだけ大きな損失だっただろう。私は臆病だ！　それはまぎれもない事実だ。ここでジョヴァンニという人間に学ぶことがなければ、私はそのことに気づくことはなかっただろう。もし彼がまだそばにいてくれれば、どれだけ自分自身を知ることができただろうか！

テルジェステーオ宮の机ですぐに気づいたことがあった。ジョヴァンニはありのままの姿をさらけだして、ときには実際以上に自分を悪く見せかけて楽しんでいたが、ひとつだけ話題を避けていたことがあった。家族についてはけっして語ろうとしなかったのだ。必要に迫られたときだけ、ごく控えめに、ふだん以上に優しい声で話した。自分の家族には大きな敬意を払っており、おそらく、その机に坐る者全員が、彼の家族について何かを知るのにふさわしいわけではないと思っていたのだ。そこで私が知りえたことは、彼には四人の娘がいて、四人とも名前の頭文字がAだということだけだった。彼の考えでは、子供が同じイニシャルをもつことは、きわめて好都合だった。イニシャルの刻まれたものをひとりの娘から別の娘に譲り渡すさいに、わざわざそれを変えなくてもよいからである。娘たちの名前は(私はすぐに記憶した)、アーダ、アウグスタ、アルベルタ、アンナだった。机の同席者のあいだでは、四人とも美人だという噂だった。私はこの頭文字にことさら強い印象を受けた。それぞれの名前によって固く結ばれた四姉妹を私は夢想した。彼女たちが、束になって配達される品物のように思われた。イニシャルはまた別のことも意味した。私の名前はゼーノだから、遠い国から妻を迎えるような感じがしたのだった。

私がマルフェンティ家を初めて訪れる前に、ずいぶん前から続くさる女性との関係を清算したのは、きっと偶然のなせるわざだった。彼女はもっとまともな扱いを受けてしかるべきだったのだが。しかし、さまざまな考えを生じさせるのも偶然の産物である。その哀れな女は、私と別れる決心がついたのはとるにたらない理由によるものだった。ところが、最終的の絆を深めるには、私を嫉妬させるのが最良の方法だと考えたのだ。ところが、最終的に彼女と別れる気になったのは、そのような疑惑のせいだった。彼女は知るよしもないが、結婚という考えにとりつかれた当時の私が、彼女とは結婚できないと思ったのは、ともに暮らしてもさほどの目新しさがありそうもないと判断したからにすぎない。彼女がわざと疑惑を私にいだかせたのは、結婚とは、そのような疑惑が入りこむ余地のないほど強いものだと証明するためだった。どうやら根拠がなさそうだと早々に感じていた疑惑がうすれるにつれ、彼女の浪費家ぶりまでが気になり始めた。誠実な結婚を二十四年間続けた今の私は、当時と同じ意見ではない。

これが彼女には幸いした。そのわずか数ヶ月後に、とても裕福な男と結婚し、私より先に、待ち望んでいた境遇の変化を手に入れたからだ。私は結婚後すぐに、自宅で彼女に会った。夫が義父の友人だったのだ。私たちが若いうちは何年にもわたってよく会ったものだが、互いに慎重な態度に徹して、過去の関係はおくびにも出さなかった。先日のこと、彼女は唐突に私に尋ねた、グレーの髪に縁取りされた顔を若い娘のように赤らめながら。

「なぜ私と別れたの?」

私は嘘を考えるのに十分な時間がなかったので正直に答えた。

「今となってはわかりませんが、自分の人生でも知らないことは多いのです」

「残念だわ」と彼女が言った。私は、予想される賛辞にそなえておじぎをするところだった。「年老いてからのあなたはとても愉快な人に見えます」私はむりに背筋を伸ばした。感謝すべき場面ではなかった。

ある日私は、避暑のために田舎に滞在していたマルフェンティの一家が、かなり長い休暇を終えて町に帰ってきたことを知った。ジョヴァンニが先に声をかけてくれたので、私のほうからその家に招かれるようにはたらきかけたことはなかった。

彼は、私の消息を尋ねてきた彼の親友の手紙を見せた。この男は私の学友で、いずれ彼が偉大な化学者になるにちがいないと思っているうちは、とても懇意にしていた。ところが今や、まったく彼への関心を失っていた。というのは、彼は肥料を扱う大実業家となっており、肥料商としての彼を私はまったく知らなかったのだ。ジョヴァンニが自宅に私を招待したのは、私が彼の友人の友人だったからであり、当然ながら、私は招待を断れなかった。

初めての訪問を昨日のできごとのように覚えている。それは、どんよりとくもった秋の寒い午後だった。その家のぬくもりに安堵してコートを脱いだことまで覚えている。私はまさしく、目的地の港に到着しようとしていたのだ。当時は自分の眼力に自信があったが、今思えば、まったく何も見えていなかったことに驚かされる。私は健康と、合法性を追いかけていたのだ。たしかに、Aという頭文字で四人の娘が結ばれているにはいたが、そのうちの三人はすぐに排除し、四人目にかんしても、厳しく検査するつもりだった。私は厳格な裁判官となるはずだった。しかし当面はまだ、私が彼女にどんな性質を期待し、どんな性格なら受け入れないか、はっきりとしたことは言えなかった。

優雅で広い客間には、ふたつの異なる様式の家具が配置されていた。ルイ十四世様式と、革にもふんだんに金箔の施されたヴェネツィア様式である。当時よく見られたように、客間は家具でふたつに仕切られていた。私は、窓ぎわでひとり読書をしているアウグスタに会った。彼女は私に手をさしのべた。私の名前はもう知っており、父親から訪問を事前に知らされていたので、私を待っていたところだと告げた。それから母親を呼びに走り去った。

早速、同じイニシャルをもつ四姉妹のうちひとりが、私のなかで排除された。彼女が美人などとどうして言えるのだろう？　その外見で最初に気づいたのは、彼女が強い斜視だったことで、しばらく会っていないときに彼女の顔を思い出そうとすると、まずそれが全体像の代わりに目に浮かぶほどだった。それに、髪の毛がどちらかといえば薄く、金髪ではあったが、暗くくすんだ色だった。体つきは不恰好とまではいえないが、年齢のわりにはやや大柄だった。ひとりになった私はとっさにこう考えた。「ほかの三人も彼女に似ていたら！……」

まもなく四人のグループは二組に分かれた。母親に連れられて入ってきた娘はまだ八歳だった。かわいらしい女の子で、ヘアバンドで束ねた光り輝く長い髪が、肩まで垂れていた！ ふっくらとした柔和な顔は、ラッファエッロ・サンツィオが描いたような、思案深げな子供の天使を思わせた(黙っていればの話だが)。

さて……私の義母だが！ 私としても彼女のことでずけずけとものを言うのは遠慮しよう。義母は私の母でもあるので、長年にわたり大切に思ってきたが、いま私が語っている古い話のなかで、義母は私の味方となってくれなかったことがあった。とはいえこの手記にも、たとえけっして彼女が目にすることがなくても、敬意を欠くような言葉で彼女を評するつもりはない。それに、彼女の干渉はごく短期間だったので、忘れてしまいかねないほどである。時期が時期だっただけに、ちょっとした衝撃とはなったものの、ちょうど私の心の平静を一時的に失わせる程度だった。おそらく、彼女の干渉がなくても、私は平静を失っていたかもしれないし、そもそも、この事実を本当に彼女が望んでいたと誰が断言できるだろう？ 義母はとてもしっかりとした教育を受けており、夫のように飲みすぎて私の取引を暴露するようなことはありえない。実際に、彼女にかぎって似たような話を聞いたためしがない。したがって、私は自分でもよくわからない話を語っていることになる。とにかく、彼女の狡猾さによるものか、私の愚かさのせいかわからないが、彼女の娘のなかで私は自分の望まなかったひとりと結婚したのである。
いずれにせよ、私がはっきりと言えるのは、初めて家を訪れた時期、義母はまだ美しかったということだ。着こなしもおしゃれで、豪華な服をさりげなく着ていた。そのすべてが穏やかで、調和していた。

こうして私は、義父母に、夫婦の融和の理想像を見るようになった。ふたりはともに、このうえなく幸せそうだった。夫がつねにがやがやとしゃべり、妻はほほ笑みながら、同時にそのほほ笑みで同意や同情の合図を送っていた。妻は大男の夫を愛し、夫は妻を射止めてから、必死に事業を伸ばし、妻を養ってきた。彼に彼女を結びつけていたのは、利益ではなく、心からの感嘆だった。私も同じ感嘆を共有していたので、それが容易に理解できた。ごくかぎられた領域で彼が発揮した大きな活力、つまり、ひとつの商品とふたりの敵(ふたりの契約者)しか存在せず、つねに新しい組み合わせと関係が芽生え、発見されてゆく檻のなかで彼が発揮した活力は、人生にすばらしい生命力を与えたのだ。彼はあらゆる取引を彼女に話したが、しっかりとした教育を受けた義母は、夫が判断を誤らないようにけっして口出しすることはなかった。義父は、そのような無言の協力を必要だと感じ、ときには、妻の助言を得るつもりで、ひとりごとを言いながら家にかけこんできた。

義父が浮気をし、義母がそれを知りながら夫を恨んではいないと知ったとき、私は驚かなかった。私が結婚して一年ほど経ったときのことだ。ある日ジョヴァンニが血相を変えて話しかけてきた。とても大切な手紙を失くしてしまったが、私に手渡した書類のなかにまぎれこんでいるかもしれないので、もう一度見せてほしいとのことだった。ところが数日後、手紙は自分の財布のなかにあったと、満面の笑みをたたえて私に言ってきた。「女性からの手紙?」と私が訊くと、彼はうなずき、幸運を自慢した。その後のある日、書類を失くしたことをとがめられた私は、妻と義母に、こう語った。紛失した書類がひとりでに財布に戻っていたというお父さんの幸運がうらやましい、と。義母が愉快そうに笑い出したので、手紙を財布に戻したのは義母にちがいないと私は確信したしだいである。言うまでもなく、そのことは義父母の関係に大きな意味をもたなかった。人それぞれの愛し方があるものだが、私が思うに、かれらの愛も驚くにはあたらない。

マルフェンティ夫人はきわめて丁重に私を出迎えた。幼いアンナを同席させることを詫び、母親からどうしても離れたがらないと言った。女の子は真剣な目でさぐるように私を見た。アウグスタが戻ってきて、私と夫人が腰かけていたソファの正面の小さなソファに坐ると、女の子は姉のひざのうえに横たわり、そのあいだ執拗に私を観察し続けた。小さな頭でいったい何を考えているのかふしぎだったが、私は愉快になった。

会話はなかなかはずまなかった。夫人は、しっかりとした教育を受けた人はみなそうだが、初めて会ったときはかなり退屈だった。一家に私を紹介したことになっている友人のことばかり尋ねた。私はその洗礼名さえ思い出せなかったというのに。

ようやくアーダとアルベルタが入ってきた。私は息をのんだ。ふたりとも美しかった。客間にそれまでなかった灯りをもってきたのだった。ふたりとも髪は茶色で、背がずっと高かったが、それぞれだいぶ異なっていた。私がすべき選択はむずかしくはなかった。アルベルタは当時まだ十七歳になるかならないかだった。髪は茶色だったが、母親と同じバラ色の透きとおった肌が、顔の表情をいっそう幼く見せていた。一方、アーダは、すでに大人の女性だった。憂いを含んだまなざし、やや青みがさして雪のような白さのきわだつおもざし。巻き毛の豊かな髪は、美しく端正にととのえられていた。

のちに激しい感情となったので、初対面のとき心穏かでいられたとは想定しづらいが、私がアーダに、いわば「一目ぼれ」したのではないことはたしかである。一目ぼれという雷の一撃の代わりに、彼女こそ、私の必要としていた女であり、神聖不可侵の一夫一婦制によって、心身の健康を私にもたらすにちがいないとすぐに確信をもった。当時を振り返るとき、私が一目ぼれしたのではなく、そのような確信をいだいたことに驚きを禁じえない。周知のように、私たち男が妻の性格に期待するものは、愛人にたいするものと異なり、愛人であれば称賛すべき性格も軽蔑の対象となりかねない。つまり私は、アーダのあのあふれんばかりの優雅さと美しさにはまったく見向きもせず、まじめさとか活発さといったほかの性質に魅了されていたらしいのだ。つまるところ、それらは、私が好きな彼女の父親の性質——もっとも、父親ほど極端ではなかったが——と同じだった。私の見立てにまちがいなかったと私はのちに確信するにいたった(今もそう信じている)。彼女が娘の頃そのような性質を身につけていたのは事実だから、私自身を鋭い観察者だとみなしてもよいだろう。ただし、見過ごしも多い観察者ではあるが。初対面のとき、私はアーダを見つめながら、ひとつだけ願望をいだいた。彼女を恋したいという願いだ。結婚するには、まず恋に落ちねばならないから。私は健康上の実践にとりくむときと同じ熱心さでその準備をした。いつその結果が出たかわからない。おそらく初対面のときのかなり短い時間内でもう決着がついていたかもしれない。

ジョヴァンニは娘たちに私のことをずいぶん話してあったにちがいない。彼女たちはなんと、私が法学部から化学部に移り——残念ながら！——、また法学部に戻ったことまで知っていた。私は次のような説明を試みた。ひとつの学部に閉じこもっていては、人知の大半が無知に覆われたままになると確信していたからだ、と。そしてこう言った。「いま人生の一大事が迫っていなければ」少し前から、私が結婚を決意して以来、その到来を感じていたことは黙っていた。「また学部を変えるつもりです」さらに、一同を笑わせるために言った。おもしろいことに、私が学部をやめるのはちょうど試験を受ける時期なのです。

「たまたまです」嘘をついていると思わせたくて私はほほ笑みながらそう言った。ところが実際は、さまざまな季節に学部を変えていたのである。

こうして、アーダの獲得に向けて私は動き出した。つねに私自身を笑いのダシにするように努めながら、そのまじめさゆえに彼女を選んだことは忘れていた。私は多少は風変りだったが、彼女の目にはまさしく精神的に不安定に見えたにちがいない。それは私のせいばかりではない。私が選ばなかったアウグスタとアルベルタが、私にたいして異なる見方を示したことからもそれは明らかだ。しかし、ちょうどその頃、ともに家庭を築く伴侶を真剣にさがそうと美しい目を巡らせていたアーダは、彼女を笑わせる男を愛せるはずがなかった。彼女は笑った。長いこと笑った。あまりにも長いあいだ。その笑いは、彼女を笑わせた人物を嘲笑の対象とするものだった。それはまさしく彼女の劣等感のあらわれであり、最後は彼女自身を傷つけるはずだが、その前に私を傷つけた。おりを見て私が黙っていられたら、事態は変わっていただろう。私が黙っていれば、彼女に時間を与えられたはずだ。そうすれば、彼女のほうから話して真情を吐露し、私が彼女と距離を置くこともできただろうに。

四人の娘たちは、小さなソファに坐っていた。アンナはアウグスタの膝にのっていたが、それでも四人は窮屈そうだった。四人そろうとみんなきれいだった。私はそのようすを心から満ち足りた気分で眺めた。私は、称賛と愛を受けるべく、すばらしいスタートをきったのだった。ほんとうに彼女たちは美しかった！ アウグスタの色あせた髪の色は、ほかの三人の茶色の髪をみごとにきわだたせていた。

私が大学のことを話すと、来年度に高校を卒業するアルベルタが学業について語り出した。彼女はラテン語がどうにも苦手だと言って嘆いた。私はこう答えた。ラテン語は女性には向いていない言語なので、ちっとも驚きません、むしろ古代ローマの時代から女たちはすでにイタリア語を話していたと考えているくらいです。私にとって——私は断言した——、ラテン語は得意な教科です。しかし、その直後に私は軽率にもラテン語を引用し、アルベルタに訂正されるという失態を演じた。まったく不運だった！ 私は気にもとめずに、アルベルタに忠告した。あなたも大学に入って五年も経てば、不用意にラテン語の引用をしないほうがいいですよ。

近ごろ父親と数ヶ月イギリスに滞在したアーダは、その国の多くの若い女性がラテン語を知っていると言った。まったく音楽性を欠く、その思いつめたような声は、しとやかな姿から想像される声よりはやや低かった。彼女はその独特の声で、さらに、イギリスの女性はこちらとはまったく違うと言った。慈善や宗教、あるいは経済的な目的で会合を開くのだという。彼女は妹たちにせがまれて話を続けた。妹たちは、当時のわが町の少女にとって魅力的に思われた話題をもっと聞きたがったのだ。アーダは妹たちを喜ばせるために、女性の社長や新聞記者、秘書、政治活動家のことを話した。彼女たちは数百人の聴衆を前に演壇にのぼり、堂々と演説をする。演説が中断されたり、反論されたりしても、顔も赤らめず、まごつくこともない。アーダは、わざと驚かせようとか、笑わせようとかせずに、簡潔に淡々としゃべった。

私は彼女の簡潔な言葉が好きだった。私はといえば、口さえ開けば、物であれ人であれ事実をねじ曲げていた。そうしなければ、話す意味がないと思っていたのだ。雄弁家ではなくても、私は言葉の病にかかっていた。私にとって、言葉はそれ自体がひとつのできごとでなければならなかった。したがって、ほかのいかなるできごともそれを拘束できなかったのだ。

「不実のアルビオン（アルビオンはブリテン島の古称）」と揶揄されたイギリスに、私は特別な憎悪をいだいていた。アーダはそもそもイギリスにたいして憎悪も愛情も表明したわけではなかったので、私は彼女を傷つけることになろうとは思わずに、イギリスは嫌いだと述べたのだった。私は数ヶ月そこで暮らしたことがあったが、父の仕事仲間に書いてもらった紹介状を旅の途中で失くしてしまい、イギリスの上流家庭と知り合う機会がまったくなかった。ロンドンで付き合いがあったのは、フランス人とイタリア人の家族だけであり、その町の善良な住人はみな大陸の出身者にちがいないと考えるにいたったほどである。私の英語の知識はごく限られていた。しかし私は、友人の助けを借りて、イギリス人たちの生活のいくつかの側面を理解したつもりだが、まず初めにわかったのは、非イギリス人にたいする彼らの反感だった。

私は、敵だらけのイギリス滞在で味わったあまり愉快ではない印象を、娘たちに説明した。そうはいっても、父とオリーヴィがイギリス式経営(どこか秘密の場所で行われているらしく私はついに一度もお目にかからなかった)を学ばせようと私に課した六ヶ月に及ぶ滞在を耐え忍ぶことができたはずなのだ、もしある不幸に見舞われていなければ。私が辞書をさがしにある書店に行ったときのこと。その店のカウンターに、大きくて立派なアンゴラ猫が、まさに柔らかい毛並をなでてくれといわんばかりに寝そべっていた。やれやれ！　私は優しくなでただけなのに。それなのに、恩知らずの猫のやつ、私に襲いかかり、思い切り手をひっかいたのだ。そのときから私はもうイギリスに耐えられなくなり、翌日にはパリにいたというわけである。

アウグスタとアルベルタ、それにマルフェンティ夫人も愉快そうに笑った。ところがアーダは、きょとんとした顔をしていた。まるで、聞きまちがえたといわんばかりの。ひょっとして本屋さんだったのですか、あなたを傷つけ、ひっかいたのは？　私は話を繰り返さねばならなかったが、繰り返される話はつねに興味がそがれ、退屈なものである。

教養のあるアルベルタが私に助け舟を出そうとした。

「古代人たちも、自らの決断を動物の行動にゆだねたといいます」

私は助けを拒んだ。そのイギリスの猫はけっして神託としてふるまったのではなく、避けがたい運命だったのです！

アーダは大きく目を見開き、さらに説明を求めた。

「猫はあなたにとって、イギリス国民全体の代表なのですか？」

なんと私は不運だったことか！　そのできごとは実際に起きたことではあるが、まるで特定の目的のために考案されたかのように、私にとって、教訓的で興味深く思われた。私の愛する多くの人々が暮らすイタリアでは、その猫の行動はさほど気にならなかっただろうと言っておけば、それで充分ではなかったか？　しかし私はそうは言わず、こう言った。

「イタリアの猫にそんなまねができるはずはありません」

アーダは長いこと笑い続けた。長すぎるくらいに。私の成功が大きすぎる気がした。

私は自分がみじめであり、その冒険のみじめさを強調するために、さらに説明を加えた。

「書店主自身も、ふだんは行儀のいい猫のふるまいに驚いていました。私だからこそ災難が降りかかったのです、おそらく私がイタリア人だから。It was really disgusting（不愉快きわまりなかった）。私はそこから逃げ出しました」

ここで、私に警告し、私を救い出すはずの事態が起きた。そのときまでじっと私を観察していた幼いアンナが大きな声で、アーダの気持ちを代弁したのだった。彼女は叫んだ。

「あの人の頭はおかしいの？　頭が変になっちゃったの？」

マルフェンティ夫人は娘をたしなめた。

「あなたは黙ってなさい。大人の話に口出しして恥ずかしいと思わないの？」

戒めは逆効果だった。アンナは叫んだ。

「頭がおかしいのよ！　猫とおしゃべりするなんて！　ひもをもってきて、すぐにあの人をつながないとだめだわ！」

アウグスタは申し訳なさそうに顔を赤らめると、立ち上がり、妹を連れ出した。そして妹をしかりつけると同時に、私に詫びた。

しかし戸口で、小さなきかんぼうはなおも私を見つめ、顔をしかめて叫んだ。

「見てなさい、今にあなた、ひもでつながれるわよ！」

不意打ちをくらった私は、すぐには弁解することができなかった。しかし、アーダもまた自らの気持ちがそのような表現で代弁されたことが不本意なのに気づき、私は安堵した。妹のぶしつけな態度が、私たちふたりを近づけたのだった。

私は腹をかかえて笑いながら、自宅には、私の精神の正常さをあらゆる面で保証する、正規の印紙が貼られた証明書があると言った。こうして、彼女たちは、私が老父にしかけた冗談を知るにいたったのだ。私は、かわいいアンナちゃんに証明書を見せようかと提案した。

私がいとまを告げるそぶりを見せると、彼女たちはそうはさせまいとした。もう一匹の子猫から受けたひっかき傷を、まずは私に忘れてほしかったのだ。そこで私を引き止め、一杯の紅茶をふるまった。

たしかに私は、アーダに気に入られるには、本来の自分とはやや異なる姿を見せる必要があると、おぼろげながらすぐに察した。彼女が望むように自分を変えることなど簡単だと思った。私は父の死について話し続けた。まだ心に重くのしかかっていた深い悲しみを打ち明ければ、まじめなアーダはきっと私に同情するだろうと考えてのことだ。しかしすぐに私は、彼女に自分を似せようと努めるうちに、ありのままの自分を見失い──このあとすぐに明らかになるように──、彼女と距離を置くことになった。肉親を失った悲しみはかくも大きいために、もし私に子供ができれば、のちのち私と死別したときに悲しまなくてすむように、子供が私をあまり愛さないようにしむけるつもりだと言ったのである。どのようにふるまって、そのような目的を達成するのかと聞かれたとき、私はいくらか当惑した。いじめたり、なぐったりするとでも？　アルベルタが笑いながら言った。

「いちばん確実な方法は、子供たちを殺すことではないかしら」

アーダが懸命に私の機嫌をそこねないようにしているのがわかった。彼女がためらっていたのはそのためだった。しかし、いくら努力しても、ためらいに打ち勝つことはできなかった。やがて彼女は口を開いた。私が子供たちのことを思いやってその生を管理するつもりのようだが、死にそなえて生きることはまちがっていると思う、と。私はかたくなに主張した。死こそ、生のほんとうの管理者なのだ、と。つねに死について考えている私にとって、悲しみはひとつしかない。それは、確実に死ぬということである。ほかのすべてのことはさほど大切ではない。したがってそれらささいなことにたいしては、幸せなほほ笑み、または同じく幸せな笑いをもらすしかないのだ、と。私の人生のすでに大切な一部となった彼女といるときはとくに、私はつい本心とは違うことを口にしてしまうのだった。じつは、私が彼女にこのような話をしたのは、私がいかに幸せな男か知ってほしかったからだと思う。しばしば、幸福が私の女性との付き合いを助けてきたのだった。

アーダは、考えを巡らせながら、ためらいがちに、そのような心情を好きになれないと打ち明けた。生の価値を減らせば、母なる自然が望んだ以上に人生を危険にさらすことにもなりかねない、と。ここで彼女が実際に言いたかったのは、彼女は私には向いていないということだったが、彼女を考えこませ、ためらわせただけで、私には成功のように思われた。

アルベルタは、人生の解釈において私と似ていると思われる古代の哲学者を引用し、笑うことは大変すばらしいことだと言った。彼女の父もまた大いに笑う人だった。

「お父さんは、商売がうまくいけば幸せなのよ」笑いながらマルフェンティ夫人が言った。

そしてついに、私はこの記念すべき訪問を終えたのである。

自分の望むままに結婚することほど、この世でむずかしいことはない。婚約者の選択よりもはるかに前に、結婚の決断が下された私の場合を見ればそれがわかる。なぜ私は、ひとりの女を選ぶ前に、多くの女に会わなかったのか？　それはむりだった。あまりにも多くの女性と会うのはまさにわずらわしかったし、むだな労力を省きたかったのだ。相手を選んでからでも、つぶさに精査すれば、少なくとも、ハッピーエンドの恋愛小説によくあるように、道の途中で出会うような女かどうか確認することもできただろう。ところが私が選んだのは、声が低く、乱れぎみの髪をきちんと整えた娘だった。まじめな彼女が、私のように知的で、醜くもなく、よい家庭に生まれた裕福な男を拒むはずはないと考えた。初めて言葉を交わしたときから、どことなくちぐはぐな感じがしていたが、ちぐはぐさは調和への第一歩である。むしろこんなふうに考えたことを断っておかねばならない。「このままの彼女が好きだから、彼女は今のままでよい。私こそ自分を変えよう、もし彼女が望むなら」つまるところ私はかなり控えめだったのだ。他人を教育しなおすよりも、自分自身を変えるほうがまちがいなく簡単なのだから。

ごく短いあいだに、マルフェンティ家は私の人生の中心になった。私は毎晩、ジョヴァンニとともに一家に立ち寄った。彼は自宅に私を招くようになってから、私にたいしてさらに愛想がよく親密になっていた。そのような親しさに接し、私はずうずうしくなった。当初は週に一度、一家の女性たちのもとを訪れていたが、しだいに回数がひんぱんになり、ついには毎日立ち寄って午後の数時間を過ごすようになった。その家に居すわるための口実もことかかなかった。口実はむしろ彼らのほうから与えられたと言ってもまちがいではないと思う。ときどきヴァイオリンをもっていき、一家で唯一ピアノが弾けたアウグスタと合奏してひとときを過ごした。あいにくアーダは楽器が弾けず、私のヴァイオリンは下手だった。さらに悪いことに、アウグスタも大した音楽家ではなかった。私は演奏するたびに、むずかしすぎる楽節をいくつか飛ばす必要に迫られたが、そのさい、ヴァイオリンに触ったのは久しぶりだという嘘の言い訳をした。ピアノ奏者はほとんどいつも、アマチュアのヴァイオリン奏者よりはすぐれているものだ。アウグスタの技術はまずまずだったが、私は彼女よりもずっと下手なくせに、その演奏に満足せず、「私に彼女くらいの技術があれば、もっとうまく弾けるのに」と思っていた。私がアウグスタを批評する一方で、ほかの者たちも私を批評していた。あとから聞いたところでは、それは好意的なものではなかった。アウグスタにすれば、私たちの合奏を何度でも続けたいところだったが、私はアーダが退屈しているのに気づき、ヴァイオリンを自宅に置いてくるようになった。それからアウグスタは合奏のことは二度と口にしなくなった。

不幸なことに、私が彼女といるのは、その家で過ごす時間だけではなかった。やがて彼女は一日じゅう私の頭から離れなくなった。彼女は私が選んだ女性であり、したがってすでに私のものだった。そこで私は、生の報酬がよりすばらしく見えるように、ありとあらゆる夢で彼女を飾りたてた。彼女を飾りたてると同時に、私には欠けているがために私が必要としていた多くの性質すべてを彼女に付与した。なぜなら、彼女は私の伴侶であるばかりでなく、第二の母となって、戦いと勝利に彩られた男らしい完全な生へと私を導くはずだったから。

彼女を他人にゆだねる前に、私は夢のなかで彼女の体も美化した。じつをいうと、私は生涯に多くの女性のあとを追いかけたが、そのうちの多くは逃げもせず、追いつかせてくれた。一方、夢のなかでは、私はすべての女をとらえた。もちろん、女たちを美化するといっても、体の特徴をとり変えるわけではない。私の友人の、きわめて洗練された画家の例にならうのである。彼は美しい女を描くとき、ほかの美しいもの、たとえば、このうえなく優美な磁器を強く想起するという。それは危険な夢だった。なぜなら、夢に見た女たちに新しい力を授けることになりかねないからである。現実の光のなかでとらえなおすとき、彼女たちは新たに身にまとった果実や花や磁器に通じる何かをかねそなえているのだ。

アーダへの求愛については語りづらい。その後、この愚かな恋愛をなんとしても忘れようとした時期が私の人生で長く続いた。恥ずかしくて恥ずかしくて、こう抗議の声を上げたくなるほどだった。「私がそんなまぬけであるはずがない！」だが、私でなければいったい誰だというのか？　しかし抗議の声は慰めにもなり、私はそれに固執した。その十年前、つまり私が二十歳のときの行動であれば、まだ許されたのに！　ただし、私が先に結婚を決意したばかりに、このような愚かさの罰を受けたというのは、まぎれもない間違いである。ずうずうしさと紙一重の積極性をつねに発揮して、あらゆる種類の恋愛をくぐりぬけてきた私だったが、また内気な少年に戻り、恋人に気づかれないようにその手に触れ、光栄にも相手に触れた自らの体の一部を称賛する、といったぐあいだったのだ。これこそ私の人生で最も純粋な恋愛だったが、私は年老いた今日でも、それを最も恥ずべきものとして記憶している。そのような代物は、場違いであるばかりか、時代遅れであって、十歳の少年が乳母の胸にしがみついているようなものだった。まったく汚らわしい！

では、アーダにはっきりと告げることを、ずっとためらっていたのはどう説明すべきか。はっきりしてくれ！　私を好きなのか、それとも嫌いなのか？　私は夢うつつでその家を訪れ、二階に上がるときに階段を数えることにしていた。もし奇数ならば彼女は私を愛しているぞと思いながら。階段は四十三段だったので、奇数に決まっていたのだが。すっかり安心して彼女に会うと、結局はまるで別のことを話題にするのだった。アーダはまだ私への軽蔑を表す機会を見つけられず、私のほうはただ黙っていた！　私だって、アーダの立場だったら、その三十歳の若者の尻を蹴飛ばしてやるところだ！

ただし私は、恋人が抱きついてくるまで黙って待つ二十歳の恋する若者とは、ある意味において異なっていた。私はそんなことはまったく期待していなかった。この点についてはいずれ話そう。私が関係を進展させようとしなかったのは、私自身への懐疑による。崇拝すべき私の女性によりふさわしく、もっと気高く、もっと強くなるまで待っていたのだ。いずれはそうなるときが来るかもしれないのだから、それまで待てばいいではないか？

私は、破局に向かって進んでいたのに、そのことに早く気づかなかったことが恥ずかしくもある。素朴そのものの娘を相手にしていたにもかかわらず、あまりにも想像をたくましくしたせいで、彼女が老練の浮気女のように思われたのだ。彼女が私のことなどなんとも思っていないとわからせたとき、私は深い恨みをいだいたが、それは不当である。私は現実と夢をひどくごちゃまぜにしたため、彼女に一度もキスしてもらえなかったことすら自覚できていなかったのである。

女を誤解するのは、まさしく、男らしさが欠如している証拠である。それまでの私は誤解などしなかったのだが、アーダのことでは、出会ったときから偽りの関係を築いてきたため、思い違いをしたことを認めざるをえない。彼女に私が近づいたのは、彼女をものにするためではなく、結婚するためだったが、それは恋愛において常道ではない。その道幅はずっと広く快適だが、目的にいたることはない。そのすぐ手前まではいくにしても。このようにして達成される恋愛には、典型的な特質が欠けている。女性を服従させることである。この場合、男は己の役割にそなえて、視覚と聴覚を含む五感すべてを不活性化させるのである。

私は毎日、三人の姉妹全員に花束をもっていった。三人全員に私の奇抜さを披露し、信じがたいほど軽々しく、彼女たちに私の自伝を日ごと語って聞かせた。

誰もが体験するように、現在がより大きな意味を獲得するとき、過去はより生き生きと思い出されるものである。瀕死の人は、臨終の熱に浮かされながら、全生涯を思い浮かべるという。過去は、永久の別れの暴力によって私をとらえていた。というのは、私はそれからずっと遠いところにいるように感じていたから。いつも私はこの過去というものを三人の姉妹に語った。アウグスタとアルベルタが熱心に耳を傾けていることに勇気づけられて。定かではないが、おそらくは無関心だったアーダの態度をふたりは帳消しにしてくれた。優しい性格のアウグスタはすぐに心を動かし、アルベルタは私の勝手気ままな学生生活の話に頬を赤らめながら聞き入っていた。きっと、自分も将来、そのような冒険を味わいたいと願いながら。

だいぶたってからアウグスタに聞いたところでは、三人の姉妹は誰も私の話が本当だとは思っていなかったらしい。アウグスタはだからこそよけいに貴重に思われたという。その理由は、私が作り出したもののほうが、運命が私に課したものより私らしいから、だった。アルベルタは、私の話のなかで信用できないと思った部分のほうが、すばらしい教示を得られたため、むしろ楽しめたという。私の嘘に気分を害したのは、まじめなアーダだけだった。さんざん苦労したあげくに私の得た成果は、的の中心を射抜いたつもりが、じつはそれが自分の隣の標的だったと悟る射手と同じである。マルとはいえ私の話の大半は真実だった。どの程度までが真実かはもはや言えない。マルフェンティ家の娘たちに話す前に、ほかの多くの女に同じことを話していたため、無意識のうちに変化を被って、より表現豊かになったからである。私がほかに語りようがなくなったときからそれは真実となったのだ。そこに真実があるかどうか今では重要ではない。それが私の作り事だとむしろ信じたいというアウグスタをがっかりさせたくはない。アーダについては、彼女もすでに見解を変え、それが本当だと考えているように私は思う。

アーダからの完全な拒絶が明らかになったのは、ようやく私が思いをはっきりと伝えるべきだと判断したまさにそのときだった。証拠をつきつけられた私は驚き、最初は信じられなかった。彼女は私への嫌悪をひとことも口に出してはおらず、一方、私のほうも、私に好意をもっているとはとても思えない彼女の細かい身振りを見ないように目をつぶっていた。そもそも私自身がまだ必要な言葉を語っておらず、こんな想像すらしていたのだ。アーダは私に結婚の用意があることを知らず、風変りで、品行方正とはいえない学生の私がまったく別のことを望んでいると思いこんでいるのかもしれない、と。

結婚一辺倒の私のもくろみが原因で、思い違いはますます大きくなっていった。私がアーダのすべてを望むようになっていたのはたしかである。その頬をたえず磨き上げ、手足を小さくし、体つきをほっそりとスマートにすることだけ考えていた。彼女には妻であり、また愛人であってほしかった。女性に初めて近づくとき、どのように接するかが、その後を大きく左右する。

やがて、その家で、ほかのふたりの娘に出迎えを受けるということが三回続けて起きた。初回のアーダの不在は、どうしても訪問しなければならないところがあると説明され、二回目は気分がすぐれないからと言われた。三度目は、心配した私が理由を尋ねるまで、なんの説明もなかった。たまたま私が言葉をかけたアウグスタは答えず、助けを求めるようにアルベルタを見ると、彼女が姉の代わりに返事をした。おばのところに行った、とのことだった。

私は言葉を失った。アーダが私を避けているのは明らかだった。前日に不在を告げられたときはまだがまんができ、そのうち姿を見せるのではないかと期待して、しばらく待つことにした。ところがその日は何も言うことができず、しばらく茫然としていたが、やがて急な頭痛を訴えて立ち上がり、立ち去ろうとした。ふしぎなことに、初めてアーダの抵抗にあって私が最も強く感じたのは、怒りと軽蔑だった！　ジョヴァンニに訴えて、娘に言い聞かせてもらおうかと考えたほどだ。結婚に懸命な男はそんな行動に出ることさえある。親が子を従わせるのは、先祖伝来の習わしだから。

三回目のアーダの不在は、より大きな意味をもつことになった。たまたま私は、彼女が家にいるのに、自室に閉じこもっていたことがわかった。

あらかじめ断っておかねばならないが、その家にはもうひとり、私がどうしても心をつかむことのできない人物がいた。末っ子のアンナである。きつく言われているので、ほかの人の前ではもう私を攻撃することはなかった。それどころか、彼女もときどき姉妹たちといっしょになって私の話を聞くことさえあった。しかし帰りぎわに、戸口までついてきて、私にかがむように頼むと、つま先立ちになり、小さな口が私の耳に触れそうになるくらい近づけて、私以外の人に聞かれないような小声で言うのだった。

「あなた頭が変よ、ほんとうにおかしいわ!」

狡猾な彼女がさすがだったのは、他人の前では私に敬語を使うことだった。マルフェンティ夫人がいるとき、彼女はすぐに母親の腕に飛びこんだ。夫人は娘の頭をなでながら言った。

「私のかわいいアンナはなんてお行儀がよくなったんでしょう! そう思いませんか?」

私は異議をはさまなかった。親切なアンナはそれからもしばしば私を同じく変人扱いすることがあった。そう言われた私は、卑屈な笑いを浮かべて受け流すだけだったので、感謝しているように見えたかもしれない。アンナが大人たちに私の悪口をあえて話すことがないように願った。アーダには、妹の私にたいする評価を知られたくなかった。実際にアンナは私を困惑させるまでになった。私が誰かと話していると彼女の視線とぶつかり、すぐに目をそらそうとして、どうしても態度がぎこちなくなってしまうのだった。もちろん私の顔は赤くなった。無邪気な女の子の評価が私を窮地に追いこみかねなかった。彼女にいくら贈り物をしても、手なずけられなかった。彼女は自分の力と私の弱さに気づいていたはずで、ほかの人のいる前で、さぐるような目でずうずうしく私を見た。

私たちはみな、身体と意識の両面において、隠れた弱点をかかえており、その話題をできるだけ避けようとする。それがいかなるものかはわからなくても、存在することはたしかである。私は、私をさぐろうとする子供の目から視線をそらした。

しかしその日、ひとり打ちひしがれて家を出ると彼女が追いかけてきて、私をかがませていつものほめ言葉をささやこうとしたので、私はおどかしてやろうと思い、身をかがめ、ほんとうの狂人のようにひきつった顔をして、彼女のほうに手を伸ばし、爪でひっかくようなしぐさをした。すると彼女は泣き叫びながら走り去った。

かくして私はその日、アーダに会うことになった。叫び声を聞いてかけつけたのが彼女だったからだ。アンナは、私を狂人と呼んだためにひどい脅しを受けたと涙ながらに話した。

「あの人は頭がおかしいから、そう言ってやりたかったのよ。どうしていけないの?」

アーダが家にいるのを目の当たりにした驚きから、女の子の言葉は耳に入らなかった。ふたりの妹は嘘をついたことになる。正確には、アウグスタがその役目を妹に押しつけたので、嘘をついたのはアルベルタだけだったが！　とっさにすべてを察し、優位な立場に立った私はアーダに言った。

「お会いできてうれしいです。三日前からおばさんの家におられると思っていました」

彼女は返事をしなかった。まずは腰をかがめて、泣きじゃくる妹を気づかった。納得のいく説明があって当然と思っていたのに、それが遅れたことで、私はすっかり頭に血がのぼった。それ以上、言葉が続かなかった。私は戸口に向かって一歩を踏み出した。アーダがなんの説明もしないのなら、私はこのまま出てゆき、二度と戻らないつもりだった。怒りに身を任せていれば、もうあまりにも長く続いた夢を諦めることが、いともたやすいことに思われた。

しかしやがて彼女は、頬を赤らめながら私のほうを向き、おばが不在だったので帰宅したばかりなのだと言った。

それを聞いただけで充分に気が静まった。泣きやまない妹を母親のようになだめる姿のなんとうるわしいことか！　体を柔らかく折り曲げて、小さな妹にできるだけ近づこうとしていた。再び彼女がわがものになったような気分で、しばらくその姿に見とれていた。

すっかり穏やかな気分になり、いましがた心にいだいた恨みを忘れ去ろうとして、アーダにも、そしてアンナにも、きわめて優しくふるまった。心から笑いかけながら私は言った。

「私のことをよく狂人扱いするものですから、狂人のほんとうの顔とふるまいを見せたかったんです。お許しください！　きみもだよ、かわいそうなアンナちゃん（アンヌッチャ）、こわがらないでいいよ、ぼくは良い狂人なんだからね」

アーダもまた、とてもとても優しかった。まだべそをかいている妹をいさめ、妹の代わりに私に詫びた。幸運にも、アンナが怒って走り去っていれば、私はアーダに告白していただろう。きっと、「あなたのお父さまに結婚の許可をいただきたいのですが？」といったたぐいの、滞在国の言語を知らない人が支障なく暮らせるように作られた、外国語学習書のフレーズを使って。私が結婚しようと思ったのはそのときが初めてであり、まったく未知の国にいるようなものだった。それまで、付き合いのあった女たちとは別の接し方をしていた。まず先に手を出して、飛びかかっていたのだ。

しかしとうとう、そのような短い言葉すら、言わずじまいだった。それを口にするにはしかるべき時間が必要だった！　しかも、嘆願するような顔で言わねばならなかったのに、アンナだけではなくアーダとも格闘した直後だっただけに、表情を作るのがむずかしかった。やがて廊下の奥から、末娘の叫び声を聞いたマルフェンティ夫人が姿を現した。

私がアーダに手をさしのべると、彼女もすぐに恭しく手をさしだした。私は彼女に言った。

「ではまた明日。お母様によろしく」

しかし、私の掌に安心したように包まれたその手を離すのがためらわれた。私がそこで立ち去ってしまえば、妹の無礼を償うために、なんとか誠意を示そうとしたアーダとの唯一の機会をむだにすることになると思われた。私はとっさの思いつきから、彼女の手に顔を近づけ、唇で軽くその手に触れた。それから扉を開け、アーダのようすをうかがってから、すばやく外に出た。そのときまで右手を私にゆだね、左手で、スカートにしがみついていたアンナを抱き寄せていたアーダは、驚きを隠しきれず、私の唇と接触した自らの小さな手をまじまじと見た。まるで、そこに何かが書かれていないか確かめるように。マルフェンティ夫人が私の行動を見たとは思えない。

私は、自分でもまったく予期していなかった行動に驚き、階段の途中でしばらく立ち止まった。私が後ろ手に閉めてきたばかりの扉まで戻って呼び鈴を鳴らし、アーダが自らの手に読みとろうとしても見つからなかった言葉をあらためて彼女に告げる可能性は、まだ残されていたのだろうか？　そうは思えなかった。あまりにも性急すぎて、品位を欠くことになっただろう。それに、私が翌日に戻ることは彼女に知らせてあったのだから、私からのなんらかの説明が予告されていたわけだ。私に説明の機会を与え、それを聞く用意があるかどうかは、今やすべて彼女しだいだった。ついに私は、三姉妹に話を聞かせることをやめ、そのうちのひとりにだけ手にキスをしたのだから。

しかし、その家を出てからは終日、心安らかでいられなかった。不安で気が気でなかった。私が不安なのはただ、ことの顚末をはっきりと見きわめたくてしかたがないからだと自分に言い聞かせた。もしアーダに拒まれれば、ほかの女性を追いかければいいだけのことだと思った。私のアーダへの執着はすべて、私の自由意思のなせるわざだったのだから、それを打ち消すような別の選択をすればいいのだ！　そのとき私は、この世に私が必要としていたのはアーダだけで、ほかの女性が入りこむ余地のないことに気づいていなかった。

その日の夜も、はてしなく長く感じられた。ほとんど眠れない夜を過ごした。父の死後は夜遊びの習慣を絶っていたし、結婚しようというときにまた夜遊びを始めるのもどうかと思われた。そこで私は、眠っているうちに時間が速く過ぎ去ることを願って、早い時間に床に就いたのだった。

私が客間にいたときに三日連続で不在だったことへのアーダの釈明を、日中は全面的に信じた。その信頼は、私が選んだまじめな女に嘘がつけるわけがないという揺るぎない確信に根ざしていた。しかし夜がふけると、その信頼が揺らいだ。おばの家の訪問をアーダ不在の口実としたのがアルベルタ――アウグスタは口を閉ざしたので――だったの、アーダに伝えたのは私ではないかと思われてきたのだ。私は頭に血が上っていたので、アーダに言った言葉をよくおぼえていなかったが、その口実をたしかに彼女に告げた気がしてきた。残念なことをした！　もし私がそれをもらさなければ、おそらく彼女は何か別の言い訳を考え出していたことだろう。それが嘘だとわかれば、私が切望していたように、ことの顚末が明らかになっていただろうに。

ここで私は、アーダが私にとっていかに大切かに気づくことができたはずだった。というのは、気を静めるために私は、アーダに拒まれたら、永久に結婚を諦めようと自らに言い聞かせていたからだ。つまり彼女の拒絶は、私の人生を変えることになったのだ。きっと彼女の拒絶は私にとって幸運なのだと考えて自らを慰めながら、私は夢を見つづけた。結婚しようが独身でいようがいずれにせよ後悔すると看破したギリシアの哲学者のことを思い出した。要するに、私はまだ、己の恋愛を笑う余裕があったのだ。ただひとつ私に欠けていた能力は、眠ることだった。

夜が明ける頃、ようやく私は眠りに落ちた。目覚めたのはかなり遅く、マルフェンティ家を訪れることになっていた時間まで二、三時間しか残されていなかった。そのため、アーダの気持ちを明らかにするための手がかりを集めたり、あれこれ考える必要がなくなった。しかし、あまりにも重要な問題について考えないでいることはむずかしい。もしそれができれば、人間ほど幸せな動物はいない。その日、過剰なまでに身なりに気を配りながら、私はたったひとつのことしか考えていなかった。アーダの手にキスしてよかったのだろうか、唇にも接吻していたらまずかっただろうか、と。

ちょうどその日の朝、ふとある考えが浮かんだ。この考えにひどく悩まされ、青春というふしぎな時期だからこそ私に芽生えたあのわずかな男らしい積極性さえ失うことになったような気がする。それは悲痛な疑念だった。もしアーダが、両親から勧められたという理由だけで私と結婚するとしたら？　私を愛することもなく、むしろ私に心から嫌悪感をいだきながら。私が家族全員に好かれていることはたしかだった。つまり、ジョヴァンニとマルフェンティ夫人、それにアウグスタとアルベルタには。疑わしいのはアーダだけだった。私の頭に浮かんだのは、いつもながら大衆小説で、おぞましい結婚を強いられるうら若い娘の姿だった。そんなことを許してはならなかった。これこそ、アーダと、アーダだけと話すための新たな理由づけとなった。あらかじめ用意していた決まり文句をささやくだけでは飽き足らなかった。彼女の目を見つめながら尋ねよう。「ぼくを愛してる？」彼女が愛していると言えば、胸に強く抱きしめて、誠実さの鼓動を聞くのだ。

こうして準備がすべて整ったと思われた。ところが、あらためて気づかされた。教科書の課題とされた箇所を見直すのを忘れて、試験に臨むようなものだということに。

マルフェンティ夫人ひとりが私を出迎えた。大きな客間の隅に私を坐らせるやいなや、快活におしゃべりを始め、娘たちのことを尋ねる間を与えなかった。そのため、私はいくらかぼんやりと話を聞きながら、そのときが来たら言うべき言葉を頭のなかで繰り返していた。私は突然、ラッパの音で我に返ったかのように、現実に連れ戻された。夫人は何かの話の前置きを語っていたのだった。夫妻は私に変わらぬ友情をいだき、小さなアンナを含め家族全員が私のことを気に入っている、知り合ってからだいぶ経ち、この四ヶ月というもの私たちは毎日会っている、などと。

「五ヶ月です！」前夜ちょうど月日を数えていた私は訂正した。最初の訪問が秋で、もう春のさかりになっていた。

「そうね！　五ヶ月ね！」夫人は、まるで私の計算を確認するかのように、考えるそぶりを見せながら言った。そして、責めるような口調になった。「あなた、アウグスタの気持ちを傷つけてはいないかしら」

「アウグスタですって？」聞きまちがえたかと思って私は尋ねた。

「そうです！」夫人ははっきりとそう言った。「あなたはあの子に気をもたせ、傷つけています」

私は素直に感情を表した。

「でも私はアウグスタのことなど気にもとめていませんよ」

夫人は驚いたようすだった。失望しているようにも(少なくとも私には)見えた。

そのあいだ、私は懸命に考えた。それは誤解だと思われたが、その重大さはすぐにわかったので、早いところ弁解せねばならなかった。訪問するたびにアーダのようすをうかがったこの五ヶ月間のことを頭に思い浮かべた。私はアウグスタと合奏し、たしかに、アーダよりも彼女と長く会話をしたこともあったが、それはただたんに、私の話をうなずきながら聞いてくれる彼女からアーダに説明してほしかったからだ。私の狙いはアーダだということを夫人にはっきりと話すべきだっただろうか？　だが私はその直前に、アーダとだけ話をし、その気持ちをさぐろうと決心したばかりだった。きっと、マルフエンティ夫人に正直に話していたら、事態は別の展開になっていただろう。つまり私は、アーダと結婚できないにしても、アウグスタと結婚することもなかっただろう。私は、マルフェンティ夫人に会う前に下した決断に従うことにして、夫人が言った驚くべき事実を聞いても黙っていた。

私は懸命に考えたが、考えるほどに、頭が少し混乱してきた。私は状況を把握し、予測したかった、しかも早急に。目を大きく開けすぎると、かえってものは見えにくくなる。私が家から追い出される可能性を考えてみた。それはなさそうだった。彼らはアウグスタを守ろうとしていたが、私は彼女を口説いたわけではないので無実だった。もしかすると、アーダを危険にさらさないように、私がアウグスタに気があるという口実を思いついたのかもしれない。だがアーダはもう子供でもないのに、そうまでして守るだろうか？　たしかに私は、夢を別にすれば、アーダの髪の毛にも触れたことがなかった。実際には、彼女の手に軽く唇で触れただけだった。その家の出入りを禁止されたくはなかった。そうなる前に、アーダと話しておきたかったからである。そこで私は声を震わせながら尋ねた。

「どうか教えてください、奥さま、どうすれば、みなさんに嫌な思いをさせずにすみますか？」

夫人は躊躇した。叫びながら考えるジョヴァンニを相手にするほうが、どんなに楽だっただろう。夫人はきっぱりと、しかし、礼節を守ろうと努めながら言った。それは声の響きからも明らかだった。

「しばらくのあいだ、わが家を訪れる頻度を減らしてはいかがですか。つまり、毎日ではなく、週に二、三度ほどに」

夫人が私にもっとぶっきらぼうに、ここを出ていって、二度と来ないでほしいと言っていたら、私はやはり自らの決心に従って、アーダとの関係をはっきりさせるためにせめてあと一日か二日だけでも来させてほしいと嘆願していたにちがいない。ところが夫人の口調は、私が恐れていたほどきつくはなかったため、勇気をふるって恨みごとを言ってみた。

「でももしお望みならば、この家に今後いっさい足を踏み入れません!」

私が望んだとおりの反応があった。夫人は釈明した。家族みんなが私を尊敬していることに変わりなく、どうか気分を害さないでほしい、と。私は自分が寛大なところを見せて、夫人の希望をすべて受け入れたいと言った。つまり、四、五日はその家から遠ざかり、次に来るときには、一定の期間を守り、週に二、三度ほどにする、と。また、夫人を恨んではいないことも強調しておいた。

そのような約束を交わし、私は早速それを実行に移すところを見せようとして、席を立ちいとまを告げた。夫人は笑いながら私を引き止めた。

「相手が私なら、体面を汚す心配はいりませんから、どうぞまだいてください」

私は、今になって用事を思い出したので帰らせてほしいと頼んだが、実際は、一刻も早くひとりになって、私を待ち受けるすばらしい冒険についてもっとよく考えたかった。ところが夫人は、彼女にたいして怒っていないことの証拠になるからと言って、家にとどまるよう私に頼んだ。それで私は家に残り、夫人の空虚なおしゃべりをずっと聞かされるという苦悶を味わった。追いかけたくはないと言いながら女性の流行について熱心に語ったかと思えば、話題は芝居のことから、春先の乾いた天気へと移った。

しばらくして私は、そこにとどまってよかったと思い直した。もっと説明を受ける必要があると気づいたからだ。私は、もはや聞いていなかった夫人の言葉を遠慮なくさえぎり、こう尋ねた。

「ご家族はみな、私がこの家から遠ざかるようあなたに言われたことを知っているのでしょうか?」

夫人は、私たちの約束をすぐには思い出せないようだった。それから、こう弁解した。

「この家から遠ざかるですって? よろしいですか、ほんの数日のことです。私は誰にも言いません、主人にも。あなたも同じく慎重にふるまっていただけるとうれしいわ」

私はそれを約束した。顔を見せる機会がなぜ減ったのかと訊かれたときのために、ほかに口実を用意しておくことも約束した。さしあたり、夫人の言葉を信用し、アーダが私の突然の不在に驚き悲しむところを想像した。なんとも心地よい想像だった。

何かほかに名案が浮かんで、さらなる一歩が踏み出せるかもしれないとなおも期待しつつ、私はまだそこにとどまっていたが、そのあいだ夫人は、最近の食料品の値上がりについて話していた。

ところが、やって来たのは、ほかの名案ではなく、伯母のロジーナだった。ジョヴァンニの姉だが、知的な面では弟にはるかに及ばなかった。しかし、その性格の一端から、彼の姉であることが充分にうかがえた。まず何よりも、ふたりはともに、自らの権利と他人の義務にたいして滑稽なほど敏感だったが、それを行使するためのいかなる武器ももっていないのだった。それに、いつのまにか声が大きくなるという欠点も。彼女は弟の家に多くの権利を有していると思いこみ――あとで知ったことだが――、長らくマルフェンティ夫人をよそ者扱いした。未婚で、女中とふたり暮らしだったが、その女中をいつも最大の敵であるかのように話した。死ぬまぎわに、伯母は、自分の世話をした女中がいなくなるまで、家を見張っていてほしいと私の妻に頼んだ。ジョヴァンニの家族はみな、横暴な伯母を恐れ、耐え忍んでいた。

私はまだ帰らずにいた。伯母のロジーナは、姪のなかでもとくにアーダをかわいがっていた。そこで私も気に入られたくて、愛想のよい言葉をさがし、話しかけようとした。おぼろげに覚えていたのは、私が最後に会ったとき、伯母が立ち去るやいなや、姪たちが、伯母は顔色が悪いと言ったことだ。もっと正確には、姪のひとりがこう言ったのだ。

「女中に腹を立てたせいで気分が悪くなったのかしら？」

私は言うべき言葉が見つかった。老婦人のしわだらけの大きな顔を心配そうに見つめながら言った。

「だいぶお元気になられたようですね、奥さま」

そう言い終わらないうちに、彼女は驚いて私を見ながら言った。

「私はずっとこのとおりよ。いつに比べて私が元気だと？」

ロジーナは、最後に会ったのがいつかを知りたがった。私は日付までは正確におぼえておらず、このように伝えた。三人のお嬢さんといっしょに同じこの客間で、ある日の午後ずっといっしょに過ごしました、ただし、坐っていた場所は今とは異なり、反対側でしたが。私は彼女の健康に関心があるところを見せるつもりだったのだが、要求された説明にてまどった。自分の嘘が重くのしかかり、ほんとうに苦痛を感じた。

そこでマルフェンティ夫人がほほ笑みながら口をはさんだ。

「ロジーナ伯母さんが太ったと、あなた、おっしゃりたかったのでは？」

やれやれ！　それこそ、ロジーナ伯母さんの怒りを買う発言だった。ジョヴァンニと同じように大柄な彼女は、常日頃やせたがっていたからだ。

「太ったですって？　まさか！　私が言いたかったのはただ、奥さまの顔色がよくなったということだけです」

愛想のいい顔を見せようとしたが、失言のないように気をとられ、それどころではなかった。

ロジーナは依然として不服そうだった。ここのところ体調が悪かったことはなく、なぜ病気だと思われるか釈然としなかった。マルフェンティ夫人は伯母の肩をもった。「たしかに、顔色が変わらないのが伯母さんの特徴ですね」夫人は私を見ながら言った。「そう思いません?」

そのとおりに思われた。むしろそれは明白だった。私はすぐにいとまを告げた。機嫌を直すことを願いながら、私がうやうやしくロジーナに手を差し出すと、彼女は視線を合わせずに手を伸ばした。

その家を出るやいなや、私の心境は変化した。なんという解放感! マルフェンティ夫人の心づもりを詮索したり、ロジーナ伯母さんにむりに気に入られようとしなくてもよかったのだ。じつのところ、私が思うに、ロジーナがずかずかと上がりこんでこなければ、きっとあの策士のマルフェンティ夫人のことだ、自らの目的をやすやすと遂げ、私は丁重な扱いを受けたことにすっかり満足してあの家をあとにしていたにちがいない。私は飛び跳ねるようにして階段をかけ下りた。ロジーナは、マルフェンティ夫人の意図するところの注釈のようなものだった。マルフェンティ夫人は、彼らの自宅に私が数日間は顔を見せないように提案したのだった。親愛なる夫人は、あまりにも控え目だった！　私は夫人の期待以上のことをして喜ばせてやろう。もう二度と私の顔を見ることはないだろう。夫人も、伯母も、そしてアーダも私を苦しめていた！　いったいなんの権利があって？　私が結婚しようとしたからだろうか？　だがもう何も考えないことにした。自由とはなんてすばらしいものだろう！

十五分ものあいだ、あふれんばかりの感情を胸に私は町なかをうろついた。しだいに、もっと大きな自由が必要だと感じてきた。あの家に二度と足を踏み入れないという意志を決定づける手段を見つけねばならなかった。手紙を書いて、離別を告げるという考えは排除した。私の意図を伝えないほうが、絶縁の怒りがより強調されるだろうから。ジョヴァンニの一家全員に会うことを忘れてしまえばそれでよかった。

私は自分の意志を伝えるための、控えめで穏当な、したがってやや皮肉な方法を見つけた。私は花屋に走り、マルフェンティ夫人に送るみごとな花束を選んだ。花束に添えたカードには、日付以外には何も書かなかった。ほかに何も書く必要はなかった。それは、私がけっして忘れることのない、そしておそらく、アーダと母親にとっても忘れがたい日付だった。五月五日、ナポレオンの命日だったのだ。

私は急いで花を送らせた。その日のうちに届かなければ意味がなかった。だが、それから？ やるだけのことはやったのだ、すべて。もう何もすべきことはなかったのだから！ アーダは家族ともども私からは引き離されたのである。私は何もせずに、誰かが私をさがしに来て、何か別のことをしたり言ったりする機会が与えられるのを待っていればよかった。

ひとりになって考えたくて、私は書斎にかけこんだ。苦しいほどのはやる気持ちを抑えられなければ、すぐにあの家に戻り、ことによると送った花束より先に着いてしまいかねなかった。口実にはこと欠かなかった。傘を忘れてきたと言うこともできたのだから。

しかし、そうしたことはしたくなかった。花束を贈ることで、じつに立派な態度を示したのだから、それを維持する必要があった。当面はじっとしているべきだった。次の一手は彼らの番だ。

書斎で精神を集中することで私は安心を得ようとしていたが、明らかになったのは、涙が出るほどの絶望の理由だけだった。私はアーダを愛していた！ 愛するという動詞が的確かどうかまだ私にはわからなかったが、分析を続けた。私は彼女をわがものにするだけではなく、妻となることを望んでいた。あの大理石のような顔と、幼さの残る体。

それに、私のユーモアを理解しないまじめな性格。彼女にユーモアを教えることは永久に諦めることにしよう。そのかわり、彼女のほうが私に、知的でありながら仕事中心の生活のなんたるかを教えてくれることだろう。私は彼女のすべてを望み、彼女からすべてを望んでいた。その言葉がまさにふさわしいと私は結論づけた。私は彼女を愛していたのである。

私を導いてくれそうな大切なことを考えついた気になった。ためらっている場合ではない！　彼女が私を愛しているかどうかなどもはやどうでもよかった。彼女を獲得するように試みる必要があった。ジョヴァンニが便宜を図ってくれれば、彼女と話す必要などなかった。すぐにも幸福になれるのか、それとも何もかも忘れて立ち直るべきか、ただちにすべてを明瞭にすべきだった。ただいたずらに待つだけで、なぜここまで悩まねばならなかったのだろう？　私が最終的にアーダを失うことがわかっても――それを私に伝えられるのはジョヴァンニだけだった――、せめて時間と戦わずにはすむだろう。時間は、私が押し進めようとしなくても、静かにゆっくりと流れてゆくだろう。ものごとの終わりは、時間から切り離されているため、つねに静止しているものだ。

ジョヴァンニをすぐにさがしに出かけた。行き方はふたつあった。ひとつは、彼の事務所のある、カーゼ・ヌオーヴェ通りに向かうこと。その通りに新しい家（カーゼ・ヌオーヴェ）が建てられたのは、私たちの祖先の時代だったが、いまだにそう呼ばれていた。海岸沿いのこの道は、古くて高い家並みに光をさえぎられ、たそがれどきは人通りがとだえたので、足早に歩くことができた。歩きながら私は、できるだけ短い言葉で彼に何を言うべきか、そればかり考えていた。彼の娘と結婚したいという決意を伝えればそれで十分だった。彼を打ち負かしたり、説得したりする必要はなかった。実業家の彼は、私の質問を理解するやいなや即座に返答できるだろう。しかしながらこのような場合、イタリア語と方言のどちらで話すべきか、私は頭を悩ませた。

ところがジョヴァンニはすでに事務所を出て、テルジェステーオ宮に向かったあとだった。私はそのあとを追った。ゆっくりでよかった。証券取引所で彼とふたりきりで話をするまで時間がかかることを知っていたから。カヴァーナ通りに着くと、大勢の人が狭い道をふさいでいたため、歩く速度をゆるめねばならなかった。まさに四苦八苦しながら、群衆をかきわけているときだった、私が何時間も前から見極めようとしていたことが、まるで霧が晴れたかのように、ついに明瞭になったのは。マルフェンティ家では、私がアウグスタと結婚することを望み、アーダとの結婚は望んでいなかったのだ。それは単純な理由による。アウグスタは私が好きだったが、アーダはさっぱりだったからである。そうでなければ、彼らは私たちを別れさせようとはしなかっただろう。私がアウグスタを傷つけていると彼らは言うが、アウグスタ自身が私を愛することによって自らを傷つけているのだった。その瞬間に私はすべてを、このうえなくはっきりと悟った。家族の誰かにそう告げられたかのように。私がその家から遠ざかることにアーダも同意していたにちがいなかった。彼女は私を愛していない。少なくとも妹が私を愛しているかぎりアーダは私を愛することはないだろう。要するに私は、誰もいない書斎のなかよりも、混雑するカヴァーナ通りで論理的に考えたことになる。

私を結婚に導いたあの記念すべき五日間の記憶を今日たどるときに驚かされるのは、哀れなアウグスタが私を愛していると知っても、私の心はいっこうに晴れなかったという事実である。マルフェンティ家から追い出されてなお、私は狂おしいほどアーダに恋していた。マルフェンティ夫人の私を遠ざける試みが明らかに徒労に終わったのに、なぜ私の心は満たされなかったのだろうか？　私があの家に残り、アーダのすぐそば、つまりアウグスタの心のなかにとどまったというのにである。アウグスタを傷つけないように彼女と結婚してほしいというマルフェンティ夫人の頼みが、私には新たな侮辱のように思われたのだ。私を愛する醜い娘を私はさげすんでいた。私の愛する美しい姉が、認めたくはないが、私をさげすんでいたように。

私は歩みを速めたが、道をそれて自宅に向かった。どうふるまうべきかはっきりとわかったので、ジョヴァンニと話す必要がもうなくなったからだ。それは絶望的ともいえるほど明白であり、あまりに遅い時の流れの外に身を置くことで、ついに私に平安を与えることになるだろう。そのことでジョヴァンニと話をするのは危険でもあった。マルフェンティ夫人は、カヴァーナ通りでようやく私が真意を理解するような、もってまわった言い方をした。しかし夫の物言いはまったく異なる。おそらくこんなことまで私に言うかもしれない。「なぜきみはアーダと結婚したいのかね？　考えてみたまえ！　アウグスタと結婚するほうがよくはないかな？」私の記憶では、このような場合に彼が従う座右の銘があった。「きみはつねに取引について相手に明白に説明せねばならない。それでようやくきみが彼より取引に精通していると確信できるからだ」それでどうなるのか？　それに続くのは、公然たる断絶だろう。そのときになって初めて時間は、しかるべき速度で歩むことが可能になるだろう。なぜなら、それに干渉するいかなる理由も私にはなくなり、終止符が打たれることになるだろうから。

ジョヴァンニの別の座右の銘を私は思い出し、それに大きな希望を寄せてしがみついた。私は五日間もそれにしがみついていた。それは、私の情熱を病に変えたあの五日間だった。ジョヴァンニは常々こう言っていた。「取引の決済を急ぐべきではない、この決済によってなんの利益も期待できないときは。いかなる取引も遅かれ早かれ決済にいたる。世界の歴史は長いのに、未決済の取引はごくわずかしかないという事実がそれを証明している。決済されるまでは、いかなる取引も有利に展開させられる」

ジョヴァンニの座右の銘で、これに反するものがほかに思い出せず、私はこれにしがみついた。わらにもすがる思いだったのだ。新しい何かのできごとによって私の取引が有利に展開するのを確認するまでは、私からは行動を起こさないと固く心に誓った。それにより私は大きな損害を被り、そのため、いかなる私の決意もその後は長続きしなかった。

決意を固めてすぐに、マルフェンティ夫人から伝言を受け取った。封筒の筆跡から誰かを察した私は、封を切る前から期待で胸をはずませた。私が固く心に誓ったおかげで、夫人はもう私を冷遇したことを悔い、私のあとを追いかけて来たにちがいない。しかし、伝言に、私が贈った花束への感謝を意味する p.r.（per ringraziamento「感謝のしるしに」）の略号しかないのを見つけたとき、私は落胆してベッドに身を投げ、枕をかんだ。今にもかけ出して誓いを破らないよう、ベッドに体をしばりつけておくために。その略号からは、なんと皮肉にあふれた落ち着きが感じられただろう！　私がカードに書いた日付よりもずっと皮肉が効いていた。私の日付は、もとより決心の表れであり、叱責もこめたつもりだったのだが。首を斬られる直前にチャールズ一世（スチュアート朝イングランド王。一六四九年議会と対立して処刑された）が放った「リメンバー

（おぼえておけ）」を想起させる！ p.r. とは per ricordare（その日をおぼえておいて）という意味だったにちがいない！ 私もまた、敵対する夫人がその日を思い出し、恐れるよう促したつもりだった！

五日間、昼夜の別なく恐るべき日が続いた。夜明けと夕暮れの両方を私は寝ずに眺めたが、それは終わりと始まりを意味した。私の自由が到来しようとしていた。私の恋のために再び戦う自由が。

私はその戦いにそなえた。私の恋する娘が私にどんな人物になってほしいか、すでにわかっていた。当時の私が立てた誓いを思い出すのはむずかしいことではない。それはまず何よりも、最近になって同じ誓いを立てたばかりだからである。また、その誓いをメモした一枚の紙を今だにもっているからである。もっとまじめになると私は決意したのだった。当時それは、人を笑わせる冗談を言わないことを意味した。冗談は私の評判を貶めるばかりか、醜いアウグスタからは好意を寄せられ、私のアーダからは軽蔑されるという結果を招いたからだった。それから、しばらく顔を出していない事務所に毎朝八時に行くという決意があった。それは、私の権利についてオリーヴィと話し合うためではなく、彼と働きながら、しかるべきときに私の事業の経営を掌握するためだった。それが実行に移されるのは、禁煙をあとまわしにするように、もっとあとの安定した時期になってからでなければならなかった。つまり私が自由を回復してからだ。なぜなら、ただでさえ悲惨なあの時期をさらにひどいものにしてはならなかったから。アーダには完璧な夫がふさわしかった。だからこそ私はさまざまな誓いを立てたのだ。まじめな本を読むこと、それから、毎日三十分は運動すること、一週間に二度は乗馬をすること。一日二十四時間あっても足りないくらいだ。

アーダと離れ離れだったその期間ずっと、私は激しい嫉妬に一日じゅうつきまとわれた。私は自分の欠点をすべて直すという英雄的な誓いを立てたが、それも、数週間後にアーダを射とめるためのそなえだった。しかしそれまで待ってもらえるだろうか？　私が非常に厳しい修行に耐えているあいだ、町のほかの男たちはじっとしているのだろうか？　私の女を奪い去ろうとはしないだろうか？　彼らのなかにきっと、たいした苦労もなく気に入られる者がいるだろう。私にはわかっていた、わかったつもりになっていた。アーダが自分にふさわしい相手を見つけたら、恋するまでもなく、すぐに結婚に同意するだろうと。その時期、身なりがよく、健康でなんの悩みもなさそうな男と出会うと、アーダにふさわしい相手のように思われて私は敵意をいだいた。あの時期のことで私がいちばんよく覚えているのは、私の生活を霧のように覆う嫉妬だった。

ことのなりゆきを知る今でさえ、アーダを奪われるかもしれないという当時の恐ろしい不安を笑う気になれない。あの受難の日々に思いをはせるとき、私の霊感に心から感嘆せずにはいられない。

夜が更けると、何度もあの家の窓の下を通った。上ではきっと、私がいたときと同じように家族が団欒していたはずだ。深夜零時かその少し前に、客間の照明が消えた。そのとき家を辞する訪問客か誰かに見られてはいけないと思い、私は走り去った。

あの時期は日夜、焦燥感にもさいなまれていた。なぜ誰も私のことを尋ねないのだろう？　なぜジョヴァンニはじっとしているのだろうか？　彼の家でもテルジェステーオ宮でも私を見かけないことを訝しがらないのだろうか？　つまり、私が遠ざけられたのは彼の同意のうえでもあったのか？　しばしば私は昼であれ夜であれ、散歩を中断して急いで帰宅し、誰か訪ねて来なかったか確かめた。不安をかかえたまま床に就くことができず、哀れなマリーアを起こして、彼女を質問攻めにした。私は自宅で何時間も待ち続けた。自宅は、私のいる可能性の最も高い場所だったが、それでも誰ひとり訪ねて来なかった。もちろん、私から思い切って行動を起こさなければ、私は独身のままだっただろう。

ある晩、私はクラブに行って賭け事をした。父との約束を守るため、もう何年もそこへは行っていなかった。約束はもはや無効だと思われた。父は、このような私の苦境と、しばしの気晴らしの必要性を予想できなかったのだから。初めは幸運にも儲けたが、それが不運な恋の代償のような気がしたために悲しくなった。それから負けが続き、それはそれでまた悲しい気分になった。恋に敗れたように、ゲームにも敗れたように思われたからである。すぐに賭け事に嫌気がさした。それは私にもアーダにもふさわしくなかった。その恋はなんと私の心を清らかにしたことか！

あの時期、あまりに過酷な現実によって恋の夢がかき消されてしまったこともたしかだ。夢とは名ばかりだった。私が夢見たのは恋ではなく、勝利だった。あるとき私の夢をアーダが訪れ、夢は美しく輝いた。彼女は花嫁衣裳を着て私といっしょに祭壇に向かったが、ふたりきりになったときも男女の契りを結ばなかった。私は彼女の夫として、こう質問する権利があった。「よくも私にこんな扱いができるものだな！」ほかの権利はどうでもよかった。

引き出しのなかに、アーダやジョヴァンニやマルフェンティ夫人宛の手紙の下書きを見つけた。どれもあの時期のものだ。マルフェンティ夫人への手紙には、長旅に出る前の別れの言葉がそっけなく書かれていた。だが、ほんとうに旅に出るつもりだったかどうかは覚えていない。誰も私を訪ねて来ないことがはっきりするまでは、町をあとにはできなかったはずだ。誰かがやって来たときに私が留守だったら、それこそ不運というものだ！　手紙はどれも発送されなかった。むしろ、自分の考えをはっきりさせるためだけに書かれたものだと思われる。

長年にわたり私は自分を病人とみなしていたが、その病は、私自身ではなくむしろ他人を苦しませるものだった。そのとき私は「苦痛を伴う」病を知ったのだ。それは、私をかくも不幸にした、幾多の身体的な不快感だった。

それはこうして始まった。夜中の一時頃、私は眠れずに起き上がると穏やかな夜空の下を歩き、郊外のあるカフェにたどり着いた。それは初めて入ったカフェで、知り合いに出くわすこともなさそうだった。ベッドで始まったマルフェンティ夫人との架空の会話を、誰にもじゃまされずに続けたいと思っていた私には、それが好都合だった。マルフェンティ夫人は、あらためて私を非難し始めた。夫人によれば、私が娘たちに「足でさわるいたずら」をしたというのだ。いずれにせよ、もし私がそのような行為に及ぶとすれば、相手はアーダ以外にありえなかった。マルフェンティ家では早くもそのような非難が私に浴びせられているのかと思うと冷や汗が出た。不在者につねに非があるというが、私がいないのをいいことに、彼らはよってたかって私を貶めていたのだ。カフェの明るい照明の下、自らを弁護しやすくなった。たしかにときどき、自分の足でアーダの足にさわろうとしたことがあった。一度など実際に足が触れ、彼女がそれを黙認したようにも思われた。しかし結局、それがテーブルの木の足だったことが判明した。さわられて黙っていたのも当然だった。

私はビリヤードに関心があるふりをした。松葉杖をついたひとりの紳士が私に近づいてきて、となりに坐った。そして生レモンジュースを注文した。ウエイターが私の注文を待っていたので、レモンの味が大嫌いだったにもかかわらず、私もつい同じものを頼んでしまった。そのとき、私たちの坐るソファにたてかけてあった杖が床に滑り落ちたので、ほとんど反射的に私は腰を折ってそれを拾い上げた。

「やあ。ゼーノじゃないか！」足の不自由な男が、礼を言おうとした瞬間に私だと気づいて言った。

「トゥッリオ！」私は驚いて大きな声を出し、手を差しのべた。私たちは学友だったが、もう何年も会っていなかった。高校を出てから彼が銀行に勤め、よい地位についたと聞いていた。

しかしながら私はうかつにも、ずけずけとこう訊いてしまったのだ。松葉杖に頼らざるをえないほど右脚が短いのはなぜかと。

彼はごく上機嫌で、六年前にリューマチを患い、脚を悪くしたのだと言った。

私はあわてて多くの治療法を教えた。さも心から心配しているように見せかけるには、それが最適だった。彼はそのすべてを試していた。そこでさらにこう忠告した。

「なぜこんな時間にまだ起きてるんだい？　夜風にあたるのはよくないと思うよ」

彼は愛想よく、おどけた口調でこんなことを言った。夜風はきみの体にとってもいいわけではない。リューマチを患っていない者も生きているかぎり、その病気になる可能性があるのだから。夜中まで起きている権利はオーストリア憲法でさえ認めている。そもそも、通説とは異なり、暑さ寒さはリューマチとは関係ない。かねてより自分はこの病気について研究しており、その原因と治療の研究以外にこの世で何もしていないといえるほどだ。銀行から長い休みを認めてもらったのは、治療のため以上に研究を深めるためだった、などと。さらに彼は、実際に試しているという奇妙な治療について語った。毎日、大量のレモンを食べるというのがそれだ。その日も三十個ほどのレモンをたいらげていたが、もっと食べられるよう訓練したいという。さらに、レモンはほかの多くの病気にも効果があるという彼の考えを披露した。彼も喫煙の悪習に悩んでいたが、レモンを食べるようになってから、煙草を吸いすぎてもさほど体の不調を感じなくなったという。

口に酸味が広がるのを思い浮かべただけで私は身震いしたが、そのすぐあとで、もう少し幸せな生活を想像した。レモンは好きではなかったが、もしレモンが私のすべきことやしたいことを行う自由を与えるなら、しかも私がなんの打撃も被らずにすみ、いかなる束縛からも解放してくれるのなら、私も大量のレモンを食べよう。完全な自由とは、あまり好きではない何かをする代わりに、自分が望むことを行えることである。真の隷属とは、禁欲の刑に処せられることである。タンタロスのようにである、ヘラクレスではなく(どちらもギリシア神話でゼウスの息子。前者は、神聖な食物を盗んだために地獄に落とされ、飢えと渇きに永遠にさいなまれる。後者は、十二の苦行をのりこえた英雄)。

それからトゥッリオは、彼もまた、私の近況を知りたそうなふりをした。私は不幸な恋については語るまいと固く心に決めていたが、気晴らしを必要としていた。私は自分の病について誇張して話したところ(こうして列挙すれば、どれも軽い症状だと安心できた)、目に涙が浮かんできた。一方トゥッリオは、私のほうが病状が重いと信じて、ますます機嫌がよくなった。

彼は私が働いているかどうか尋ねた。町中では私がなんの仕事もしていないというもっぱらの噂で、私は彼にねたまれるのがこわくて、その瞬間、同情されたいと痛切に願った。そこで嘘をついた！　私は自分の事務所で、あまり長い時間ではないが、毎日少なくとも六時間は働いていると言った。さらに、父と母から引き継いだ非常に複雑な仕事のためにさらに六時間働かねばならないと。

「十二時間も！」うれしそうに笑いながらトゥッリオが言った。それは私の願いどおりの反応だった。彼は同情を示したのだ。「人がうらやむような身分じゃないんだね、きみは！」

その結論は正しかった。私は感動のあまり、懸命に涙をこらえねばならなかった。私はこれまでになく自分が不幸になったような気がした。自己を憐れむ弱い気持ちが芽生えたとき、私が病にたいして敏感になったのもむりはない。

トゥッリオは再び持病について語り出したが、それは彼の最大の気晴らしでもあった。彼は太ももから足先までを解剖学的に研究していた。笑いながら私に語ったところによれば、人が早歩きをするとき、一歩にかかる時間は半秒間に満たないが、その半秒間に五十四もの筋肉が動くのだという。私は仰天してすぐに自分の両脚のことを思い、そこに怪物的な機械の存在をさがし求めた。私はそれが見つかったと思った。もちろん五十四の装置を発見したのではなかった。それは、私が注意を向けると動かなくなる巨大で複雑な機械だった。

私は足を引きずりながらそのカフェを出た。それから数日間、ずっと足を引きずっていた。私にとって歩くことは重労働になり、しかもかすかに苦痛も伴った。複雑にからみあうその装置はもはや油が切れ、動くときに互いに傷つけ合っているように思われた。あとで述べようと思うが、私はその二、三日後により深刻な苦痛に見舞われ、最初の痛みが軽減された。しかし、これを書いている今現在もなお、私の歩き方を誰かが見れば、五十四の運動がぎこちなくて、今にもころびそうなのである。

このような障害もアーダのせいにした。多くの動物が猟師やほかの動物の餌食になるのは、さかりがついているときである。そのときの私は病の餌食になっていた。もし別なときに怪物的な機械のことを聞いていれば、きっとなんの悪影響も被っていなかっただろう。

私がとっておいた一枚の紙の走り書きから、あの時期の別のふしぎなできごとがうかがえる。五十四の運動の病をぜひとも治すという決意とともに記された最後の煙草のメモのほかに、詩の習作があった……ハエについての。もし私が事情を知らなければ、昆虫に「そなたは」と呼びかける上品なお嬢さんの手になるものと思うだろうが、私の書いたものにまちがいないとすればこう考えざるをえない。私にそんなまねができるとすれば、どこの誰でもできるだろうと。

その詩は次のようにして生まれた。夜遅く帰宅した私は、床に就かずに書斎に行き、ガス灯をつけた。明かりに引き寄せられた一匹のハエがうるさくつきまとった。私は一撃を加えて追い払ったが、手がよごれないように力を抜いた。しばらく忘れていたが、机のまんなかでゆっくりと息を吹き返すハエを見つけた。じっと動かずに直立し、さっきよりも背が高くなったように見えた。それは、一本の足が硬直し、曲げられなくなっていたからだった。二本の後ろ足でしきりに翅(はね)をこすっていた。動こうとしたが、背中からひっくり返った。それからまた体勢を立て直し、一連の動作を執拗に繰り返した。

そこで私はその詩を書いたのだった。ひどい痛みに襲われた小さな虫が、ふたつの過ちによって大きな苦労を強いられていることがわかり、驚いたのだ。まず何よりも、傷を負っていない翅を執拗にこするという行為そのものが、自分の苦痛がどの器官に由来するのかハエがわかっていない証拠だった。さらに、その不断の努力が示していたのは、健康が生まれながらの権利であり、それが失われてもいずれはとりもどせるという基本的な信念が小さな頭にあるということだった。それらの過ちは、ひと季節しか生きられず、経験を積む時間のない虫にすれば、いたしかたのないことであるが。

そして日曜日になった。マルフェンティ家を私が最後に訪れてから五日目が過ぎた。ごくわずかしか働いていない私はつねに休日に大きな敬意を払ってきた。それは、人生を短い期間に分割して、人生の耐えがたさをやわらげてくれた。日曜日は、苦労ばかりの私の一週間をしめくくり、楽しむ権利を授けてくれた。私は自分の計画をまったく変えるつもりはなかったが、日曜日は例外であり、アーダに会うことにした。言葉をかけて計画を台なしにしてはならないが、彼女に会う必要があった。私に有利な情勢に変わっていたかもしれず、やたらと悩み続けてもなんの得もなかった。

そこで昼ごろ、私の哀れな両脚が許すかぎり急いで町中にかけつけ、マルフェンティ夫人と娘たちがミサからの帰りに通るはずの道に向かった。よく晴れた日曜日だった。歩きながら私は、待ちに待った知らせが町で聞けるかもしれないと思った。それはアーダの愛だ！

実際はそうならなかったが、もう少しだけ幻想をいだくことになる。信じがたい幸運が私に訪れたのだ。アーダとばったり顔を合わせたのである。それもアーダひとりと。私は思わず立ち止まり、息をのんだ。どうすべきか？　私の決意に従えば、私はわきにのいて彼女を通し、軽く会釈すべきだっただろう。しかし私の頭は混乱していた。決意事項はほかにもあり、そのうちのひとつを思い出したのだ。彼女ときちんと話をして、私の運命を彼女の口から聞き出すべきだ、というのがそれだ。私は道を譲らなかった。彼女がまるで五分前に別れたばかりのような挨拶をしたとき、私は彼女のわきに並んだ。

アーダは言った。

「こんにちは、コジーニさん！　私ちょっと急いでおりまして」

私は言った。

「さしつかえなければ、しばらくごいっしょしてもよいですか？」

彼女は笑顔でうなずいた。さてそこで、私は彼女に話をすべきだったのだろうか？このまままっすぐ帰宅するところだと彼女はつけ加えた。それゆえ、私に与えられた時間は五分しかないことがわかった。そして、大切なことを言うのにそれで十分かどうか計算しているうちに、その一部が失われたことにも気づいた。全部を伝えられないなら、何も言わないほうがいい。当時、私たちの町では、若い娘が青年と肩を並べて道を歩くだけでも、体面を汚す行為とみなされたために、私は当惑をおぼえた。彼女は私にそれを許したのだから。それだけで私は満足してもよかったのではないか？　そのあいだも私は彼女を見つめながら、怒りと疑念に覆われた私の愛を再びまるごと感じようとした。少なくとも私は夢をとりもどせるのだろうか？　均整のとれた彼女の姿が大きくも見え、また同時に小さくも見えた。現身の彼女のとなりにも、夢が群れをなして戻って来た。それこそ、私の願望の現れであり、大きな喜びとともにそれを迎え入れた。私の心からは怒りも恨みもいっさい消え去った。

しかし私たちの背後で、ためらいがちな呼び声がした。

「すみませんが、お嬢さん！」

私は憮然として振り返った。私が説明を始めようとしていた矢先に、誰があえてそれを中断したのか？　髭のない若者が不安げな目つきで彼女を見ていた。髪は黒く、肌は青白かった。助けを求めてくるのではないかと期待しつつ、私も彼女を見た。彼女のちょっとした合図さえあれば、私はその男につめ寄り、その無礼な態度の理由を問いつめていただろう。彼がしつこければなおよかった。乱暴なふるまいに身を任すことが許されたならば、私の病はたちどころに治っていただろうから。

ところがアーダはそのような合図はしなかった。自然に笑みがこぼれた。頰と口の形や、瞳の色がかすかに変化したことから、それがうかがえた。彼女は彼に手を差し出した。

「グイードさん！」

その洗礼名に私は心を痛めた。彼女はつい先ほど、私を姓で呼んだばかりだったからだ。

グイード氏とやらを私はまじまじと見た。その服装は洗練されてはいたが、きざで、右手には長い象牙の握りのあるステッキをもっていた。一キロ歩くごとに金を払うと言われても、私ならもつのを遠慮するような代物だった。そのような人物がアーダの脅威になるかもしれないと私が想像したとしても、責められることはあるまい。おしゃれな服を着て、その手のステッキをもつ不審な輩が、世の中には少なからずいるものだから。

アーダのほほ笑みは、ごくありふれた世俗の交わりに私を連れ戻した。アーダは彼を紹介した。私もまたほほ笑んだ！　アーダのほほ笑みは、どこかそよ風に吹かれて透明な水面にさざ波が立つのに似ていた。私のほほ笑みもまた同じようなものではあったが、ただし、石が水に投げ入れられて生じる渦を想起させた。

彼の名はグイード・シュパイエルだった。私のほほ笑みからは不自然さが消えていった。相手が気にさわるような何かを言う機会がすぐに与えられたからだった。

「あなたはドイツ人ですか？」

彼は丁重に、その名を聞けば誰もがそう思いますと答えた。しかし、彼の家に残る記録は、何世紀も前から一家がイタリア人であることを証明しているという。私もアーダもトリエステの方言しかしゃべれなかったのに、彼はごく自然にトスカーナ語（イタリア語の基礎となった言語）を話した。

彼の言葉をよく聞き取ろうとして、その顔を見つめた。とても美しい若者だった。無意識に開かれた口元から、白く完璧な歯並びが見えた。目は生き生きと表情豊かだった。帽子を脱いであらわになった頭髪は黒く、少し縮れていたが、母なる自然の定めた覆うべき部分をすべて覆っていた。一方、私の頭は、額がかなり後退していたのだった。

アーダがいなかったとしても私は彼を憎んでいたにちがいないが、この憎しみ自体が耐えがたく感じられて、それを軽減しようとした。私は考えた。「アーダには若すぎる」

さらにこう思った。彼にたいする彼女の親密さと好意は、父親の命令によるものにちがいない。きっと彼はマルフェンティの事業に欠かせない人物なのだ。であるならば、家族全員が協力してもふしぎではない。

私は彼に訊いた。

「お住まいはトリエステですか?」

ひと月前ここに引っ越して来て、商社を設立したのだと答えた。私は胸をなでおろした! 思ったとおりだったのだ。

私は足を引きずっていたが、歩き方がさほど不自然ではなかったせいか、誰にも気づかれなかった。私はアーダを見つめながら、彼女以外のすべてを忘れようとした。いっしょに歩いている別の男も含めてすべてを。つまるところ、私は現在の人間であるから、未来のことは考えない。未来が現在に明らかな影を投げないかぎりは。アーダは私たちふたりにはさまれて歩いていた。その仮面のような顔に、ほほ笑みともとれる、かすかな喜びの表情が浮かんだ。その幸せそうな表情はそれまでに見たことのないものだった。そのほほ笑みは誰にたいするものだったのだろう? しばらく会っていなかった私へのほほ笑みだろうか?

私は彼らふたりの話に耳を傾けた。交霊術について話していた。グイードがマルフェンティ家にテーブル・ターニング（交霊術、コックリさん）を導入したことがすぐにわかった。

アーダの唇に浮かんだほほ笑みが私へのものだとどうしても確認したくなり、彼らの話題に首をつっこみ、即興で霊にかんする作り話を披露した。どんな詩人も私以上にうまく即興で韻を踏めなかったにちがいない。どういう結末になるか見当もつかないうちに私は話し始めていた。それから私は、自分も霊を信じるようになったと断言した。「この同じ通りできのう体験したできごとがきっかけです。いや実際は、これと平行する、向こうに見える通りで起きたのでした」それから私は、アーダも知るベルティーニ教授のことを話した。教授は、定年後に移住したフィレンツェでしばらく前に亡くなっていた。ある地方紙の訃報欄でその死を知った私は、そのことをしばらく忘れており、ベルティーニ教授のことを思い出しては、のんびりと年金生活を送り、カシーネ公園を散歩する姿を目に浮かべていた。「ところがきのう、私たちがいま歩いているこの通りと平行するあの通りで、ある紳士が私に近づいて来たのです」彼は私のことを知り、私もたしかに見覚えがあった。その歩き方には特徴があり、体を揺することで歩行を助けようとする女性のそれに似ていた。

「きっとそうね！　ベルティーニ教授にちがいないわ！」笑いながらアーダが言った。

私の話に笑ってくれたことに勇気づけられて、さらに言った。

「見覚えはあったのですが、誰だか思い出せませんでした。私たちは政治の話をしました。たしかにベルティーニ氏でした。くだらないことばかりしゃべっていたからです、あの羊みたいな声で……」

「声も本人のもの!」アーダはさらに笑い、結末を早く聞きたそうな顔で私を見た。

「そうです! ベルティーニ氏にまちがいありません」私のなかで埋もれていた偉大な俳優の素質を発揮して、驚いたふりをしながら言った。「彼は私と握手をして別れを告げると、飛び跳ねるようにして立ち去りました。私はそのあとを何歩か追いかけ、状況の把握に努めました。話した相手がベルティーニ氏だと気づいたのは、姿が見えなくなってからでした。一年も前に死んだベルティーニと話したとはね!」

やがて彼女は自宅の門の前で立ち止まった。グイードの手を握りながら、今夜お待ちしておりますと言った。それから私にも会釈をして、退屈してもよければ今夜、テーブルが踊る交霊術におこしくださいと言った。

私は返事をせず、礼も述べなかった。招待を受ける前にそれについて検討せねばならなかった。儀礼的な誘いのようにも思われた。そうだ、おそらく私の休日はその集まりとともに終わることになるのだ。しかし、私は礼儀を欠きたくはなかった。あらゆる道が開かれるようにしておきたかった。招待を受けるのもその道のひとつだった。ジョヴアンニに用事があると私は彼女に伝えた。彼は急用ができて向かった事務所にまだいるはずだと彼女は答えた。

グイードと私はしばし、玄関の暗がりのほうへと消えてゆく、その優美な後ろ姿に見とれた。グイードがそのとき何を考えたかはわからない。私にかんしては、不幸そのものだった。なぜ彼女は、グイードよりも先に私を招待しなかったのだろうか?

私たちはいっしょに帰路につき、ほとんどアーダと出会った地点まで来た。グイードは礼儀正しく屈託のない顔で(私が他人の性格で何よりもうらやむのは屈託のなさである)、彼が実話だと信じた私の作り話をまたもちだした。その話で真実だったのは次の点だけだった。ベルティーニの死後も、くだらないことを話す人物がトリエステに暮らしていたが、歩き方がつま先立ちのように見え、声も奇妙だった。彼と知り合った時期が重なったので、ベルティーニのことをちょっと思い出したのだった。私の作り話のことでグイードがあれこれと頭を悩ませるのは悪い気分ではなかった。マルフェンティ家にとって彼は重要な商人にすぎないのだから、彼を憎むのは筋違いだとわかってはいた。だが、きざな着こなしと例のステッキが嫌だった。もっとはっきり言えば、嫌で嫌でたまらなかったので、一刻も早く彼から解放されたかったのだ。ところが、彼の話を最後まで聞くはめになった。

「あなたが話をされた人はベルティーニ氏よりもずっと若く、男らしい声で頑健な兵士のように歩き、似ていたのは、くだらないおしゃべりだけだったかもしれません。ベルティーニ氏を連想するのに、そのことだけで十分だったのでしょうね。そうであるとすれば、あなたがかなりのうっかり者だと考えねばなりません」

彼の思考を手助けするつもりはなかった。

「私がうっかり者だって？　何をおっしゃる！　私は実業家ですよ。私がうっかりしていたら、どうなりますか？」

それから、これは時間のむだだと思った。ジョヴァンニに会いたかった。娘に会ったのだから、父親に会うこともできたはずだ。もっとも彼はたいして重要ではなかったのだが。彼の事務室で会うことを望むなら、急がねばならなかった。

グイードは、ひとつの奇蹟において、それがどの程度まで奇蹟を行った人や奇蹟に立ち会った人の不注意によるものかという点について、さらに思考を巡らせた。私は彼から解放されたくて、せめて彼と同じくらい自分が無遠慮なところを見せたかった。その思いが、性急に彼の話をさえぎるという、粗野なふるまいを私にとらせた。

「私からすれば、奇蹟は存在し、また存在しない。ごたくを並べて話を複雑にしないほうがいい。信じるか、信じないかのどちらかです。どちらにせよ、ことはいたって単純です」

彼に敵意を見せたくはなかったからこそ、今の言葉で彼に譲歩したつもりだった。私は実証主義者を自認し、奇蹟など信じていないのだから。しかしそれは、非常にうっ憤のたまる譲歩だった。

私はそれまで以上に足を引きずりながら、その場を離れた。グイードが振り向いて私のうしろ姿を見ないように願いながら。

私はどうしてもジョヴァンニと話さねばならなかった。まず何よりも、その日の夜、私がどうふるまうべきか、彼なら教えてくれるだろう。私はアーダから招待を受けたのだったが、その招待を受けるべきなのか、あるいは、それがマルフェンティ夫人の意志に明確に反することを肝に銘じるべきなのか、ジョヴァンニの態度から判断がつくことだろう。マルフェンティ家との関係をはっきりさせる必要があった。日曜だけでは不十分なら、月曜日もその解明のために充てよう。立てた誓いに反することばかりしていたのに、それに気づいていなかった。それどころか、五日間の熟慮ののちに下された決断を実行しているような気になっていた。こんなふうに私は当時の自らの行動を正当化していたのである。

ジョヴァンニが大声で挨拶し、私を出迎えてくれたのでうれしくなった。彼の机の正面の、壁を背にして置かれた肘かけ椅子に坐るように私を促した。

「五分だけ待って！　すぐ終わりますから！」そのあとすぐ、こうつけ加えた。「ところで、足を引きずってますか？」

私は顔が赤くなった！　だが、また作り話をしたくなった。そこで、カフェから出るときに足を滑らせたのだと言った。そして、私がこのような目に遭ったカフェの名前を明かした。ころんだのがアルコールで頭がもうろうとしていたせいだとは思われたくなかったので、私が転倒したとき、リューマチを患って足の不自由な人といっしょだったという細部を笑いながらつけ加えた。

ジョヴァンニの机のわきに、事務員がひとりと倉庫係がふたり立っていた。商品の受け渡しにかんしてなにか不測の事態が生じたらしく、ジョヴァンニは、ふだんはめったにかかわらない倉庫の作業に口を出し、叱りつけていた。彼が倉庫にかかわらないのは──彼が言うには──自分にしかできないほかの仕事のために、考える余力を残さねばならないからだった。彼は、従業員たちの耳に自らの命令を刻みこもうとするかのように、ふだんよりもさらに大きな声でどなっていた。事務所と倉庫のあいだで交わされるべきやりとりを、どういう手順で行うかが問題になっていたように思う。

「この紙はだな」帳簿から引きちぎった一枚の紙を右手から左手にもちかえながら、

ジョヴァンニがどなった。「きみがサインをし、これを受け取った事務員が、まったく同じ書式の紙にサインしてきみに渡すんだ」

彼は従業員たちの顔を眼鏡ごしに見詰めたり、眼鏡を下にずらしてのぞきこんだりしながら、もう一度声を張り上げて話をしめくくった。

「わかったか？」

彼は最初から説明し直そうとしたが、私には大きな時間のむだと思われた。私が急がなければ、アーダの獲得において不利に立たされるかもしれない、そんなふしぎな気持ちになったのだ。しかし、誰も私を待っていなければ、私も誰ひとり待っていないことに、あとから気づいて驚いた。私にとってすべきことは何もなかったのだ。手を伸ばしながら私はジョヴァンニに近づいた。

「今夜お宅にうかがいます」

彼がすぐに私のもとに近寄ると、ほかの者たちはかたわらに退いた。

「そういえばここしばらくお会いしてませんが、なぜかな？」彼は端的に尋ねた。

私は驚き、当惑した。この質問こそまさに、私に尋ねられて当然だったのに、アーダが私に投げかけなかった問いだったのだ。その場にほかに人がいなければ、私は彼に素直に打ち明けていただろう。私に危害を加えようと全員ではかりごとをしているのだと思いこんでいたが、今の質問で、彼の無実が証明された、と。彼だけが無実であり、私の信頼に値したのだ。

おそらくそのときはまだ、私もはっきりと状況を把握しておらず、その証拠に、私には、事務員と倉庫係が遠ざかるまで待つ忍耐もなかった。それにアーダはひょっとすると、予期せぬグイードの出現によって、そのような質問ができなかったのではないかと考えたくもあった。

しかし、大急ぎで仕事に戻りたそうなジョヴァンニもまた、そこで話を中断した。

「では今夜会いましょう。あなたの知らないヴァイオリニストを紹介しますよ。ヴァイオリン愛好家と名乗っていますが、それは、金に不自由していないので音楽を職業にせずにすむからにすぎません。事業に専念したいそうです。私も音楽が好きですが、もし彼の立場なら、音楽だけしか売り物にしませんがね。ご存知ですか、グイード・シュパイエルという名前です」

「え、ほんとうに？　ほんとうですか？」さもうれしそうな表情で私は言った。頭を振り、口を開けて。つまり、自分の思いどおりになる部分を動かしながら。あの美青年がヴァイオリンも弾けたとは！「ほんとうですか？　そんなに上手に」私はジョヴァンニがふざけているのだと思いたかった。その賛辞がおおげさであり、グイードのヴァイオリンはただの下手の横好きでしかない、と。ところがジョヴァンニは、心酔ぶりを表すかのように頭を振り続けていた。

私は彼の手を握った。

「さようなら！」

私は足を引きずりながら扉のほうに向かった。ある疑念にとらわれて私は立ち止まった。おそらく招待を受けないほうがよいのではないか、そしてその場合は、ジョヴァンニにあらかじめ断るべきではないのか。私は振り返り、彼のもとに戻ろうとしたが、そのとき彼がしげしげと私の顔を見つめているのに気づいた。前のめりになって、できるだけ近くから私のようすをうかがおうとしていた。それが耐えがたくて、私は立ち去ったのだった！

ヴァイオリン奏者だったとは！　彼がもしほんとうにそんなに上手なら、はっきり言って私は終わったも同然だった。せめて私にできたのは、もうその楽器を弾かないこと、あるいは、わざわざマルフェンティ家まで行って演奏しないことだ。私がその家にヴァイオリンをもって行ったのは、その音色で一家の心をつかむためではなく、私の訪問を長引かせるための口実にすぎない。私は愚かだった！　もっと無難な口実がほかにいくらでもあったのに！

私がかってな思いこみをしていたとは誰も言えまい。私には鋭い音楽的感性があると自負しているが、いたって難解な音楽を求めるのは気どっているからではない。しかし、私の鋭い音楽的感性は、私の演奏が聞く者を魅了するレベルにはけっして達しないことを、昔からずっと見抜いている。それでも演奏を続けるとすれば、私が治療を続けるのと同じ理由による。私が病気でなければ、いい演奏ができるはずである。だからこそ、四本の弦のバランスをさぐるときも、健康を追求するのだ。私の体には軽い麻痺があり、それがヴァイオリンに全面的に現れるため、より治療が容易になる。どんなに愚かな者も、三連音符、四連音符、六連音符が何かわかれば、ひとつの音型から別の音型へと正確なリズムで移動できる。彼の視線が色彩を識別するのと同じようにである。ところが私の場合、それらの音型のひとつを奏でると、それがまとわりついて、もはやそれから離れられなくなり、その結果その音型がほかの音型のなかに入りこみ、変形させてしまうのだ。音符を正しい場所に置くために、私は足や頭で拍子をとらねばならず、そうなると自由闊達さもゆとりもなくなり、音楽どころではない。バランスがとれた身体から生み出される音楽は、音楽そのものが創造し、消尽する時間と同じなのである。そのような音楽を演奏できれば、私の病は治っているはずである。

初めて私は戦場から撤退しようかと考えた。トリエステを去って、骨休めに別の場所に行こうかと。私にはもはやなんの希望もなかった。アーダはすでに私のもとを去ってしまった。それはまちがいなかった！　彼女が別の男と結婚することを、私は知っていたのではないか？　まるで学位を授けるかのように、彼女が彼をふるいにかけ、重さを測ったあとで。実際は、夫を選ぶとき、ヴァイオリンが人間のなかで重要な役割を果たすわけではないのでばかげているようだが、そう考えたところで慰めにはならなかった。私はその音色の大切さを感じていた。鳴き鳥にとって、それが決定的であるように。

私は書斎に閉じこもった。ほかの人々にとって休日はまだ終わっていなかったのだ！私はヴァイオリンをケースから取り出し、叩き割ろうか、それとも奏でようか迷った。結局、最後の別れのつもりで弾いてみることにした。そして最後は、永遠の『クロイツェル』（一八〇三年にベートーヴェンが作曲したヴァイオリンソナタ。フランスのヴァイオリン奏者ロドルフ・クロイツェルに捧げられている）を練習した。同じ部屋でそれまでに私は、どれだけ弓を動かしてきただろう。その距離は何キロにもなるが、またそのとき戸惑いをおぼえながら、機械的に数キロを追加したのだ。

あの呪われた四本弦の楽器を練習したことのある人は誰でも知っている。ひとりもくもくと努力を積み上げれば相応の進歩につながるものだ、そう思わずにはいられないことを。もしそうでなければ、誰が耐えられるだろう？　まるで不幸にも人を殺してしまったときに受けるような、あの際限のない過酷な試練に。しばらく時間が経つと、私のグイードとの戦いが敗北と決まったわけではないような気がしてきた。私がグイードとアーダのあいだに割って入り、勝利のヴァイオリンを響かせる機会がないともかぎらないではないか？

これはうぬぼれではなく、私のいつもの楽観主義であり、私はそれをけっして振り払うことができないのだった。初めは不運に見舞われそうな予感に恐れおののくものの、しだいに忘れ、最後は、それを避けられるという確信に変わるのだ。そのあとは、私のヴァイオリン奏者としての能力にたいして甘い評価を下せばよかった。一般に芸術において、確かな評価は比較によって成立するものだが、私の場合は比較の対象がなかった。それに、自分の弾くヴァイオリンは耳元で響き、それが心に訴えかけるのだ。私は疲れて弾くのをやめたとき、自らにこう言い聞かせた。

「えらいぞゼーノ、これでパン代は稼いだぞ」

なんのためらいもなく私はマルフェンティ家に赴いた。招待を受け入れてしまったのだから、欠席することはもはやできなかった。女中が優しくほほ笑んで私を出迎えて、しばらく来なかったのは具合が悪かったせいかと尋ねたことが、いい兆しのように思われた。私はチップを渡した。彼女の口から発せられた質問は、家族全員を代表するものだったにちがいない。

彼女は私を客間に通した。そこは真っ暗闇に包まれていた。光にあふれた控えの間から入ったため、私は一瞬何も見えず、じっとしていた。しだいに、客間の奥の、私からかなり遠いところに置かれたテーブルのまわりを囲む人影が見えてきた。

アーダの声が私に挨拶した。暗がりのなかでその声は、官能の響きがした。ほほ笑みかけるような、なでるような声だった。

「おかけください、どうぞそちら側に。霊のじゃまにならないようにしてくださいね」

このまま進めば、私はきっと霊のじゃまだてをすることはなかっただろう。テーブルの反対の縁から別の声がした。アルベルタ、あるいはアウグスタかもしれない。

「霊の呼び寄せに加わるおつもりなら、まだこちら側に席がありますよ」

私は傍観するのはやめようと心に決めて、アーダの声がしたほうに思い切って向かった。そのとき膝をテーブルの角にぶつけた。ヴェネツィア製の例の角だらけのテーブルだ。激痛が走ったが、立ち止まることなく前に進み、差し出された椅子に坐った。ふたりの娘のうちどちらが椅子を勧めたのかわからなかったが、私の右側がアーダで、左がアウグスタだろうと思った。アウグスタとの接触をいっさい避けるつもりで、すぐに右のほうに体を寄せた。しかし、私のかん違いかもしれないと思い、右どなりの人の声を聞くために尋ねた。

「みなさんはもう霊との連絡がついたのですか?」

私の正面に坐っているらしいグイードが、私の言葉をさえぎり、横柄な態度でどなった。

「静かに!」

それから口調をやわらげた。

「みなさん集中してください。呼び出したいと思う死者のことを懸命に考えてください」

私は、あの世をのぞくためのいかなる種類の試みにも反感はいっさいもっていない。このような成功を収めるのなら、自分からジョヴァンニの家にテーブル・ターニングを導入しなかったことが、むしろ腹立たしいくらいだった。しかしグイードの命令には従いたくはなかったので、まったく集中はしなかった。やがて、アーダにはっきりしたことをひとつも言えないまま、ここまで事態を静観してしまったことが悔やまれてならず、ちょうど都合のいいことに暗闇のなか本人がとなりにいるのだから、すべてを明らかにしようかと思った。それを思いとどまらせたのはただ、彼女を永久に失ったのではないかという懸念のあとで、これほど近くにいられることの甘美さえゆえだった。私の服にかすかに触れる生温かい生地の柔らかさが感じられた。このように体を寄せ合っていると、私の足が彼女の小さな足に触れるのではないかとも思った。私の知るかぎり、彼女は夜になるとエナメル革のブーツを履いた。あまりにも長い苦悩のあとだけに、それはあまりにも甘美だった。

またグイードが口を開いた。

「みなさんにお願いします、集中してください。今度は、みなさんが呼びかけた霊に、テーブルを動かして現れるよう懇願してください」

彼がテーブルに専念してくれてありがたかった。アーダが私のほぼ全体重を甘んじて受けとめていることはもはや明らかだった！　私を愛していなければ、耐えられないにちがいない。すべて明らかになるときが来たのだ。私は右手をテーブルから下ろし、彼女の腰にそっと腕をまわした。

「わたしはあなたを愛しています、アーダ！」私は、彼女がよく聞きとれるように顔を近づけてから、小声で言った。

その娘はすぐには答えなかった。それから、ささやくような声で言った。だが、声の主はアウグスタだった。

「長いあいだいらっしゃらなかったのはなぜ？」

驚愕と失望で私は椅子からころげおちそうになった。すぐにこう思い直した。ついにこの煩わしい娘を私の運命から排除すべきときが来たと。だがそうはいっても、彼女にそれなりの配慮を示す必要があった。つまり私は立派な騎士として、私を愛する女に敬意を表さねばならなかった。たとえ彼女がこの世で最も醜い女だったとしても！　彼女は心から私を愛していた！　その愛に私は心が痛んだ。その愛こそが彼女に次のようにささやいたのだった。自分がアーダではないことを言ってはいけない。私がアーダから期待していた問いを発しなさい。アーダからはかけてもらえなかったその言葉こそ、アウグスタ自身が私と再会したとき、すぐに言おうと待ちかまえていたものだった。

私は自分の本能に従い、彼女の質問には答えなかったが、わずかにためらったのちに彼女に言った。

「やはり、あなたに本心を打ち明けてよかった、アウグスタ、あなたはとてもよい方だから！」

私はすぐに三脚に坐り直し、心の平静を保った。アーダとの関係は依然としてはっきりしないが、アウグスタとは完全に意志の疎通がとれた。ここにあいまいな点はいっさいなかった。

グイードがまたも警告を発した。

「静かにしたくないのなら、この暗闇にいる理由がないでしょう!」

彼は知るよしもなかったが、身をひそめ、集中を高めるために、私には多少なりとも暗がりが必要だった。私は自らの過ちに気づいた。私は平静をとりもどした気でいたが、たんに坐るときにバランスを保ったにすぎなかったのだ。

アーダと話がしたかった、できれば明るい光のなかで。左側にいるのが彼女ではなく、アルベルタのような気がした。どうすれば確かめられるだろう? このような疑いのせいで、私の体は左に傾いて椅子から落ちそうになった。姿勢を直すさい、テーブルに手をついた。全員が叫び声を上げた。「動いてる、動いてる!」無意識の私の動作によって、疑問が明らかになるかもしれなかった。アーダの声はどこから聞こえたのか? ところがグイードの声がほかの声を抑えつけ、静かにするように命じた。私はいっそのこと、おまえこそ静かにしろと言ってやりたかった。それから彼は声色を変え、猫なで声で(愚か者め!)、そこにいると彼が信じる霊に話しかけた。

「お願いですから、あなたの名前を、私たちのアルファベットで示してください!」

彼はすべてにおいて抜かりなかった。霊(spirito. ギリシア語の気息記号も意味する)がギリシア文字を使わないよう手を打ったのだ。

私は暗闇のなかにアーダをさがしながら、喜劇を続けた。ややためらったものの、私は七回続けてテーブルを跳ね上げることによって、Gの文字だとわからせた。われながら名案だった。次のUは、何度も動作を繰り返さねばならなかったが、一文字ずつしっかり区切り、グイードの名を示した。彼の名を出すことで、霊の世界に彼を少しでも近づけたかったことは疑いがない。

グイードの名が完結したとき、ついにアーダが口を開いた。

「あなたの先祖かしら？」とささやいた。アーダはちょうど彼のとなりに坐っていた。私はできることならテーブルを動かして、ふたりのあいだに割りこませ、ふたりを引き離したかった。

「そうかもしれません！」グイードが言った。彼はそこに先祖がいると信じていたが、私に恐怖心はなかった。声の調子が変わるほど明らかに彼が動揺していたので、私はうれしかった。それは、相手が思ったほどの強敵ではないことがわかったときの剣士の喜びに似ていた。彼はけっして冷静にこの実験をしていたわけではないのだ！　まさに愚か者であった！　人の弱点を見つけたとき私はすぐに同情にかられるほうだが、彼の弱点は別だった。

それから彼は霊に呼びかけた。

「もしあなたがシュパイエルという名前なら、一回だけテーブルを動かしてください。

ちがっていれば二回」彼が祖先に会いたがっているようだから、私はテーブルを動かして彼を喜ばせた。

「祖父だ！」グイードがつぶやいた。

その後、霊との会話はより滑らかになった。なにかの知らせをもっていないか霊に尋ねると、答は「はい」だった。事業にかんするもの、それとも別の知らせ？　事業だった！　なぜこちらのほうにしたかといえば、テーブルを一回動かせばすんだからだ。グイードはそれが吉報か、それとも悪い知らせか尋ねた。私は――このときはまったく躊躇せず――、二度テーブルを動かそうとした。ところが二度目のとき、私の動作が妨げられた。吉報を望む何者かのしわざにちがいなかった。もしかしてアーダが？　二度目の動きを遂行するために、私はなんとテーブルに覆いかぶさった。私はなんなく思いを遂げた！　悪い知らせになった！

この小競り合いが原因で私が力を入れすぎたため、列席者全員を動かすはめになった。

「おかしいぞ！」グイードがつぶやいた。そして、断固として叫んだ。

「もうたくさんだ！　ここには闇に隠れておもしろがっている輩がいる！」

それは、全員を同時に服従させる命令だった。客間のさまざまな場所に明かりがともされ、一挙に部屋は明るくなった。グイードの顔が青白く見えた。アーダはその男にだまされている。私が彼女の目を開いてやらねばならない。

客間には、三人の姉妹のほかに、マルフェンティ夫人ともうひとり別の女性がいた。その顔を見て、私は伯母のロジーナだと思いこみ、困惑と不安をおぼえた。ふたりにたいし私は、それぞれ異なる理由から改まった挨拶をした。

おもしろいことに、テーブルに残った私のそばにはアウグスタしかいなかった。このことでまたとやかく言われかねなかったが、グイードを囲むほかの者たちの輪に加わる気にはどうしてもなれなかった。彼はテーブルを動かしたのが霊ではなく、意地の悪い生身の人間だと気づいたと、興奮ぎみに話していた。アーダではなく、彼自身がしゃべりすぎのテーブルを抑えようとしたのだという。

「二度目に動くのを阻止しようと私は全力でテーブルを抑えました。私の抵抗に負けまいとして、なんとテーブルに覆いかぶさった者がいたんですよ」

彼の交霊術のなんとすばらしいことか！　霊の力はさほど強くはない、と言うに等しいではないか！

私はかわいそうなアウグスタを見た。姉にたいする私の愛の告白を聞かされて、どんな顔をしているかうかがった。顔はまっ赤だったが、優しい笑みを浮かべて私を見た。そのとき初めて、その告白を聞いたことをきっぱりと認めた。

「そのことは誰にも言いません！」と小声で私にささやいた。

私はとてもうれしかった。

「ありがとう！」とつぶやいて、私は彼女の手を握った。小さくはないが、完璧なかたちの手だった。私はアウグスタのよき友人になれそうな気がした。それ以前の私は、醜い人たちの友人になるなんてことはとても不可能だと思っていたのだ。私が抱きしめたとき、予想以上に華奢だった彼女の腰が気に入った。顔だって悪くなかった。あらぬ方向を見ている目のせいで、不器量に見えるだけだったのだ。上半身全体が不恰好だと思いこんでいた私はたしかにおおげさだった。

レモネードがグイードのために運ばれた。まだ彼を取り囲んでいる人の輪に私が近づいたとき、その輪から離れたマルフェンティ夫人と顔を合わせた。楽しそうに笑いながら私は訊いた。

「気付け薬が必要なんですかね？」夫人の唇には、かすかな嘲笑が浮かんだ。

「男らしくない方ね！」夫人はグイードをはっきりとそう評した。

私は自分の勝利が決定的になったと信じこんだ。アーダが母親と意見を異にするはずがなかった。勝利はすぐに、私のような人間にはつきものの効果を生んだ。私の心から恨みがいっさい消え、グイードのこれ以上の苦しみを望まなかった。私のような人ばかりなら、きっとこの世のつらさも減ることだろう。

私は彼のとなりに坐り、ほかの者たちを見ずに言った。

「申し訳ありません、グイードさん。私はたちの悪いいたずらをしてしまいました。あなたと同じ名前の霊がテーブルを動かしているように見せかけたのは私です。お祖父さんがあなたと同じ名前だと知っていたら、こんなことはしなかったでしょう」

グイードの顔つきが明るくなるのがわかった。私の告白が彼にとって大きな意味をもったようだった。しかし彼はそれを認めようとせず、私にこう言った。

「ここのご婦人方はとても思いやりがありますね！　慰めは無用です。深刻なことではありません。正直に言ってくださって感謝しますが、誰かが祖父になり代わっていることはとっくに察しておりました」

満足そうに笑いながら言った。

「あなたはとても力が強い！　テーブルを動かせるのは、列席者のなかで私以外にひとりしかいない男性だと気づくべきでした」

私は彼よりも強いところを見せたつもりになっていたが、じつは彼よりも弱いとすぐに思い知らされることになった。アーダが敵意のある目で私を見たのである。そして、美しい頬を紅潮させながら私を責めた。

「残念ですわ、あなたがそのようないたずらを平気でなさるとは」

私は息がつまり、口ごもりながら言った。

「ふざけてみたかったんです！　あのようなテーブルのことなど誰も本気にしているとは思えなかったので」

グイードを攻撃するにはやや遅すぎた。むしろ、私の耳が敏感だったならば、彼との戦いで私が勝つことはけっしてないだろうと感知したにちがいない。アーダの怒りが何よりもそれを雄弁に語っていた。なぜ私は、彼女がもう完全に彼のものになっていたことに気づかなかったのだろう？　私はかたくなに思いこもうとしていたのだ。彼は彼女にはふさわしくない、真剣なまなざしで彼女がさがすべき男ではない、と。マルフェンティ夫人もそう感じていたのではないだろうか？

みながみな、私を守ろうとして、私の立場をさらに悪くした。マルフェンティ夫人は笑いながら言った。

「いたずらは大成功とはいかなかったようですね」伯母のロジーナはしかし、大きな体を揺すって笑い、感嘆したように言った。

「すばらしいわ！」

グイードの態度がかなり友好的だったことが私はかえって残念だった。彼にしてみれば、霊が悪い知らせを告げたのではないと確認すること以外どうでもよかったのだ。彼は私に言った。

「あなたはきっと、初めはわざとテーブルを動かしてしまった、そのあとで故意に動かそうとたくらんだのではないのでしょう。最初は意図せずに動かしてしまったのですね。であれば、ここが大切な点ですが、ご自分の霊感を妨害する決断をするまでは、あなたもそれを感じていたことになる」

アーダはこちらを向き、興味深げに私を見た。彼が私を許したので彼女も同じように私を許すことで、グイードに過剰な誠意を表そうとしていた。私はそれを阻んだ。

「そんなことはありません！」きっぱりと私は言った。「まったく現れようとしない霊を待つことに私はうんざりしてきました。それで気晴らしに私が代役をつとめたわけです」

アーダが怒ったように私に背を向けたので、私は平手打ちをくらったような気分だった。うなじの巻き毛までが私を軽蔑しているように見えた。

いつものように私は、周囲を見たり聞いたりするかわりに、すっかり自分の考えに没頭していた。アーダがなりふりかまわず自分を傷つけている事実が私に重くのしかかった。まるで、私の妻の裏切りが明らかになったかのように、大きな苦痛を感じた。グイードへの好意が表明されたとはいえ、それでもまだ私は彼女を諦めきれずにいたが、彼女の態度は許せそうになかった。私の思考が遅すぎて、事実の展開をたどることができないのだろうか？　脳に刻まれたそれ以前の事実の印象が消えないかぎりは？　いずれにせよ、私は自分が立てた誓いに沿って進んで行かねばならなかった。まさにやみくもに、かたくなに。むしろ、もう一度それを心に刻むことによって、決意を強めたかった。励ますような真剣な笑みを浮かべて私を心配そうに見ているアウグスタのもとに行き、まじめな顔で悲しそうに言った。

「おそらく、あなたの家に私が来るのはこれが最後です。まさに今宵、アーダに愛の告白をするつもりです」

「それはいけませんわ」彼女はすがるように私に言った。「ここで何が起きているかお気づきではないのかしら？　あなたが苦しむのはしのびないです」

彼女はあいかわらず私とアーダのあいだに入るつもりだった。私は腹いせのつもりで彼女に言った。

「アーダと話すのは、そうしなければいけないからです。彼女がどう返事をしようが私はまったく関心がありません」

私はまた足を引きずりながらグイードのほうに向かった。彼のとなりまで来ると、鏡を見ながら煙草に火をつけた。鏡のなかの私は真っ青だった。それが理由でよけいに顔面蒼白になった。顔色がよくなるよう、態度がぎこちなくならないように努めた。その二重の努力のせいで手がおろそかになり、グイードのコップをつかんでしまった。一度つかんだからには、もう飲み干すしかなかった。

グイードは笑い始めた。

「私の考えをもうすべてお見通しでしょう。私が飲んだばかりのコップであなたも飲んだのですからね」

私はあいかわらずレモンの味が苦手だった。とくにそのレモンは毒入りのようにさえ思われた。というのは、何よりも彼のコップで飲んだので、グイードとのおぞましい接触をよぎなくされたからだが、また同時に、アーダの顔に現れた、耐えがたいような怒気を含んだ表情にショックを受けたからだった。彼女はすぐに女中を呼び、レモネードをもう一杯頼んだ。グイードがもうのどは乾いていないと言ったにもかかわらず、注文に強くこだわった。

そのとき、彼女が不憫に思われた。彼女がさらに自らを傷つけたからだ。

「すみません、アーダ」私は小声で彼女に言い、何かの説明を期待するかのように、彼女の顔を見た。「あなたを不愉快にさせるつもりはありませんでした」

すると私は目に涙があふれそうで不安になり、冗談を言ってごまかそうとした。そこで大声で言った。

「目にレモンのしぶきが入った」

私はハンカチで目を覆ったため、涙のことはもう気にする必要がなくなり、あとはしゃくりあげないように気をつければよかった。

ハンカチの裏側の暗闇を私は忘れることがないだろう。私は涙だけではなく、狂気の衝動も隠したのだ。すべてを彼女に打ち明ければどうなるだろうと考えた。彼女は私を理解し、私を愛するかもしれないが、私はけっして彼女を許しはしまい。

ハンカチを目からどけ、涙で濡れた目をあらわにした。そしてむりに笑い、笑わせようとした。

「ジョヴァンニさんはきっと、レモネード用に、クエン酸を家に運ばせているにちがいありません」

ちょうどそのときジョヴァンニが到着し、いつものように、いたって丁寧に私に挨拶した。そのため私は少し安堵したが、それも長く続かなかった。というのも、彼がふだんよりも早く帰宅したのは、グイードの演奏を聞きたかったからだと、はっきり口にしたからだった。彼は話を中断して、私が泣いている理由を尋ねた。レモネードの品質を私が疑っているからだとみなに言われ、彼は笑った。

ジョヴァンニがグイードにどうか演奏してほしいと頼むと、私は卑屈にも熱烈に賛同した。私は思い出した。私のその夜の訪問は、グイードのヴァイオリンを聞くためではなかったはずだ。興味深いことに、グイードに演奏を促すことでアーダの気持ちをやわらげようとしたことを私は今も自覚している。その夜はじめて、ついに私はアーダの気持ちに沿うことができたのではないかと期待して、その顔をのぞきこんだ。なんとも奇妙だった！　私は彼女にすべてを話すはずではなかったのか？　そして、彼女を許すまいと心に決めたのではなかったのか？　ところが私が目にしたのは、彼女の背中と、うなじに垂れた、軽蔑したような巻き毛だけだった。彼女は急いで、ヴァイオリンをケースから取り出した。

グイードは、あと十五分ほどはそっとしておいてほしいと頼んだ。ためらっているようだった。彼との付き合いはこのあと長年に及ぶが、その経験からわかったことがある。彼は何かを頼まれると、それがどんなに簡単なことでも、つねにまずためらうのである。彼は自分の好きなことしかしようとしなかった。そして、人の要望に応える前に、ほんとうに自分が望むことかどうか、心のなかをさぐるのだった。

あの記念すべき夜の集いにおいて、それは私にとって最も幸福な十五分だった。私のとりとめもないおしゃべりが、全員を楽しませたのだった。アーダも例外ではなかった。まちがいなくそれは、私が興奮していたせいだが、みるみる近づくヴァイオリンの脅威に打ち勝とうとする、私の涙ぐましい努力のたまものでもあった……。私のおかげで全員が楽しんだあのわずかの時間は、私にとって、苦しい戦いの記憶として心に刻まれている。

路面電車で帰宅したジョヴァンニは、車内で目撃した痛ましいできごとについて語った。ひとりの女が電車がまだ動いているうちに飛び降りたところ、着地に失敗してころび、けがをしたのだという。ジョヴァンニがややおおげさに語ったのは、その女が飛び降りようとしたとき、着地のさいに足をとられるであろうことは一目瞭然で、もしかすると転倒するかもしれないと察しながら、何もできずに狼狽したことだった。災難を予測しながら救うことができないのは、じつにつらいことだった。

私に妙案が浮かんだ。過去にそのようなめまいに悩まされてきた私が見つけた対処法を教えたのだ。体操選手がとても高いところで練習するのを見たときや、高齢で動きの鈍い人が走行中の路面電車から降りるのに出くわしたとき、私は彼らの不幸を願うことによって不安から解消された。彼らが転落し、車にひかれるのを、どのような言葉で祈ろうか、そんなことすら考えた。そうすることで私は大きな安心を感じ、迫りくる災難をまったく平然と看過できたのだ。もし私の祈りが実現しなければ、なおのことうれしかったといえよう。

グイードは、私の対処法に魅了された。彼にはそれが、心理学的な発見のように思われたらしい。彼はそれを分析した。もっとも、どんなささいなことも彼は分析の対象とするのだが。彼はその対処法を一刻も早く試してみたいと言った。ただし、ひとつ留保をつけた。呪いが不幸を大きくしてはならない、と。アーダが彼につられて笑い、私をなんと感嘆の目で見た。まがぬけたことに、私はとても満ち足りた気分になった。しかし、私が彼女をけっして許せないとは思っていないことに気づいた。これもまた、たいへん好都合ではあった。

私たちは互いに心ゆくまで笑った。仲のよい若者どうしのように。やがて私は、客間の片側に伯母のロジーナとふたりだけとり残された。彼女の話題は依然として交霊術だった。かなり太っている彼女は、椅子のうえで身じろぎすることなく、私を見もせずにしゃべり続けた。私がうんざりしていることをほかの者たちにわからせると、彼らはみな、伯母に気づかれることなく、くすくすと笑いながら私を見た。

もっと場を明るくしようとして、私はとっさに次のような言葉を思いついた。

「ところで奥さま、とてもお元気ですね、若返ったようです」

もし彼女が怒れば、笑えばすむことだった。ところが夫人は怒るどころか、うれしそうに顔をほころばせ、実際に病気を最近患ったが、すっかり元気になったと言った。私はその返答に大いに驚かされた。私の顔にはいたって喜劇的な表情が浮かび、期待したように、場がなごんだ。まもなく謎が解けた。彼女がロジーナ伯母ではなく、マルフェンティ夫人の姉妹、マリーアおばだとわかったのだ。こうして私は、私を不安にさせる要因をひとつとり除いたが、それは最大の要因ではなかった。

しばらくしてグイードはヴァイオリンを要求した。その夜は、ピアノの伴奏がなくてすむように『シャコンヌ』(バッハの無伴奏ヴァイオリン曲)を弾くことにした。アーダが感謝のほほ笑みを浮かべて彼にヴァイオリンを差し出した。グイードは彼女に見向きもせず、ヴァイオリンを見つめた。まるでヴァイオリンと自分だけの世界に入り、楽器から霊感を得るかのように。それから客間の中央に陣取り、少人数の観客の大半に背を向けると、調弦のため弓で軽く弦に触れ、アルペッジョを弾いた。ほどなくして弾くのを中断し、笑いながら言った。

「ここで最後に弾いてからヴァイオリンにさわっていないので、ちょっと緊張気味です！」

ペテン師め。彼はアーダにも背を向けていた。彼女が傷ついたのではないかと期待しながらようすをうかがった。まったくそんな気配はなかった！　テーブルに肘をつき、手にあごをのせ、集中して聞いていた。

それから、偉大なバッハ本人が私に立ちはだかった。四本の弦から生まれるあのように美しい音楽を私は聞いたことがなかった。それ以前も、そのあとも。まるで、大理石のかたまりから彫り出されるミケランジェロの天使のようだった。このような心情になったのは私にとって初めてのことだった。このため、まったく新しいものを見上げるようにうっとりと天井を眺めた。とはいえ、音楽を私から遠ざけるべく格闘もしていた。次のような考えが頭から離れなかった。「気をつけろよ！　ヴァイオリンはセイレーンだ。たとえ英雄の心がなくてもそれさえ弾けば、聞く者は誰しも涙にくれる！」私は音楽に心を揺さぶられ、圧倒されていた。音楽が私の病と苦悩に優しく語りかけ、ほほ笑みと愛撫でそれをやわらげているように感じられた。だが、語りかけているのはグイードなのだった！　それで私は次のように自分に言い聞かせて、音楽から逃れようと試みた。「あのように弾くには、リズム感、確実な手の運び、模倣する能力があれば十分だが、どれも私のもっていないものばかり。だからといって私が劣っているわけではなく、不運なだけだ」

私の抵抗もむなしく、バッハはまるで運命の歩みのように危なげなく前進していった。

高音を情熱的に歌ったあと、執拗低音（バッソ・オスティナート）をさがしに降りてきて、耳と心が予測しているにもかかわらず、驚くほど正確にしかるべき場所でそれをとらえるのだ！　一瞬でも遅れれば歌は消え去り、共鳴にいたらなかっただろう。一瞬でも早ければ、歌に覆いかぶさり、歌を窒息させていただろう。グイードのバッハにはそれがなかった。バッハにとりくむときも彼の腕は震えず、そのことがまさに、彼が劣っていることの証しだった。

今日これを書いている私には、この事実についての多くの証拠がある。当時の私がそこまで正確に把握していたことを喜ぶ気にはなれない。当時の私は憎しみでいっぱいで、私自身の魂として受け入れた音楽がそれをやわらげることはなかった。その後に始まった毎日の平凡な暮らしが、私からなんの抵抗もないまま、音楽を消し去った。むべなるかな！　平凡な暮らしは、どんなことでもやりかねない。天才たちがこの事実に気づかなくてほんとうによかった！

グイードは賢明にも演奏をやめた。ジョヴァンニを除き、誰も拍手をしなかった。しばらく誰も口を開こうとしなかった。

だがあいにく、私は何かを言う必要を感じた。私のヴァイオリンの実力を知る人たちの前で、よくもそのようなまねができたものだ！　音楽にむなしい憧れをいだく私のヴァイオリンが、おこがましくも別のヴァイオリンに難癖をつけるようなものだった。し

だ。かも、それが奏でる音楽たるや――これは否定できない――命、光、空気ともなったの

「とてもお上手ですね！」と私は言った。称賛というよりも、しぶしぶそれを認めるといった響きがあった。「ただ私が理解しかねるのは、結末で、バッハがレガートの記号を付した音符を、なぜスタッカートで弾こうとされたのですか？」

私は『シャコンヌ』のひとつひとつの音符すべてが頭に入っていた。私もある時期、上達するには同じような挑戦を試みる必要があると考えて、バッハのほかの曲を小節ごとに区切り、何ヶ月も練習に明け暮れたことがあった。

私にたいする非難と嘲笑が客間じゅうに渦巻くのが感じられた。それでもなお、まわりの敵意をものともせずに私は意見を言った。

「バッハは」と言い足した。「手法において控え目なので、そのような弓の弾き方を認めていません」

おそらく私の言い分は正しかったにちがいないが、あのような弓の弾き方が私にはできないこともまた確かだった。

言下にグイードは、私と同じように的はずれなことを述べた。彼ははっきりと言った。

「きっとバッハはそのような表現法を知らなかったのですよ。これは、私からバッハ

へのプレゼントです！」

彼は自分がバッハよりすぐれているとうぬぼれていたが、その場で彼をとがめる者は誰もいなかった。一方の私は、たかが彼よりもすぐれているところを見せようとしただけで、嘲りの対象となったのだ。

そのとき、ささいなできごとが起こったが、それが私の運命を決した。私たちのいる客間からはだいぶ離れた部屋から、幼いアンナの叫び声が鳴り響いた。あとから聞いたところでは、ころんで唇から出血したのだった。こうして数分間、私はアーダとふたりきりになった。みな慌てて客間を出ていったからだ。グイードは、ほかの者たちを追いかける前に、彼の大切なヴァイオリンをアーダの手にゆだねた。

アーダがそのあとを追うかどうかためらっているようだったので、私は言った。「そのヴァイオリンを預かりましょうか?」待ちに待った好機がようやく訪れたことに私はまだ気づいていなかったのだ。

彼女はしばらくためらっていたが、どことなく不信感をいだいたかのように、ヴァイオリンをより強く抱きしめた。

「いいえ」と彼女は返答した。「私までかけつけることはありませんわ。アンナのけがはたいしたことはないと思います。あの子はささいなことで泣きわめきますから」

　彼女はヴァイオリンをもったまま腰かけた。この動作が、話すように私を促しているように思われた。そもそもなんの話もせずに、すごすごとこのまま帰ることなどできただろうか？　夜はまだ長いというのに、ほかに何をすればよかっただろう？　ベッドで何度も寝返りを打つ自らの姿を思い浮かべた。あるいは、気晴らしに町をさまよったあげく、賭博場に入るところを。だめだ！　納得のいく説明を聞いて安心するまで、その家を辞すべきではなかったのだ。

　私は簡潔に思いを告げようとした。息苦しくて、そうせざるをえなかったからでもあった。私は彼女に言った。

「私はあなたを愛しています、アーダ。この思いをお父さまに伝えてもかまいませんか？」

　アーダは、驚愕したようすで私を見た。彼女が、別の部屋にいる幼い妹のようにわめきちらすのではないかと心配になった。彼女の穏やかなまなざしと端正な顔だちが、いまだ愛を知らないものであることはわかっていたが、そのときほど愛とはほど遠い顔をしている彼女を私は見たことがなかった。彼女は、前置きとなるはずの言葉を何か口にした。だが、私が求めていたのは、明確な返事だった。「はい」か「いいえ」かのどちらかだった！　彼女がためらっているように見えること自体に、私はすでにいらだっていたらしい。早く決断を迫るために、時間をかせぐ口実を与えまいとした。

「あなたが気づかなかったはずはありません！　私がアウグスタに気があると、あなたが思っていたとはどうしても考えられない！」

私は自分の言葉に力をこめたかったのだが、気がはやり、強調すべきところをまちがえて、哀れなアウグスタの名前が軽蔑するような口調を帯びた。

これがきっかけとなって、アーダは当惑を振り払った。アウグスタにたいする侮辱を看過できなかったのだ。

「なぜあなたは、ご自分がアウグスタよりもすぐれていると思われるのかしら？　アウグスタがあなたの妻になることに同意するとは思えませんわ！」

それからようやく彼女は、私に返事をすべきことを思い出した。

「私にかんすることですが……、あなたがどうしてそんなことをお考えになったのか驚かされます」

辛辣な言葉はアウグスタの復讐にちがいなかった。混乱をきわめる頭のなかで私は考えた。彼女の言葉にはそれ以外の目的はないはずだと。もし彼女が私に平手打ちを見舞っていたら、私はその理由をあれこれ考えあぐねていただろう。そこで私はなおも食い下がった。

「よく考えてください、アーダ。私は悪い人間ではありません。財産もありますし……。ちょっと変わり者ですが、性格を直すのは、わけもないことでしょう」

アーダも態度をやわらげたが、なおもアウグスタのことを口にした。

「あなたもよく考えてください、ゼーノ。アウグスタはよい娘です。きっとあなたにぴったりのはず。私が代わりに話すわけにはまいりませんが、私が思うに……」

初めてアーダが私をファーストネームで呼ぶのを聞き、私はこのうえなく心地よかった。これこそ、もっとはっきり私に言わせるための誘いだったのではないか？　もしかすると、彼女は私に夢中だったのかもしれないが、いずれにせよ、私とすぐに結婚するつもりはなさそうだった。また同時に彼女の目を開かせて、グイードとこれ以上親密にならないようにせねばならなかった。私は慎重になり、まっさきに彼女に伝えた。アウグスタを心から尊敬しているが、結婚するつもりはみじんもないことを。「私がアウグスタと結婚する意志のない」ことをはっきりわからせるために、二度繰り返して言った。こうすれば、私がアウグスタを傷つけようとしていると最初は思いこんだアーダの気持ちを、やわらげられるのではないかと期待できた。

「アウグスタは、気立てがよくてかわいらしい、愛すべき娘さんですが、私には向いていません」

するとと廊下で足音がし、話が今にもさえぎられそうだったので、私は結論を急いだ。

「アーダ！　あの男はあなたにはふさわしくありません。愚か者です！　彼がテーブルで霊の声にどれだけうろたえていたか、気づかなかったとでも？　あのステッキを見ましたか？　ヴァイオリンは上手です。でも、ヴァイオリンを弾ける猿だっていますよ。言葉のはしばしに、ばかさかげんが感じられます……」

彼女は、自分に向けられた言葉の意味をどうにも理解しかねるといった顔で聞いていたが、途中で私の話をさえぎった。ヴァイオリンをかかえたまま、弓を手にもって立ち上がり、私を厳しく非難した。懸命の努力のすえ、私はその言葉をなんとか忘れることができた。私が今おぼえているのはただ、彼女が、彼と自分のことをよくもそんなふうに言えたものだと大声で詰め寄ってきたことだった。私は驚いて目を見開いた。彼のことしか話したつもりがなかったからだ。彼女が浴びせた憤怒の言葉の数々はほとんど忘れてしまったが、その美しく気高くすこやかな顔は忘れられない。怒りをあらわにして紅潮した顔は憤りのせいでますます輪郭がととのい、まるで大理石のようだった。その顔が忘れられずに私は、己の恋と青春を振り返るとき、彼女が自らの運命からはっきりと私を排除したときの、あの美しく気高くすこやかな顔をきまって思い浮かべる。

一同が客間に戻ってきた。まだ泣きじゃくるアンナを抱きかかえたマルフェンティ夫人が、輪の中心にいる。誰ひとり、私やアーダのことに注意を払わなかった。私は誰にも挨拶せずに客間を出て、廊下で自分の帽子をとった。ふしぎだった！　誰も私を引き止めに来なかったのだ。そこで私は、礼儀に反するようなことはすべきではない、全員に丁重な挨拶をするまで立ち去るべきではないと思い直し、自らそこにとどまった。たしかに、前夜までの五日間よりもさらにひどい夜が早くも始まろうとしていたのは明らかだった。そのような確信が、私の帰宅を思いとどまらせたことは否定できない。ようやくすべてが明らかになるや、今度は別の必要を私は感じていた。それは和解することだった。みなと和解したかったのだ。私とアーダ、ならびにほかの全員との関係からわだかまりを取り除くことができれば、私はより安らかに眠れたであろう。なぜそのようなわだかまりを残す必要があっただろうか？　グイードを恨むのもすじちがいだった。たしかになんのとりえもないとはいえ、アーダに好かれることになんの罪もないことは明らかだった！

私が廊下に出たことに気づいたのはアーダだけだった。私が部屋に戻るのを見て、彼女は顔をくもらせた。もめごとを恐れていたのだろうか？　私はすぐに安心させてやろうと思った。彼女のそばまで行って、こうつぶやいた。

「気を悪くされたのならお許しください！」

彼女は私の手をとり、穏やかな顔で握りしめた。私は大いになぐさめられた。私は一瞬目を閉じて心をすまし、どれだけの平安が心を満たしたかを確かめようとした。

わが運命は、みながまだアンナを気づかうなか、私がアルベルタのとなりに坐ることを望んだ。私はその姿が目に入らず、彼女に声をかけられるまでその存在に気づかなかった。彼女は言った。

「あの子はなんでもなかったわ。お父さまがいるのがよくないの。あの子が泣いていると、何かすてきなものを贈るのよ」

私は自らを分析することをやめた。自らの置かれた状況がはっきり見えたからだ！私が心の平安を得るには、客間への出入りを禁止されないようにしなくてはならなかった。私はアルベルタを見た！　なんとアーダに似ていたことか！　アーダよりはやや小柄で、その体つきにはいまだ幼さの特徴が消えずに残っていた。ささいなことで声がすぐに大きくなった。笑いすぎることがままあり、小さな顔がさらに縮み、赤く染まった。ふしぎだった！　私はそのとき、父の教えを思い出したのだ。「若い女を選べ。いくらでもおまえの好きなように教育できるぞ」その思い出が決め手となった。私はなおもアルベルタを見つめた。頭のなかで彼女の服を脱がした。想像したとおり、優美でかわいらしいその姿が気に入った。

私は彼女に言った。

「いいですか、アルベルタ！　私にひとつ思うところがあるのですが、あなたは、結婚する年齢に達したとは思いませんか？」

「私、結婚するつもりなどありませんわ！」ほほ笑みを浮かべ、穏やかな目で私を見つめながら、顔も赤らめずにきっぱりと言った。「勉強を続けるつもりです。お母さまもそれを望んでいますから」

「結婚してからでも、勉強は続けられますよ」

そのとき、私には機知に富むと思われた考えが浮かび、すぐに彼女に言った。

「私も結婚してから勉強を始めようかと思います」

彼女は愉快そうに笑ったが、私は時間をむだにしていることに気づいた。このような冗談をいくら言っても、妻も心の平安も獲得できるわけがなかった。まじめにならねばならなかったのだ。しかし今度はそれもむずかしいことではなかった。アルベルタの態度は、アーダとはまったく異なるものだったからだ。

私は心の底から真剣な表情になった。私の将来の妻は、すべてを知っていなければならなかった。声を震わせながら私は言った。

「先ほど私は、今あなたにしたように、アーダに結婚を申し込んだのです。彼女はその申し出を軽蔑したようにはねつけました。いま私がどんな心境にあるかおわかりでしょう」

悲しげな表情で私が言った言葉は、アーダへの最後の愛の表明にほかならなかった。私の顔が真剣になりすぎたので、ほほ笑みながらつけ加えた。

「ですがもし、あなたが私との結婚を了承してくだされば、これ以上の幸せはありません。あなたのためなら、私はすべて忘れられます、どんな人のことも」

彼女は真顔で言った。

「どうか怒らないで、ゼーノ、気を悪くされたらごめんなさい。私はあなたをとても尊敬しています。あなたがよい人なのは知っています。それにお気づきかどうか、あなたは物知りです。私の先生たちの知識は正確ではありますけどね。いずれ考えが変わるかもしれませんが、今のところ私の目標はひとつだけ。作家になりたいの。私があなたをどれだけ信頼しているかこれでおわかりでしょう。このことは誰にも打ち明けていません。あなたも黙っていてくださいね。私も、あなたのプロポーズのことは誰にも言いませんわ」

「そんなこと、誰に言ってもかまいませんよ!」私は気分を害して彼女の言葉をさえぎった。私はまたもや客間から追い出されるのではないかと心配になり、急いでその対策を講じた。私を拒んだアルベルタのプライドをへし折るにはひとつしか方法がなかった。私はそれを見つけるやいなや、すぐに採用してこう言った。

「私は同じ申し出をアウグスタにもすることにします。彼女と結婚したのはその姉妹に拒まれたからだと言いふらします！」

私は気分が過度に高揚して笑い声を上げた。それは、私の奇妙なふるまいが原因だった。私は自分のユーモアのセンスには自信があったが、それを言葉ではなく行動で示したのだ。

私はまわりを見て、アウグスタをさがした。彼女は盆をもって廊下に出たあとだった。盆にはアンナ用の鎮静剤の入った半分空のコップだけしか載っていなかった。私は彼女の名前を呼びながら走って追いかけた。彼女は壁にもたれて私を待った。私は彼女と顔を突き合わせるとすぐに言った。

「聞いてください、アウグスタ、私たち結婚しませんか？」

まことにぶしつけな申し出だった。私と彼女が結婚しようというのに、私は彼女の考えも尋ねず、そればかりか自分から理由を説明する必要性すら感じていなかったのだから。私はただ、誰もが望むことをしているだけだった！

彼女は驚いて大きく開いた目を上げた。左右の目の向きの違いが、いつもよりもさらに広がったようだった。白く柔和なその顔がいっそう蒼白になり、やがて赤く染まった。盆のうえで揺れるコップをつかむと、か細い声で私に言った。

「ふざけているのですね、いけませんわ」

彼女に泣かれるのがこわくて、悲しい思いを訴えることで彼女をなぐさめるという奇妙な考えが浮かんだ。

「私はふざけてなどいません」真剣な面持ちで悲しげに言った。「まず初めにアーダに求婚しましたが、彼女は怒ってはねつけました。それからアルベルタに結婚を申し込みましたが、彼女にも言葉たくみに断られました。どちらも恨む気はありません。私はただひたすら悲しいのです」

私の悲しみを前にして彼女は落ち着きをとりもどし、感動した面持ちで思案深げに私を見つめた。そのまなざしは愛撫のようだったが、それが私にはわずらわしかった。

「つまり、私があなたに愛されていないことを知ったうえで、それをずっとおぼえていなければならないのですね?」

この謎めいた言葉は何を意味していたのだろうか? 同意の合図なのだろうか? それをおぼえていたいというのか! 私とともに暮らすことになる人生において、生涯にわたり、おぼえているのか? 私は、自殺をはかって危険な場所に身を置きながら、いよいよというときに命が惜しくなってもがいているような気になった。アウグスタにも拒まれるほうがよかったのではなかろうか？　そうなれば無事に私の書斎に戻ることができ、さほど気分も落ちこまずにすんだだろう。私は彼女に言った。

「そうですとも！　私はアーダしか愛していません。それなのに今、あなたと結婚するつもりでいる……」

アーダと赤の他人になることに耐えられず、せめて義弟になって満足しようとしたのだと口から出かかった。それは言いすぎだった。またもや愚弄されたと彼女が思いかねなかった。そこでこう言うにとどめた。

「ひとりぼっちにもう耐えられないのです」

彼女はなおも壁に寄りかかっていた。壁で体を支える必要を感じてのことだろう。だが、落ち着きをとりもどしたらしく、片手だけで盆をもっていた。私は難を逃れたのか、つまりそのまま客間を出るべきだったのか？　それとも、そこにとどまり結婚すべきだったのか？　私は言葉を継いだ。それはただ、彼女がなかなか返答しないので待ちきれなくなったからにすぎなかった。

「私は温厚な性格ですから、誰とでも苦労なく暮らせると思いますよ、強い恋愛感情がなくてもね」

この言葉は、私への強い恋愛感情がなくても、アーダに私の申し出を受け入れてもらえるように、長い日数をかけて私が考案したものだった。

アウグスタはやや息が荒くなったが、黙ったままだった。その沈黙は、拒絶を意味するものかもしれなかった。およそ想像しうる最も微妙な拒絶だった。私は、急いでその場を逃げ出そうかと思った。私の帽子をさがし出してかぶれば、なんとか頭を守ることがせめてできるだろう。

ところがアウグスタは、決心したように壁から体を離し、背筋を伸ばした。その気品のあるたたずまいが、いつまでも私の脳裏から離れなかった。狭い廊下で彼女はさらに私のほうに身を寄せ、私に面と向かって言った。

「ゼーノ、あなたは、あなたのために生き、あなたを助ける女性が必要なのですね。私がその女になりましょう」

彼女がふっくらとした手を差し出し、ほとんど反射的に私は口づけをした。明らかに、そうせざるをえない状況だった。それに正直に言えば、そのときの私は満足感で胸がいっぱいだったのだ。もはや何も解決すべき点がなかった。すべてが解決されたからである。これでまさに事態は明白になったのだ。

こうして私は婚約することになった。私たちはすぐに熱烈な祝福を受けた。私の成功は、グイードのヴァイオリンの成功にいくらか似ており、みんなから多くの拍手を受けた。ジョヴァンニは私に接吻し、すぐに私に親称を使い始めた。過剰な愛情表現でこう話しかけてきた。

「ずいぶん前から私はきみの父親のつもりでいたんだ、きみの事業にアドヴァイスし始めてからずっとね」

将来の義母も私に頬を差し出したので、私は軽く唇で触れた。もし私がアーダと結婚していたとしても、その接吻を免れることはできなかっただろう。

「ほらごらんなさい、私の言ったとおりになったでしょう」信じがたいほど無遠慮に私に言ったが、私がそれをとがめることはなかった。私には抗議する言葉もなければ、そうする気もなかったからである。

それから夫人はアウグスタを抱きしめた。母の大きな愛情はやがてすすり泣きとなって、喜びの表情を一変させた。私はマルフェンティ夫人にはがまんがならなかったが、そのすすり泣きが、少なくともあの日は一晩じゅう、私の婚約を喜ばしく重要な光で満たしたことは認めざるをえない。

アルベルタは満面の笑みをたたえて私の手を握った。

「私はあなたのよい妹になりたいわ」

そしてアーダは「ブラーヴォ、ゼーノ！」と言ってから、小声で、「よくおぼえておいてください。このように性急にことを運びながら、あなた以上に賢く立ちまわった人はいません」

グイードには大いに驚かされた。

「あなたがマルフェンティ家のお嬢さんを誰かお望みだということは今朝から気づいていたのですが、どなたかまではわからずじまいでした」

アーダが私の求愛のことを彼に言っていないとしたら、ふたりの仲はさほど親密であるはずがない！　私はほんとうに性急にことを運んでしまったのではないか？

だがまもなく、アーダからさらにこう言われた。

「あなたには兄のように私を愛してほしいのです。それ以外のことは忘れましょう。私もグイードには何も言いません」

とはいえ、一家に大きな喜びをもたらすことができたのはすばらしいことだった。彼らがそれを充分に満喫できなかったのは、ただたんに私が疲れていたからだった。それに眠くもあった。それこそ私が注意深くふるまったことの証拠だった。その夜はぐっすりと眠れるはずだった。

夕食の席で、アウグスタと私はまわりからの祝福を無言で受け取った。彼女はみんなの会話に加わるだけの能力が自分にはないことを詫びた。

「なんて言えばいいかわからないの。でも、思い出してください、半時間前はまだ私、何が起きようとしているかわからなかったんですもの」

彼女はつねに真実を言った。笑顔と泣き顔の相半ばする表情で私を見つめた。私もまなざしで彼女をなでようとしたが、それができたかどうかわからない。

その夜、私はまた別の痛手を被った。私はほかでもないグイードに中傷されたのだった。

それは、私が交霊術の集いに加わる少し前のことだったらしい。グイードは、私がその日の朝、自分は不注意な人物ではないと公言したことをみんなに話していた。すぐにみんな口々に、私の発言がいかに偽りであるかをさんざん彼に証言したところ、彼は私に復讐するつもりで(あるいは、絵がうまいことを見せるため)、私の戯画を二枚描いてみせた。最初の絵には、鼻を上に向け、傘を地面に突き立ててよりかかっている私が、二枚目は、傘が折れて、柄が私の背中に突き刺さっているところが描かれていた。二枚の戯画はその目的を遂げ、ごく単純な方法で一同を笑いに包んだ。一枚目にも二枚目にも、たしかに私とおぼしき同一人物が描かれていたが――じつはまったく似ていないのだが、大きく禿げ上がった頭が誇張されていた――、傘が刺さっていても表情を変えないほどぼんやりしているようすがうかがえた。

みんな大いに笑った。大げさすぎるほどに。私を笑いものにしようという試みがみごと成功し、それが私を深く傷つけた。刺すような痛みに私が襲われたのは、そのときが初めてだった。その夜は、右肘と腰が痛かった。ひりひりとうずき、まるで神経が麻痺したようなしびれを感じた。驚いた私は右手を腰に当て、左手で痛む右肘をつかんだ。アウグスタが私に訊いた。

「どうかしたの？」

私がカフェでころんだことはその夜すでに話してあったので、そのとき打撲した傷が痛いのだと答えた。

その痛みから解放されたくて、私は必死になった。私が被った同じ侮辱を相手にも味わわせることができれば、痛みも癒えるような気がした。そこで一枚の紙と鉛筆をもらい、ひっくり返ったテーブルの下敷きになった人物を描こうとした。災難に遭った彼の手から滑り落ちるステッキも書き添えた。しかし誰もステッキのことは知らなかったので、私が誰をからかうつもりなのかはっきりせず、私の反撃は思ったほど功を奏さなかった。さらには、その人物が誰か、またなぜこのような羽目に陥ったかを知ってもらうために、私は絵の下にこう書き加えた。「テーブルと取っ組み合うグイード・シュパイエル」。とはいえ、テーブルの下敷きになったその哀れな男の全身は隠れ、両脚だけしか見えていなかった。もし私がわざとねじ曲げて描かなかったならば、グイードの脚にもっと似ていたかもしれないが、復讐心がじゃまをして、ただでさえ稚拙な絵をいっそうへたくそにした。

鋭い痛みのせいで、大急ぎで鉛筆を動かさざるをえなかった。たしかに、私の哀れな体が、このときほど相手を傷つけたいと痛切に願ったことはかつてなかった。うまく動かせない鉛筆の代わりにサーベルをもっていたら、きっと治療はうまくいっていたことだろう。

グイードは真顔で私の絵をあざ笑ってから、穏やかな口調でこう指摘した。

「テーブルが私に危害を加えたようには見えませんがね」

実際に、テーブルが彼に危害を加えたようには見えず、そのことが不当で苦々しく思われた。

アーダはグイードの二枚の絵を手にとり、それを手元に置きたいと言った。私が彼女に非難がましい目を向けたため、彼女は目をそむけざるをえなかった。私の苦しみが増したのだから、私には彼女を非難する権利があったのだ。

アウグスタが私をかばってくれた。彼女は私の絵に、私たちの婚約の日付を入れてほしいと言った。その落書きを自分の手元に置きたいというのだ。初めて私の心を大きく動かしたこの愛の証しに、私の体は熱い血潮に満たされた。しかしなおも痛みはやまず、愛情の表明がアーダからのものならば、そのような血潮で体内が満たされるやいなや、神経にたまった老廃物が一掃されるであろうに、と思わざるをえなかった。

痛みはまったく引かなかった。いま老年を迎えた私は、痛みをさほど感じない。痛みに襲われても、寛大にもがまんができる。「なんだい！　またおまえか、私もまだ若いってことかな？」といったぐあいに。ところが若い頃はまったくちがった。痛みがさほど強かったわけではない。自由に動けないことや、一睡もできない日が続くこともあるにはあったが。問題は、私の生活の大半を痛みが占めていたことだった。私は痛みを治したかったのだ！　なぜ生涯にわたり、敗者のしるしを背負わねばならなかっただろうか？　グイードの勝利を刻印する歩く記念碑になりかねないではないか！　その痛みを体から消さねばならなかった。

こうして治療が始まった。しかしその直後に、腹立たしい病の原因は忘れ去られ、今や思い出すのもむずかしいほどだ。これは当然の結果だった。私は治療にあたった医師に全幅の信頼を寄せ、彼らの診断を心から信じた。彼らは、痛みの原因をあるときは新陳代謝や、循環器系の疾患に帰した。またあるときは、結核や、その他のさまざまな感染症のせいにした。なかには口に出すのが恥ずかしい病名もある。とはいえ、あらゆる治療が一時的な慰めを私に与えたことは認めざるをえない。そのたびごとに、なんらかの新しい診断が確定したように思われた。しかし遅かれ早かれ、それが完全な誤りではないにせよ、正確ではないことが判明した。なぜなら、私の場合いかなる治療も完璧ではありえないからである。

一度だけ、明らかな誤診があった。私は獣医まがいの医者の診察を受けることになったのだが、彼は長期にわたって私の坐骨神経を彼の発泡剤で治療することにこだわった。その結果診療中に、坐骨神経とはなんの関係もない、腰から首筋にかけて、突然はげしい痛みにおそわれたのだった。外科医は怒って私に扉を指さし、私は出て行った。そのときのことをよくおぼえているが、まったく腹は立たなかった。それどころか、痛みが新しい部位でもまったく変わらないことに私は感心していた。痛みは、腰をおそったときと同じようにはげしく、手の届かないところにあった。ふしぎなことに、私たちの体の各部位はどこも同じように痛みを感じるのである。

ほかのすべての診断は、私の体内できわめて正確に生き、互いに覇権を競い合っている。尿酸体質に苦しむ日々もあれば、血管の炎症によってそれが相殺され、おさまっている日もある。私は薬品がぎっしりと詰まった引き出しをいくつももっているが、私がきちんと整理しているのはそれらの引き出しだけである。私は私の薬を愛している。どれかひとつを捨てることがあっても、いずれまたそれに頼る日が来ることを私は知っている。そもそも、私は時間をむだにしたとは思っていない。もしかすると私はとっくの昔に何かの病気で死んでいたかもしれない。もし私の痛みがあらかじめあらゆる病を偽装して、実際に病気にかかる前に治療を促すことがなかったならば。

たとえその本質の説明ができなくても、私は自分の痛みが最初にいつ形成されたかを知っている。まさに、私のものよりもはるかにうまいあのスケッチ画のおかげである。それが、花瓶をあふれさせた一滴の水だったのだ。それ以前には、あのような痛みを味わったことがないと断言できる。私はある医者に、痛みの起源を説明しようとしたことがあったが、理解してもらえなかった。なぜだろう? きっと精神分析が、あの時期の、とりわけ、私の婚約直後のわずか数時間のうちに私の身体が被った大きな変化をすべて明るみに出してくれることだろう。

あの時間はけっして短くはなかった!

あの日、夜が更けて散会になったとき、アウグスタは幸せそうに私に言った。

「また明日!」

明日も招待されたことがうれしかった。私の目的が達成されたこと、何も終わってはおらず、すべてが翌日に継続されることを証明していたからである。彼女は私の目をじっと見つめた。私の目が心からの同意を表しているのがわかり、彼女は胸をなでおろした。私は階段を下りながら、もはや段を数えることなくこう自問した。

「はたしておれは彼女を愛しているのやら？」

これは生涯にわたり私につきまとった疑問だったが、昨今は、そのような疑問符つきの愛こそが真の愛なのだと思えるようになった。

しかし、彼女の家を辞したのちも、私はすぐに自宅で就寝することができなかった。長く安らかな睡眠のなかで、その夜の私の行動の成果を味わうつもりだったのだが。暑い夜だった。グイードはアイスクリームを食べたいと言って、カフェにつきあってくれないかと私を誘った。彼は親しげに私の腕につかまり、私もまた同じように親しげに彼の腕をとった。彼は私にとってとても大切な人物であり、私は彼のいかなる申し出も断れなかった。すぐにでも横になりたいくらいに疲れきっていたために、私はふだんよりもいっそう従順だった。

私たちはちょうど、哀れなトゥッリオが私に跛行という病をうつした店に入り、ひとつだけほかと離れたテーブルに坐った。道すがら、痛みが耐えがたくなったが、このときはまだ私の苦痛がまさか生涯の伴侶になろうとは思っていなかった。坐ることができれば、しばらくのあいだやわらぐだろうと期待した。

　グイードの相手をするのは心底わずらわしかった。私とアウグスタとの恋愛を根ほり葉ほり聞きたがった。私が彼をだましているのではないかと疑っていたのだろうか？　私はマルフェンティ家を初めて訪れたときすぐにアウグスタを好きになったのだと、ずうずうしくも彼に言った。痛みのせいで私は饒舌だった。痛みに負けないように大きな声を出したかったのかもしれない。しかし私はしゃべりすぎた。もしグイードがもっと注意深かったならば、私がさほどアウグスタを好きではないことに気づいていただろう。私は彼女の体で最も興味深い部分は斜視だと言った。そのため、よくないことだが、ほかの部分もどこか普通と異なるところがあるのではないかとつい思ってしまう、と。さらに私は、なぜ婚約したことをもっと早く打ち明けなかったかを説明しようとした。グイードは、私がマルフェンティ家に最後の最後に現れて婚約を発表したことに驚いたにちがいない。私は大声で言った。

「マルフェンティ家のお嬢さん方は贅沢に慣れているので、私には荷が重いと思ったんですよ」

　アーダのことまでこんなふうに話してしまったことが不本意だったが、もはやどうしようもなかった。アーダからアウグスタを切り離すことはなんともむずかしかった！

声を落としてより慎重に言葉を継いだ。

「ですから計算する必要に迫られたんです。その結果、私の財産では不十分だとわかりました。そこで、私の事業を拡大できないかどうか検討を始めたのです……」

さらに、この計算にかなりの時間を費やさざるをえなかったがために、五日間マルフエンティ家の訪問を控えたのだと言った。口から出まかせの言葉もついに誠実さを帯びた。私は泣きそうになり、腰をさすりながらつぶやいた。

「五日間は長い！」

グイードは、私が用心深い人物であることがわかりうれしいと言った。

私はそっけなく答えた。

「用心深い人が、軽率な人より好ましいとはかぎりませんよ！」

グイードは笑った。

「慎重な人が軽率な者を弁護する必要を感じるとはおもしろい！」

その直後に彼は、まもなくアーダに求婚するつもりだとそっけなく言った。わざわざそのカフェまで私を連れて来たのは、私に告白するためだったのか、あるいは、うんざりするほど長いこと私の話を聞かされるはめになった彼の腹いせだったのか？

私は大きな驚きと大きな喜びを態度に表すことができたという自信がある。しかし、すぐに彼に辛辣なしっぺ返しを食らわせる方法を思いついた。

「今になってわかりました、あんなふうに曲解されたバッハをアーダがなぜあそこまで気に入ったのか！ 演奏はみごとでしたが、作品によっては〈八人委員会（十四世紀フィレンツェに作られた公安機関）が冒瀆を許しますまい〉」

その一撃にグイードは相当なダメージを受け、顔を赤らめた。彼をとりまく熱狂的な観客の声援がもはやなかったので、穏やかな答えが返ってきた。

「やれやれ！」彼は時間をかせぐために口を開いた。「ときには、ちょっとばかり気まぐれな演奏をしてしまうことだってあります。あの部屋ではほとんど誰もバッハを知らなかったので、少々現代風に演奏したまでです」

彼はとっさの言い逃れに満足しているようだったが、私もまた同じく満足だった。彼の返答が弁解であり、また屈服だと思われたからだ。これだけで私の気分は十分に晴れた。そもそも、どんな理由があっても私はアーダの未来の夫とはことをかまえたくはなかった。アマチュアによるこれほど巧みな演奏はめったに聞いたことがないと私は断言した。

しかし彼は、このような賛辞だけでは満足できずにこう言った。たしかに自分はアマチュアといえなくもないが、それはただたんにプロと呼ばれるのを拒んでいるからだ、と。

彼の望みはそれだけだったのか？　私は彼に同意した。明らかに彼はアマチュアのレヴェルを超えていた。

こうしてふたりは再びよき友人どうしとなった。

ところが唐突に彼は女性の悪口を言い始めた。私はあいた口がふさがらなかった！　彼のことをよく知る今ならわかっているが、彼は相手が喜ぶことなら、どんな話題でも饒舌になる。先ほど私はマルフェンティ家の娘たちの贅沢な暮らしを話題にしたばかりだったが、彼はそれ以外の女性の欠点すべてをあげつらうために、またその話をもち出したのだ。私は疲れていたので口をはさむ気になれず、たえず同意の合図を送るだけだったが、それでもかなり骨が折れた。疲れてさえいなければ、私はきっと反論していただろう。私にとって女性とは、何よりもアーダとアウグスタ、それに将来の義母であり、その悪口を言うことにそれなりの理由もあろうが、彼の場合の女性とは、彼を愛するアーダだけなのだから、悪態をつくことになんの正当性もないではないか。

彼はなかなか教養があり、私は疲れてはいたが、感心しながらその話に耳を傾けた。彼が若くして自殺したオットー・ヴァイニンガー（Otto Weininger, 1880–1903. 二十三歳で自殺したオーストリア人哲学者。主著は『性と性格』）の非凡な理論を借用していたことは、ずいぶんあとになってから知った。あのときの私は、バッハの次にまたもや出現した教養の重荷が耐えがたかった。彼は私を治療するつもりなのかとさえ思ったほどだ。でなければ、女性が天才にも善良にもなれないなどと、私に吹きこもうとするだろうか？　治療が成功しなかったのは、それがグイードによって行われたからだと私には思われた。それでも私は、その理論は記憶にとどめ、ヴァイニンガーの著作を読んで知識を深めた。その説はけっして治療とはならないが、女のあとを追いかけるさいには都合がよかった。

アイスクリームを食べ終わったグイードは、新鮮な空気が吸いたいから郊外まで散歩をしないかと私を誘った。

今もおぼえている。あの年、暑さの到来が早まり、街の人たちが数日来、涼を求めて一雨降らないかと期待していたことを。しかし私は、暑くなったことに気づいてさえいなかった。あの夜空が白く薄い雲に覆われ始め、人々は大量の降雨を期待したが、大きな月が、まだ明るいくっきりとした青空を昇っていった。それは大きく膨れ上がった月で、雲を吹き飛ばす力があることを人々はよく知っていた。そして実際に、月に触れられた雲はあとかたもなく消え、空は晴れわたった。

グイードにひっきりなしにうなずくのが苦痛になってきたため、そのおしゃべりを中断させたくて私は、詩人ザンボーニ（Filippo Zamboni, 1826–1910. トリエステの詩人）が月のなかに見出した男女の接吻の場面について語った。私たちが見上げる夜空のまんなかで交わされる接吻は、そのときグイードが私のとなりで犯していた女の悪口という不正行為に比べて、どれだけ甘美だったことか！　何度もうなずいているうちにおそわれた眠気を振り払おうと口を開いたところ、痛みがやわらいだような気がした。これこそ私の反抗にたいする報酬であり、私はなおも話し続けた。

グイードはしばらく女の悪口を忘れて空を見上げた。だがそれも束の間だった！　私に教えられ、月のなかに蒼白な女の姿を見出した彼は、また同じ議論をむしかえし、冗談を言ってげらげらと笑ったが、人気ない路上で笑い声をたてたのは彼だけだった。

「あの女はいろいろなものが見えてるだろうな！　女に記憶力がないのが残念だがね！」

それは、女には記憶力がないから天才にはなれないという彼の持論（あるいは、ヴァイニンガーの説）の一部だった。

私たちはベル・ヴェデーレ通りの下まで来た。グイードは、多少の坂道なら健康にいいはずだと言った。ここでもまた私は彼の意向にさからわなかった。上まで行くと彼は、年若い少年がするような動きで、その通りと下の通りを隔てる低い塀に寝そべった。それが、十メートルほど下に転落する危険のある、勇気ある行動と思っているらしかった。

そのような危険を冒す彼を見て、最初はいつものように身震いした私だったが、やがて、同じ日の夜に私がとっさに思いついた、他人の不幸を願って自らの不安から逃れる方法を思い出し、彼が転落することを心から祈った。

同じ姿勢のまま、彼はなおも女性への悪口を続けた。女たちは、子供と同じように、高価なおもちゃが必要だと言っていた。アーダが、自分は宝石が大好きだと言っていたことを私は思い出した。ということは、話の矛先はアーダに向けられていたのか？　そのとき驚くべき考えが浮かんだ！　十メートル下に彼を突き落としてやろうかと思ったのだ！　アーダを愛してもいないくせに私から奪った男など、排除されて当然ではないか？　もし彼を殺せば、すぐにアーダのもとにかけつけ、ご褒美をもらえるのに。ふとそんなことも考えた。光あふれるふしぎな夜に、グイードがどれだけアーダを侮辱しているか、彼女自身も耳を傾けているような気がした。

正直に言えば、その瞬間、私はほんとうにグイードを殺す寸前だったのだ！　低い塀に寝そべった彼のとなりに立って、確実に実行するにはどのように彼をつかめばいいか冷静に計算した。彼をつかむ必要などないことにやがて気づいた。腕を組み、そのうえに頭をのせて横たわっていたので、いきなりひと押しすればまちがいなくバランスを失い、転落は避けられなかっただろう。

また別の考えが浮かんだ。それは、夜空を掃き清めながら昇る大きな月にふさわしい名案に思われた。私がアウグスタとの婚約を受け入れたのは、その夜やすらかに眠るためだった。それなのに、グイードを殺してどうしてぐっすり眠ることができただろうか？　このような考えが私と彼の命を救った。殺人をそそのかすような、グイードに覆いかぶさる姿勢をすぐに放棄したくなった。私は膝を折り、地面に頭が触れそうになるくらいにしゃがみこんだ。

「ああ苦しい！　ああ苦しい！」と私は叫んだ。

グイードは驚いて飛び起き、どうしたのかと私に尋ねた。私は返事をせずに、声をひそめて呻き続けた。私には呻く理由がわかっていた。それは、私が人を殺そうとしたからなのだ、そしておそらく、それができなかったからでもある。苦痛と呻き声がすべてを正当化していた。殺すのを思いとどまったがために叫びを上げているようにも、殺せなかったのは私のせいではないと叫んでいるようにも思われた。すべては私の病のせいであり、私の苦痛のせいだった。反対に、今でもよくおぼえていることがある。まさにあのとき、私の苦痛がすっかり消えたことだ。そして、私の呻きがまぎれもない喜劇になったことで、それに実体を与えるために、苦痛を呼びさまそうとしたが徒労に終わったことだ。苦痛を感じ、苦しみもがくために、それを再現しようとしたがむだだった。

いつものように、グイードは憶測をはたらかせた。まず彼は、私の苦痛がカフェでころんだときと同じ痛みなのかと尋ねた。そのような発想がおもしろかったので、私はうなずいた。

彼は私の腕を取って、親切にも立ち上がらせてくれた。それから、さまざまな気配りを怠らず、つねに私の体を支えながら、私が緩やかな坂道を下りるのを手伝った。下まで来たとき、私は気分が少しよくなったから、体を支えてもらえればもっと早く歩けると思うと言った。これでなんとかベッドにたどり着けそうだった！ その日初めて、私はほんとうに大きな満足感を得ることになった。彼は私のために汗水を流していた。ほとんど私を抱きかかえるように歩いていたのだから。ついに私は、自分の意思に彼を従わせたのだ。

私たちは、まだ開いている薬局を見つけた。彼は、私に鎮静剤を飲ませて寝かしつけようと考えた。彼は、実際の痛みと、痛みで過敏になった感情についての自説を披露した。痛みは、それが感情を刺激することによって増幅されるという。その小瓶とともに私の薬コレクションが始まったのだが、その小瓶が、私の苦痛の原因ともいうべきグイードによって選ばれたのは、当然といえば当然である。

彼は自説の根拠をより強固なものにするために、私が何日も前からその痛みに苦しんでいたはずだと仮定した。あいにく私の返答は、彼の意に反した。その夜、マルフェンティ家ではまったく痛みを感じなかったと私は断言したからだ。長い私の夢がようやく実現したときに、苦痛など感じるはずがないではないか。

私は自分に嘘をつきたくなかった。私自身の発言に忠実でありたかったので、何度も自分にこう言い聞かせた。「私が愛しているのはアウグスタであって、アーダではない。私はアウグスタを愛しているからこそ、今宵、長い私の夢がかなったのだ」

私たちはしばらく月夜を歩いた。グイードは私の重さに耐えかねていたにちがいない、最後は口を利かなくなったからだ。それでも彼は、私をベッドまで連れてゆこうかと言った。私はそれを断った。ようやく家の扉を後ろ手に閉めたとき初めて、私は安堵のため息をついた。しかしきっとグイードも、同じため息をついたにちがいなかった。

私は屋敷の階段を四段ずつかけ上り、十分後にはベッドのなかにいた。私はすぐに眠りに落ちた。寝つく寸前に頭に浮かんだのは、アーダでもアウグスタでもなく、優しく親切でがまんづよいグイードだった。もちろん、つい先ほど彼を殺そうとしたことは忘れてはいなかったが、もうどうでもよくなっていた。誰も知らなければ、なんの痕跡も残っていないことなど、存在しないに等しいからである。

翌日、ややとまどいをおぼえながら、許嫁の家に出向いた。前夜に交わされた約束がどれだけの価値をもち、私が彼らにどれほどの義務を負うのか、自信がもてなかったのだ。しかし、誰にとってもそれが大切な約束であることがわかった。アウグスタもまた、自らが婚約したことを私が思った以上に固く信じていた。

それは労苦の多い婚約だった。私には、何度もそれを破棄しようと思い、大変な苦労のすえに修復したような気がするが、驚くべきことに誰もそれに気づいていないのだ。結婚にまっすぐ向かっているという確信はもてなかったものの、それでも私は充分に恋する婚約者らしくふるまったつもりだ。実際に私は、機会があるごとにアーダの妹にキスをし、彼女を胸に抱きしめた。アウグスタは私からの攻撃を、許嫁の当然の義務として受け入れ、私もどちらかといえば行儀よくふるまったが、それはただ、マルフェンティ夫人がごく短い時間しか私たちをふたりきりにしなかったからにすぎない。私の許嫁は、私が思っていたよりもはるかに醜くはなく、キスをして初めてこのうえない美しさに気づいた。それは頰の紅潮だった！　私の唇が触れたところが、私への尊敬を表して炎のように赤く染まるのだった。私は恋人の情熱というよりも、実験観察者の好奇心からキスの雨を降らせた。

しかし私が欲望をいだかなかったのではなく、むしろそれは、あの重苦しい時期のつらさをやわらげてくれた。アウグスタと彼女の母親が、もし私の炎が一度でも燃え上がらないように防いでくれなかったら、しばしば欲望のとりことなって、私は災いを招いていただろう。私たちは平穏な暮らしをあのまま続けられなかったにちがいない。少なくともこうして、欲望をいだきながらあの家の階段を上ることはなかったはずだ。それは、アーダをわがものにしようと意気ごんで階段を上ったときと同じであった。階段が奇数なら、アウグスタの望む婚約がいかなるものか彼女に教える行為がその日は許されるということだった。私は、自由の感覚をすべてとりもどしてくれそうな荒々しい行為を夢見ていた。ほかには何も望んでいなかった。アウグスタが私の願望を察したとき、それを恋の激情のしるしと解釈したことがなんともふしぎである。

私の記憶では、あの当時はふたつの時期に分かれている。最初の時期は、マルフェンティ夫人がよくアルベルタに私たちの見張りをさせることがあった。または、幼いアンナとその女性家庭教師を、私たちのいる客間に送りこんだ。アーダはこの間、私たちとはまったくかかわりをもっていなかった。そのことを喜ぶべきだと私は自分に言い聞かせたが、アーダのいる前でアウグスタにキスができれば、きっとすばらしい満足感が得られるだろうと一度思ったことも、ぼんやりとおぼえている。私はどれだけはげしいキスを浴びせたことだろう。

第二の時期は、グイードがアーダと正式に婚約したときから始まった。マルフェンティ夫人は実用的な女性だったので、ふた組のカップルを同じ客間に同席させ、互いに監視させた。

第一の時期、アウグスタが私に完全に満足していたことを私は知っている。私は彼女に執拗に迫らないときは、きわめて饒舌だった。饒舌さは、私にとって必然だった。アウグスタと結婚する以上は、彼女を教育せねばならないと思いこみ、その機会を逃すまいとしていたのだ。優しさ、愛情、そして何よりも貞節とは何かを私は彼女に教えた。私の説教がどんな形式だったか正確にはおぼえていないのだが、それをけっして忘れることのなかった彼女が、ときおり私に思い出させてくれた。彼女は熱心に、おとなしく聞いていた。あるとき私は説教しながら感情が高ぶり、もし彼女が私の裏切りを発見したら彼女もまた同等の権利を有する、と言明した。すると彼女は怒って反論し、たとえ私の許可が下りても、絶対に私を裏切ったりできないと言った。私に裏切られたときは、ただ気がすむまで泣かせてほしい、と。

このような説教に何かを伝えようなどという目的は毛頭なかったので、私の結婚にいい影響を及ぼしたのではないかと思う。それがアウグスタの心に与えた効果については疑いがない。彼女の貞節が試される機会は、まったく訪れなかった。というのは、彼女が私の裏切りを知ることはけっしてなかったからである。しかしながら、彼女の優しさや愛情は、私たちがともに過ごした長い年月のあいだ変わることがなかった。それこそまさに、私が彼女に誓わせようと望んだことだった。

グイードが婚約したとき、私の婚約の第二の時期は、次のような確信とともに始まった。「これで、アーダにたいする私の恋の病はすっかり治ったぞ！」そのときまでは、アウグスタの羞恥心だけで私の病を治すのに充分だと思っていたが、全快したわけではなかったのだ！　その赤面の記憶は、きっとグイードとアーダのあいだでも同じことが起きているにちがいないと私に思わせた。そう考えることが何よりも、私の欲望をすっかり萎えさせた。

アウグスタを犯したいという私の欲望は第一期に属している。第二期になると、私の興奮はだいぶ弱まった。マルフェンティ夫人が私たちの監視をこのように、彼女の手間が最小限ですむように行っていたのは、まちがってはいなかったのだ。

あるとき私は、ふざけながらアウグスタに口づけしたことがあった。グイードは私をからかうどころか、彼もまたアーダにキスし始めた。私には彼のふるまいが慎みに欠けると思われた。というのは、私の接吻が彼らに遠慮して控え目だったのにたいし、彼はアーダの口に堂々とキスし、しかも唇まで吸っていたのだから。たしかにその時期の私は、もうアーダを自分の妹のように思う習慣が身についていたとはいえ、そのようなことをされる彼女を見ることに慣れていなかった。そもそも本当の兄なら、妹がこのように扱われるのを見てうれしいはずがないのではないかと思う。

それゆえ私は、グイードの面前ではそれ以上アウグスタにキスするのを控えた。ところがグイードは、私がいるにもかかわらず、もう一度アーダを引き寄せようとした。しかし今度は、彼女のほうが身をかわしたため、彼も二度と同じことは試みなかった。

私たちは毎晩のようにともに過ごしたが、そのときのことは、きわめて不明瞭ながら覚えている。際限なく繰り返された情景は、私の記憶のなかに次のように刻まれている。四人がそろってヴェネツィア製の上品なテーブルに就いている。テーブルのうえには、緑色の布地の笠でおおわれた大きな石油ランプがともされ、室内全体を薄明かりで包んでいる。その光のなか、ふたりの娘は刺繍に余念がない。アーダは、手にしたハンカチのうえに、アウグスタは小さな丸いフレームを使って。熱弁をふるうグイードが目に浮かぶ。その話をうなずきながら聞いているのは、ほとんど私だけだったにちがいない。アーダの軽くカールした黒い頭髪をまだ覚えている。黄緑色の光が生み出すふしぎな効果によって、その髪がきわだって見えた。

あの光と髪の毛の本当の色についても議論した。絵を描くのも得意なグイードは、色彩をどのように分析すべきかを私たちに説明した。私はこの彼の教えもまたけっして忘れることがなかった。今日でも、風景の色彩をもっと理解したいと思えば、私は目を半開きにする。するとほとんど輪郭が消え、光しか見えなくなり、その光からもしだいに明るさが消え、ひとつしかない本当の色彩へと変化するのである。しかしながら、そのような分析を行うとき、私の網膜には、実在のイメージの直後に、ほとんど条件反射のように、あのときの黄緑色の光と、私が初めて目の訓練のために眺めた、あの黒髪の毛が再び現れるのだ。

とくに忘れられない夜がある。アウグスタが嫉妬の表情を見せたそのすぐあとに、私が非難されてもしかたないような軽率なふるまいをしたのだ。私たちをからかうために、グイードとアーダが私たちから遠ざかり、客間の反対側にあるルイ十四世風のテーブルに坐ったときのこと。私は首をよじって彼らと会話を続けたために、じきに首が痛くなった。アウグスタは私に言った。

「あのふたりをほっときなさい！　むこうはほんとうに愛し合っているのよ」

私は、そこでついうっかりと、グイードは女嫌いだからそんなことはないはずだ、と小声で彼女に言ってしまった。私としては、このように言うことで、ふたりの恋人の会話に割って入ったことの言い訳をしたつもりだった。ところが、グイードが私とふたりだけのときに口を滑らせた女性談義をアウグスタに伝えることは、悪意のある軽率なふるまいだった。わたしたちふたりの婚約者一家の前では、それが誰であれ、彼はけっしてその話をすることがなかったのだから。それ以来何日も、この私の発言を思い出しては気分が暗くなった。それにたいし、グイードを殺そうとしたことの記憶は、いっときたりとも私の心を乱さなかった。むしろ殺人は、たとえそれが不意打ちであっても、友人の打ち明け話をして彼を傷つけるより、ずっと男らしい行為なのである。

そのときはもう、アウグスタがアーダに嫉妬する正当な理由はなかった。あのように私が首をよじったのは、アーダを見るためではなかったのだから。グイードの雄弁さは、私があの長い時間を過ごすのを助けてくれた。すでに私はグイードのことが気に入り、一日のうち数時間をふたりでともに過ごすようになっていた。また、彼が私に敬意を払い、それを他人にも伝えていたことが私にはありがたく、このような感謝の念によっても彼と強く結ばれていたのだ。アーダまで、私の話に注意深く耳を傾けるようになっていた。

毎晩私は、夕食を告げるどらの音が待ち遠しかった。あの時期の夕食についていちばんよく覚えているのは、私の慢性的な消化不良だ。精力的になりたくて、私は食べ過ぎていた。夕食の席で、私はアウグスタを愛情あふれる言葉の数々で飾りたてた。ちょうど、食べ物でいっぱいの口に許されるかぎりの言葉を。彼女の両親は、私の大きな愛情が獣のようにすさまじい食欲によって弱められていることに、悪い印象しかいだかなかったにちがいない。彼らは私が新婚旅行から帰ると、私の食欲が減退していることに驚いた。私が感じてもいない情熱を見せる必要がなくなったとき、食欲はなくなった。花婿たるもの、花嫁と寝室に向かおうかというときに、彼女の両親から態度が冷たいと思われてはならない！　とりわけアウグスタは、食卓で私が彼女にささやいた愛情あふれる言葉をよく覚えている。一口食べるたびに、美辞麗句を並べたてていたらしく、あとからこんなことをしゃべっていたと言われると、まるで別人の言葉のような気がして、驚かざるをえない。

抜け目のない私の義父、ジョヴァンニまでが欺かれ、生涯にわたり大きな愛情の模範を示したいときは、彼の娘、つまりアウグスタへの私の愛を例に挙げた。彼は実際によき父親だったので、幸せそうに笑ってはいたが、それが私への軽蔑を増幅させることにもなった。なぜなら彼によれば、自らの運命を、たったひとりの女の手にすべてゆだねるのは本当の男ではない。自分の女以外にもこの世には女がいることすら気づかない者はなおさらである。この点にかんしては、私が必ずしも正当に評価されたわけではないことがわかる。

ところが義母は、私の愛情を信用していなかった。アウグスタがそれに全幅の信頼を置いたときでさえも。

彼女は長い年月にわたり、私をうたぐり深い目でさぐり、自分のひいきの娘の運命に不安を感じていた。このような理由によっても、あの時期に私が婚約にいたるように誘導したのは彼女だと確信している。私以上に私の心のうちを知っている彼女を欺くことなど不可能だった。

ついに私が結婚する日が来た。まさに当日、私は最後のためらいを見せた。朝の八時に花嫁のもとに行くことになっていたのだが、七時四十五分になってもまだベッドで猛烈に煙草を吸いながら、寝室の窓を眺めていた。窓ガラスには、その年の冬に初めて顔を出した太陽があざけるように輝いていた。私はアウグスタを捨てようかと考えていたのだ！　アーダのそばにいることが私にとってどうでもよくなった以上、私の結婚は明らかに無意味だった。約束の時間に私が姿を現さなかったとしても、たいしたことは起きなかっただろう！　それに、アウグスタがかわいらしい花嫁だとしても、結婚の翌日に態度ががらりと変わらないともかぎらない。私のことを、あんなことまでしたからといってすぐにケダモノ呼ばわりするかもしれないではないか？

幸いなことにグイードが来た。私は抵抗するどころか、遅刻を詫び、結婚式の時間が変更になったのかと思ったと言い訳をした。グイードは私を責めることなく、自分のことを語り出し、彼もうっかりして幾度となく約束をすっぽかしたことがあると言った。うかつさにおいも、彼は私よりまさっていると自慢したかったらしく、私はそれ以上彼の言うことを聞かずに家を出た。こうして私は、結婚式にかけつけることになったのだ。

とはいえ、私の到着はだいぶ遅れた。私を非難する者は誰もおらず、花嫁を除けば、私の代わりにグイードが行った説明で納得してくれた。アウグスタは顔面蒼白で、唇まで青ざめていた。たとえ私が彼女を愛しているとはいえなくても、当然ながら、彼女を傷つけたくはなかった。私はその場をとりつくろうために、愚かにも、遅刻の三つの要因を挙げた。その数が多すぎたためにかえって、冬の太陽を見ながら私がベッドで何を考えていたかが明白になった。そのため、アウグスタが気をとり直すまで、教会への出発を遅らせることになった。

私は祭壇で、結婚の誓いにうわのそらで同意した。というのは、アウグスタへの同情を痛々しいほどに感じ、遅刻の四番目の理由をでっちあげることに夢中だったからで、しかも、それがどれよりもましなものに思われた。

ところが教会を出るとき、アウグスタの顔色がすっかりよくなっていることに気づいた。私はそのことがいくぶん腹立たしかった。なぜなら私の誓いは、彼女への愛情を完全に保証するものではありえなかったから。元気になった彼女が、あんなことまでした私をケダモノ呼ばわりするときは、彼女をひどくぞんざいに扱ってやろうと心に決めた。ところが、彼女の実家でふたりきりになるや、泣きながら私に言った。

「私はけっして忘れませんよ、あなたが愛してもいないのに、私と結婚したことを」

それは反論できないほど明白な事実だったので、私はなんの反論もせず、心から同情して彼女を抱きしめた。

その後、私とアウグスタがこの話題に触れることは二度となかった。なぜなら、結婚は婚約に比べ、ずっと単純だからである。いったん結婚すれば、夫婦が愛情について語り合うことはない。その必要を感じても、情欲がすぐに介入してきて、沈黙を迫るのだ。だがときに、このような動物的本能が人間化されて、複雑で人工的になることがありうる。男が女の頭髪にかがみこんで、そこに実在しない光を見るように努力するかもしれない。目を閉じれば女は別人になる。もとの姿に戻るのは、その女と別れるとき。彼女にはただ感謝あるのみである。努力が実を結べば、感謝の念はいっそう大きくなる。だからこそ、私が生まれ変わるとしたら(母なる自然に不可能はない!)、アウグスタとの結婚はいいとしても、彼女との婚約だけはごめんである。

駅でアーダは私に頬を差し出して、妹として接吻を受けた。私は見送りに来た大勢の人に気おされて、そのときまでアーダに気づいていなかったが、すぐにこう思った。

「ぼくがこんなはめになったのは、きみのせいだ！」私は彼女のなめらかな頰に触れないように注意しながら唇を近づけた。これがその日に味わった初めての満足感だった。この結婚から私がいかなる利点を引き出すことになるかを一瞬のうちに感じたからだった。アーダと接吻する私に与えられた唯一の機会を拒むことによって、私は復讐をはたしたのだ！　その後、列車が走行中にアウグスタのとなりに坐っていると、私のふるまいが無礼だったのではないかと思われてきた。グイードとの友情が台なしになりかねないと不安になった。しかし、アーダが差し出した頰にキスしなかったことを、彼女は気づいてさえいないのではと考えると、もっとつらくなった。

彼女は気づいていた。だが私がそれを知ったのは、それから何ヶ月もたってから、今度は彼女が同じ駅からグイードと出発したときのことだった。彼女は一同みんなにキスをした。私にだけは、うやうやしく片手を差し出しただけだった。私はその手を冷ややかに握った。彼女の復讐は、まさに遅きに失した。すでに状況は、すっかり変わっていたのだから。私が新婚旅行から帰ってから、私たちは兄妹の関係を築いていたので、彼女がなぜ私にキスさせなかったのか説明がつかなかった。

6　妻と愛人

私の人生のなかで、健康と幸福に向かって前進していると確信した時期が何度かあった。しかしそのような確信が最も強かったのは、新婚旅行中と、旅行から帰宅してからの数週間だった。それは、私を驚かせたある発見から始まった。彼女が私を愛しているように、私も彼女を愛している、と気づいたのだ。最初はそれが信じられなかった。とりあえずは、一日を楽しみつつも、翌日はすっかり違っているだろうと予想していた。しかし、翌日もまた、同じように輝かしい日が続いたのだ。アウグスタのやさしさが隅々まで浸透し、私もまた――驚いたことに――、やさしい気持ちになれた。毎朝私は、彼女のなかにいつも変わらぬ感動的な愛情を発見し、私自身のなかにも、愛とはいえなくてもそれによく似た感謝の念を見出した。誰がこれを予測できただろうか？　なにしろ私ときたら、アーダからアルベルタへとよろめいたあとで、アウグスタにたどり着いたのだから。私が他人から指図されなければ何もできない木偶（でく）の坊などではなく、きわめて有能な男であることに気づいた。驚いている私を見て、アウグスタは言った。

「驚くことなんかないわ。結婚がこんなものだと知らなかったのかしら？　あなたよりずっと無知な私でさえ知っていたわ」

愛情の前かあとかはわからないが、私の心にはひとつ希望が生まれた。それは、健康の化身ともいうべきアウグスタを、私もまねられるのではないかという大きな希望である。婚約中は、そのような彼女の健康が目に入らなかった。まず何よりも、私自身を、それからアーダとグイードを観察することに集中していたからだ。あの居間の石油ランプが、アウグスタの乏しい頭髪を照らし出すことはけっしてなかった。

アウグスタはもはや顔を赤く染めることはなかった！　夜明けの色調が陽ざしをじかに浴びてあっさりと消えてゆくように、顔の紅潮は消滅した。そして彼女は、地上のあらゆる姉妹たちが歩んできたのと同じ安全な道を進み始めた。姉妹たちは、法と秩序のなかにすべてを見出すことができなければ、すべてを放棄するのである。彼女が頼りない私に依拠している以上は不安定だと私も心得てはいる。それでも私はそのような安全性を愛し、称賛した。この安定にたいして私は、交霊術にたいするときと同じ謙虚な態度で臨まねばならなかった。交霊術は存在してもふしぎではなかった。であるならば、人生にたいする信頼もまたしかりである。

しかし私が驚かされたのは、彼女の言葉のはしばしから、またそのふるまいすべてから、つまるところ彼女が永遠の命を信じていることが明らかになったときだった。彼女が永遠の命という言葉を使ったわけではないのだが。彼女の過ちまで含めて愛するようになるまでは、まちがったことにがまんならなかった私が、あるとき人生の短さをあえて指摘したところ、彼女は驚いた顔を見せた。何をおっしゃる！と言わんばかりの顔だ。誰もがいずれ死ぬことは彼女もわかっていたが、しかしだからといって、すでに結婚した私たちがいついかなるときも一緒にいることを妨げはしないのだった。つまり彼女は気づいていなかったのである。この世でふたりが結ばれているときがどれだけ短いかを。知り合うまでのはてしなく長い時間ののち、いつのまにか親しくなっていたとしても、それもつかの間、いずれまた永遠に会えなくなる事態に人はそなえているものだから。ついに私は、人間の完璧な健康がなんであるかを理解した。彼女にとって現在が、ふたりきりになって互いのぬくもりを感じることのできる、確たる真実なのだと思いあたったときである。私はそのふたりの世界に入り、そこにとどまろうと努め、私のことも彼女のこともあざ笑うまいと心に決めた。なぜなら、そのような衝動は、私の病にほかならなかったから。少なくとも私は、私に心を許した者に、この病を移さないようにしなければならなかった。それはまた、彼女を守る努力を続けながら、しばらくは健全な男としてふるまうことができたからでもあった。

彼女は、何が私をうんざりさせるかをすべて心得ていたが、彼女の手にかかるとそれらの性質は一変した。たとえ地球が回転していても、船酔いになるわけではない！　その正反対だった！　地球が回転していても、地球以外のものすべては本来の場所にとどまっていた。これら動かないものこそ、きわめて重要なのだ。結婚指輪、宝石類や衣類。緑の服に黒い服、帰宅したらクローゼットにしまう散歩用の服。昼間や、私が燕尾服を身につける機会がなければ絶対に着られないイヴニングドレス。そして食事の時間は厳密に守られた。睡眠時間もまたしかり。それらの時間は実在し、つねにしかるべき場所にあった。

日曜日に彼女がミサに行くときに、私は彼女についていくことがあった。苦悶と死の例の図像にどのように耐えているかを見るためである。彼女にとって、それは存在しないに等しかった。教会を訪れることによって、一週間ずっと彼女の心は平安で満たされた。彼女が記憶している祝祭日にも教会に行くことがあった。ただそれだけのことだった。もし私が信心深ければ、一日じゅう教会にいることによって祝福を確実に得たことだろう。

この世にも、彼女に安心を与える権威の世界はあった。さしあたり、街路や住宅の安全をつかさどるのはオーストリア当局、もしくはイタリア当局だったが（イタリア統一国家の成立は一八六一年だが、オーストリア領のトリエステがイタリアに併合されたのは第一次世界大戦後）、私はつねに彼らにたいする彼女の敬意にできるだけ同調しようと努めた。さらには、医師たちがいた。私たちが何かの病気にかかったとき――そうならないように願うばかりだが――、私たちを救うための正規の学問をすべておさめた者たちである。私は毎日その権威に頼りきりだった。一方、彼女はまったくそれとは無縁だった。しかしだからこそ私は、自分が重病にかかったときの残酷な運命がわかっていた。ところが彼女のほうは、そのような事態になっても、あの世でもこの世でもしっかりと支えられているのだから、救いがあるはずだと信じていた。

私はいま彼女の健康を分析しようとしても、それがうまくいかない。というのは、それを分析しようとすると、いつのまにかそれを病に変換してしまうからだ。それについて書きながら、私は疑い始めている。彼女の健康は、もしや治療や診断を必要としていたのではないかと。しかし何年も彼女のそばで暮らしたのに、そのあいだはそのような疑念を一度ももったことがなかった。

あの彼女の小さな世界のなかで、私の存在にはどの程度の重要性が与えられていたのだろうか？　私はあらゆる問題にかんして、食べ物や衣服だけではなく、友だちづきあいや読書の選択にかんしても、自らの意思を表明せねばならなかった。そのため、すべきことは増えたが、それもいやではなかった。私は家父長的な家族の構築に協力し、私自身が、かつては嫌っていた家父長になった。それが健康の象徴のように思われてきたのだ。自らが家父長になることと、その地位を要求する別の男を敬うことでは、雲泥の差がある。家父長ではない者たちに病を移すという危険を冒してでも、私は自らの健康を望んだ。そしてとくに新婚旅行中は、騎馬像のような威厳ある態度を好んでとることがあった。

しかし、すでに旅行のときから、そのような態度をまねることが必ずしも容易ではなかった。アウグスタはまるで修学旅行に来たかのように何もかも見たがった。フィレンツェのピッティ宮に行くだけでは満足せず、無数にある部屋すべてに入り、ありとあらゆる美術品の前で少なくとも数秒間は立ち止まるのだった。私は最初の部屋から出ることを拒み、自分のものぐさにどうにか口実を見つけると、そこ以外は何も見ようとしなかった。メディチ家創始者たちの肖像画を見て私は半日を過ごし、彼らがカーネギー（Andrew Carnegie, 1835–1919　鉄鋼業で財をなしたアメリカの実業家）とヴァンダービルト（Cornelius Vanderbilt, 1794–1877, 鉄道事業で財をなしたアメリカの実業家）に似ていることに気づいた。すばらしいことだ！　しかも実業家の彼らは私と同じ人種だった！（ユダヤ人）アウグスタは私の驚きに同調しなかった。彼女はヤンキー（アメリカ人）が誰かは知ってはいても、私が誰かをまだよく知らなかったのだ。

とうとう彼女は体調を崩し、美術館巡りを断念せざるをえなくなった。私はかつてルーヴル美術館で多くの芸術作品に囲まれて不安になり、ミロのヴィーナスを粉々にしたくなったと彼女に語った。諦め顔でアウグスタが言った。

「よかった、美術館巡りは新婚旅行が最初で最後だわ！」

実際に、日々の暮らしのなかに美術館の単調さはない。額に入れられるような規則的な日々が過ぎてゆくが、そこには騒々しい音が満ち、線や色だけではなく、やけどするような真の光にあふれているからこそ退屈しないのだ。

健康は人を活動へとかりたて、わずらわしい世界に追いやる。美術館見物が終わり、買い物が始まった。彼女は一度も住んだことがないのに、わが家のことを私よりもよく知っており、ある部屋には鏡が、ほかの部屋にはじゅうたんが足りず、別の部屋には小さな像を置く場所があることを把握していた。居間のあちこちに置く家具をすべて購入し、滞在したすべての町から少なくとも一便は荷物を発送した。私からすれば、これらすべてをトリエステで購入するほうが好都合であり、わずらわしくもなかっただろう。発送から保険、さらには通関手続きにいたるまで、気を配らずにすんだからである。

「あなたったら、どんな商品も輸送できることを知らないの？　商人ではなくて、あなた？」と言って彼女は笑った。

彼女の言うことはほとんど正しかった。私は反論した。「商品が輸送されるのは、売却して利益を得るためだ！　そのような目的がなければ商品はほうっておくべきなのさ、そうすれば気苦労もないよ！」

しかしながら、この積極性こそ私が最も好きな彼女の性質のひとつだった。このように無邪気な積極性は、なんとほほ笑ましかったことか！　なぜ無邪気かといえば、世界の歴史を知らないからだった。だからこそ、商品の購入だけでよい取引ができたと信じていられたのだ。購入の是非は、売却で決まるのである。

私はまちがいなく快方に向かっていると信じていた。身体の不調は癒えつつあった。私の気持ちで当時から変わらないのは、幸福感だった。それは、あの忘れがたい日々にあって、アウグスタと交わした約束のようなものであり、自らの活力をもてあました短い期間を除き、私が守った唯一の誓いだった。私たちの関係は、つねにほほ笑ましく良好なものだった。なぜなら私はものを知らないからと彼女を笑い、彼女は彼女で、知識はあってもミスが多い私のことを笑っていたからである。彼女は、その私の誤りをいずれ正せると信じこんでいたようであるが。病がぶり返したときも、私は見かけ上は幸せそうにしていた。それは、苦痛をまるでくすぐられたように感じていたからである。

時間をかけてイタリア国内を旅しながら、私は健康が回復したにもかかわらず、さまざまな心労に悩まされた。私たちは紹介状をもたずに出発したため、多くの見ず知らずの人に囲まれたとき、彼らが敵のように見えることが多々あった。ばかげた不安ではあったが、それを振り払うことができなかった。襲われたり、侮辱されたり、場合によっては、だまされるかもしれなかった。そんなとき誰が私を守ってくれただろう?

このような不安がまさに危機的な段階に達したときもあったが、幸い誰にも、アウグスタにさえ気づかれずにすんだ。私は通りで売られている新聞を、かたっぱしから買う習慣があった。ある日私はある新聞の売店の前で立ち止まり、こんな疑念にとらわれた。彼が憎しみから、私を泥棒呼ばわりして逮捕させることなどたやすいことだ。彼からは一紙だけしか買わなかったのに、ほかのところで買ったまだ開いていない新聞を何紙も抱えていたのだから。私はアウグスタを連れて急いでその場から立ち去ったが、その理由は言わなかった。

私はひとりの御者と観光ガイドと親しくなったが、彼らといっしょのときは少なくとも、犯してもいない窃盗で告発されることはないと安心していられた。

私と御者には、明らかな接点がいくつかあった。彼はローマのカステッリ産のワインが好きだったが、彼の話では、たびたび両足が腫れることがあった。そこで病院に行って治療したのはいいが、退院のさい、ワインをもう飲まないように何度も忠告された。そこで彼は、固い誓いを立て、それを実行するために、自らの懐中時計の鎖にひとつ結び目を作ることにしたという。しかし、私が彼と知り合ったとき、チョッキのうえに垂れる鎖に結び目はなかった。私は、いっしょにトリエステに来ないかと彼を誘った。私たちのワインの味が彼の地元のそれといかに違うかを説明し、この思い切った治療の成功を約束した。彼はろくに私の話も聞かずに拒んだが、その顔には、すでに地元ワインへの郷愁が色濃く刻まれていた。

観光ガイドと親しくなったのは、彼が同僚よりもすぐれているように思われたからだ。私よりもはるかに歴史の知識があるのはふしぎではないが、几帳面なアウグスタもまた、ベデカーのガイドブック(ドイツの出版業者ベデカー(Karl Baedeker, 1801-1859)発行の旅行案内書)で、彼の説明の多くが正確だと確認した。それに彼はまだ若く、彫像が並ぶ並木道を小走りに歩いた。

このふたりの友人を失ったとき、私はローマを去った。私から大金を得た御者は、ときおりワインのせいで頭がおかしくなり、古代ローマの堅固な遺跡に私たちの乗る馬車をぶつけたこともあった。観光ガイドはある日なんと、古代ローマ人たちが電力を熟知し、それを広く使用していたと言い張った。そして、それを裏付けるラテン語の詩を朗読したのである。

しかし私はそのとき、治る見込みのない別の小さな病に襲われた。病といってもたいしたことはない。それは老いることの不安である。とくに、死ぬのが不安だった。それは、ある種の特殊な嫉妬に起因したものではないかと思う。老いが私を不安にさせたのは、それが私を死に近づけたからにほかならない。私が生きているあいだは、きっとアウグスタは私を裏切ることはあるまい。だが、私が死に、埋葬されたとたん、私の墓をきちんと整え、しかるべきミサを執り行った彼女が、すみやかに周囲を見まわして私の後継者をさがすところを私は想像するのだった。彼女はこの男もまた、あの健全で規則的な世界で包みこみ、かつての私と同じように幸せな気分にさせることだろう。私が死んだからといって、彼女のすばらしい健康が死ぬはずはなかった。走行中の列車の下敷きにでもならないかぎり、彼女の健康が死滅することはないという確信が私にはあったのだ。

ヴェネツィアでのある夜のことを思い出す。私たちがゴンドラに乗り、深いしじまに包まれた運河のひとつを通ったときのことだ。頭上に突如あらわれる街路の光と騒音によって、静けさがときおり破られた。アウグスタはいつもどおり風景を眺め、入念にそれを記録していた。水が引いてむきだしになった汚い基礎に立つ、緑の鮮やかな公園。淀んだ水面に映る鐘楼。長く暗い小道と、その背景の光と人の流れ。一方、私は、暗がりのなかで、意気消沈していた。私は彼女に、「ときの移ろいは早く、きみはいずれ別の男と再び新婚旅行をするだろう」と言った。私には強い確信があった。まるで実際にすでに起きたできごとを語っているような気がしたほどだ。彼女がそんなことはありえないと否定して泣き出したとき、場違いな感じがした。おそらく彼女は、私が彼女に殺されかねないと信じこんでいると誤解したのだろう。とんでもない！　私は誤解を解くために、自分がどんな最期を迎えることになりそうか語り出した。すでに両脚の血行が悪いため、やがて壊疽になりそうだ。そしてそれが全身に広がり、視覚をつかさどる器官まで達するかもしれない。目を開けていられないとなれば、家のあるじなど務まるまい！　別の男が代役を果たすことになるだろう、などと。

彼女はなおも泣き続けた。彼女のすすり泣きは、その運河の巨大な寂しさに包まれて、いっそう意味深く思われた。もしかすると、自らの残酷な健康にはっきりと気づいて絶望し、泣いていたのだろうか？　であるならば、全人類が彼女の涙に同情してむせび泣いたことだろう。ところがあとからわかったことだが、彼女は健康がなんであるかも理解していなかったのだ。健康は自らを分析しないし、鏡をのぞきこんだりもしない。私たち病人だけが、自分自身についてなにがしかを知っているのである。

そのときだった、彼女が、私と知り合う前から私を好きになったと打ち明けたのは。彼女の父親に紹介され、私の名前を聞いたときから私のことが好きだったという。彼はこんなふうに私を紹介したそうだ。ゼーノ・コジーニ、純粋な男で、商売上のヒントを聞きつけると、それがいかなるものでも耳を傾け、あわてて訓戒集にメモするのだが、それを紛失してしまう。私たちが初めて会ったときの彼女の当惑に気づかなかったとすれば、それは私も当惑していたからにちがいない。

アウグスタに初めて会ったとき、その醜さに気をとられていたことを思い出した。なぜならその家には、いずれも頭文字がAの四姉妹がいて、どの娘もとびきりの美人だと聞いて期待していたからだ。彼女が私を以前から好きだったことを知ったところで、その証拠があっただろうか？　私は自分の考えを変えることで、彼女を満足させようとは思わなかった。私が死ねば、彼女は別の男と結婚するはずだ。涙がおさまると、彼女はいっそう私に寄り添い、笑いながら訊いた。

「あなたの後釜なんてどこで見つかるかしら？　こんな醜い私に？」

たしかにしばらくのあいだ、おかげで私は緩慢な腐敗の時間を過ごせたような気がする。

しかしながら、老いることへの恐れは私の頭から離れることはなかった。それは、妻を他の男に譲り渡すことへの不安ゆえにほかならない。妻を裏切ったときも、その不安は小さくならなかったが、愛人を同じように失うことになるかもしれないと考えて、それが大きくなることもなかった。それはまったく別のことがらであり、両者はなんの関係もなかった。死の不安にさいなまれると、私は慰めてもらうためにアウグスタのもとに行った。小さな手にけがをした子供が、母親にキスをしてもらうように。彼女は、つねに新しい慰めの言葉を用意していた。新婚旅行のときに、彼女は私がまだこれから三十年は若さを保つだろうと請け合い、今日も同じことを言ってくれる。ところが私は知っていたのだ、新婚旅行の楽しかった数週間が過ぎて、臨終の恐ろしい苦悶に私が確実に近づいたことを。アウグスタが思いつくまま話すのは勝手だが、計算ミスは起こりえなかった。毎週、私は七日ぶんだけ確実に死に近づいていたのである。

同じ痛みにたびたび襲われることに気づいた私は、いつも同じことを言って妻をわずらわせたくはなかった。慰めてほしいと彼女に伝えるには、こうつぶやくだけでよかったのだ。「かわいそうなコジーニ君！」すると彼女は、私の体のどこが悪いかを正確に察し、私にかけ寄って、大きな愛情で包んでくれた。こうしてほかの痛みに見舞われたときも、妻の慰めを得ることができた。ある日、妻を裏切ったことが心苦しくて体調を崩した私は、うっかりとつぶやいてしまった。「かわいそうなコジーニ君！」こうつぶやくことで私は大きな恩恵を受けた。そのような場合にも、彼女の慰めは私にとっては貴重だったからである。

新婚旅行から戻って私が驚いたのは、自宅がじつに快適で温かい家に生まれ変わったことだった。アウグスタは、実家にあった便利な道具をすべてもってきたが、ほかにも彼女自身がしつらえた設備がたくさんあった。浴室ははるか昔から廊下の奥にあって、私の寝室からはかけ離れていたが、それを私たちの寝室に近づけ、蛇口の数を増やした。さらに、食堂のとなりの小部屋を茶の間に模様替えした。そこに絨毯を敷き、ゆったりとした革製の肘かけ椅子を置いて、昼食後の小一時間を毎日その部屋で過ごすようになった。私の意向に反して、そこには煙草を吸うのに必要なものすべてがそろっていた。私の狭い書斎もまた、私が反対したにもかかわらず改装がほどこされた。模様替えによって書斎がたえがたくなることを恐れていたが、いざできあがってみると、ずっと居心地がよくなったことにすぐに気づいた。机に坐るときはもちろん、肘かけ椅子に寝そべっても、ソファに横になっても私が本を読めるように、彼女は照明を配置した。それだけではない。彼女は私のヴァイオリンのために譜面台を用意し、目をいためずに楽譜を照らす、すぐれものの電球をつけた。ここにもまた、私の意志に反して、煙草をくゆらすための道具一式がそろっていた。

　したがって、改築工事がひんぱんに行われ、平穏な暮らしがいくらか乱された。永久の絆のため家事にいそしむ彼女にとって、短期間の不便はささいなことだったが、私にとってはまったく事情が異なった。庭に小屋を建て、そこを小さな洗濯室にしたいと彼女が言い出すにおよんで、私は強く反対した。家庭に洗濯室を作るのは、赤ん坊の健康管理に万全を期すためだとアウグスタは主張した。しかしさしあたり、赤ん坊はいないので、生まれる前から子供にわずらわされる必要性をまったく感じなかった。彼女は古いわが家に、自然に由来する本能をもちこんだ。愛情面において彼女は、すぐに巣のことを思うツバメに似ていたのである。

しかし私もまた、愛を育むことにやぶさかではなく、花束や宝石を家にもち帰ることがあった。私の生活は結婚によって一変した。私はかすかな抵抗を試みたあとで、自分の好き勝手に時間を使うことを諦め、きっちりとした時間割を組むことにした。私の教育にかんしては、すばらしい成果が得られた。ある日、新婚旅行から帰って間もない頃、ついつい帰宅が遅れ、昼を食べそびれたため、バールで何か食べてから夜までずっと外にいたことがあった。暗くなってから帰宅すると、アウグスタが昼食もとらずにおなかを空かせて待っていた。彼女は何も文句を言わなかったが、自らの行動が正しかったと確信し、やさしくもきっぱりとした口調で言った。私から事前になんの連絡もなければ、昼食をとらずに夕食の時間まで私を待つのは当然だと。それは冗談ではなかった！　別なとき、ある友人に誘われて深夜二時に帰宅したことがあった。アウグスタはストーブをつけるのを忘れ、寒さで歯をガチガチ鳴らしながら私を待っていた。それで彼女がやや体調を崩したこともあって、私にとっては忘れがたい教訓となったのだ。

ある日、アウグスタにもうひとつ大きな贈り物をしたくなった。それは働くことだ！彼女はそれを望んでいたし、私自身も、働くことは健康にいいだろうと考えていた。言うまでもなく、病気になるひまのない人ほど病気にはかからないものである。私は仕事に行き始めた。長く続かなかったのは、私のせいではなかった。私は揺るぎない決意と、心から謙虚な気持ちで仕事に向かった。私はなにも、事業の経営に携わりたいと要求したわけではなく、せめて台帳だけでも管理したいと申し出ただけなのだ。収支がまるで町並みのように整然と記載されたぶ厚い帳簿にたいして、私はかぎりない尊敬を抱き、震える手で記帳し始めた。

オリーヴィの息子は、眼鏡をかけた上品で控え目な若者で、あらゆる商業上の知識に精通していた。私の教育係を務めてくれたので、正直なところ、彼にたいして文句を言える筋合いではないが、彼の経済学や、需要と供給の理論が私をうんざりさせた。そのような理論を彼は認めているらしいが、私にとってはわかりきったことに思われた。しかし彼の態度には、雇い主への敬意がいくらか感じられ、彼がそれを父親から学んだとはとうてい考えられないので、よけいに好感がもてた。所有権への敬意は、彼の経済学の一部だったにちがいない。私がたびたび犯した記帳の誤りを彼が叱責したことは一度もなかったが、それがもっぱら私の無知によるものだと考えて、まったくよけいな説明を聞かされた。

問題は、私が取引を見ているうちに、自分でもやってみたいと思うようになったことだ。帳簿上では、自分の懐に入る金額がはっきりと把握できたが、顧客の「借り方」に金額を記入するさいには、手にしたペンが、まるでカジノテーブル一面に散らばった掛け金を集めるクルピエのレーキ（カジノディーラーがチップの回収・配当に用いる長い棒）のように思えてきた。

オリーヴィの息子は、配達された郵便物も見せてくれた。私はそれを注意深く読んだ。正直に言うと最初は、私にはほかの誰よりもそれを理解できるのではないかと期待した。ある日、ごくありふれた取引のオファーが私の注意を強く引きつけた。読む前から、カジノテーブルに坐るときにときおり感じるような、得体の知れない胸騒ぎをおぼえた。このような予感を説明するのはむずかしい。それは、肺を大きくひろげ、煙でもうもうとした空気を思い切り吸いこみたくなるときの感覚に似ている。だがそれだけではない。掛け金を二倍にすればもっと気分がよくなることは、誰にも経験があるだろう。しかし、これらすべてを体得するには経験が必要である。有り金をすってテーブルを離れてから予感に従わなかったことを後悔する、といった経験が必要なのだ。そうすれば、二度と予感を逃すまい。いったん予感をおろそかにしたら、その日はもうカードに復讐されるのがおちだから勝つことはない。とはいえ、緑の布の張られたテーブルに就いているときのほうが、物言わぬ台帳を前にしたときより、予感をおろそかにしても罪は軽い。あのときたしかに、私ははっきりとそれを感じ、「あのドライフルーツをすぐに買え！」という声を聞いたのだった。

私はこの件について、ごく控え目に父親のほうのオリーヴィに話した。もちろん、霊感のことは黙っていた。オリーヴィは、その手の取引がわずかの利益を見込めるときにかぎり、第三者の代わりに行うべきものだと答えた。こうして彼は、私の事業から霊感の可能性を排除し、それを第三者のためにとっておいたのである。

その夜、私の確信が強まった。私のなかに予感があったのだ。肩で息をしていたら、眠れなくなった。アウグスタが私の不安げなようすに気づいたため、その理由を教えるところとなった。彼女はすぐに私と同じ霊感を得て、眠りながらこうつぶやいた。

「あなたが雇い主じゃないの？」

たしかなのは、翌朝、私が外出する前に彼女が心配そうにこう言ったことだ。

「あなたがオリーヴィの機嫌をそこねてはいけないわ。私から父に相談してみましょうか？」

ジョヴァンニも霊感にはほとんど重きを置かないことを知っていたので、それは避けたかった。

私の考えを守り抜こうと固く心に決めて事務所に着いた。それは、苦しんだ不眠の復讐をするためでもあった。戦いは、取引のオファーを受ける期限が切れる正午まで続いた。オリーヴィの意志は固く、いつもの言葉で私を説き伏せた。

「もしかするとあなたは、亡くなったお父さまが私に与えた権限を制限したいのですか？」

私は気分を害し、さしあたりは台帳の管理に専念して、取引には首を突っこまないと固く心に誓った。しかしながら、干しブドウの味は口のなかに残ったままで、毎日テルジェステーオ宮でその取引価格を訊いた。ほかのことはどうでもよかった。価格はゆっくりと上がっていった。まるで高騰の機会を狙っているかのように。それからたった一日で、一気に値が跳ね上がった。ブドウの収穫が最低だったことをそのときになって初めて知った。霊感とはじつにふしぎだ！　予測したのは、乏しい収穫ではなく、価格の上昇だけだったのだから。

カードに復讐されたのだ。いずれにせよ私は、もはや私の台帳には満足できなくなり、私の教師たちに敬意を払うこともいっさいなくなった。オリーヴィも、自らの判断が正しかったのかどうか自信なさげだっただけに、なおさらだった。私は笑い、愚弄した。これが私の主な仕事になった。

二度目のオファーが届いた。価格がほぼ倍になっていた。オリーヴィは私をなだめるために、助言を求めてきた。その値段ではブドウを食べる気がしないと、私は勝ち誇ったように言った。オリーヴィは不愉快そうにつぶやいた。

「私はこれまでずっと従ってきた方法を守ります」

そして買い手をさがしに行った。ごく少量ではあったが、買い手をひとり見つけてきて、あくまでも善意から、また私のもとに来てためらいがちに尋ねた。

「このわずかの売りに、買いつなぎをしますか?」

私はなおも意地悪く答えた。

「私なら最初からそうしていましたよ」

オリーヴィはすっかり自信を失い、結局、買いつなぎをしなかった。ブドウの値は上がり続け、私たちは少量の取引で最大の損失を被った。

ところがオリーヴィは私にたいして怒りをあらわにし、私を喜ばせるために一か八かに賭けただけだと言い放った。この狡猾な男は忘れていたのだった。私は赤に賭けるように勧めたのに、彼が私を出し抜こうとして黒にかけたことを。私たちの対立は、修復不可能になった。そこでオリーヴィは私の義父にこう訴えた。彼と私の対立のせいで会社は今後とも損害を被るだろうから、私の家族の同意があれば、彼と息子は手を引いて私に経営を任せてもよい、と。義父はすぐに態度を決め、オリーヴィの肩をもった。彼は私に言った。

「ドライフルーツの取引は、よい教訓になった。きみたちふたりは、いっしょにはいられない。であれば、手を引くのはどっちだ？　もう一方の手を借りなければ一回かぎりしかよい取引ができそうもない男か、それとも、半世紀もひとりで会社を経営しているほうかね？」

アウグスタも父親の味方につき、二度と私が自らの事業に首をつっこまないように説得した。

「お人よしで純真なあなたは」と彼女は言った。「商売には向いていないわ。私といっしょに家にいてちょうだい」

私は憤慨し、アキレウスのように自らの天幕に、すなわち書斎に引きこもった。しばらくは本を拾い読みしたり、ヴァイオリンを弾いたりしていたが、そのうち、もっとまじめな活動をしたいと感じるようになり、またもや化学と法律を学ぼうかとも考えた。だが結局、宗教の研究に没頭することとなった。父が死んだときに始めた研究を再開するつもりだった。おそらく今回は、アウグスタと彼女の健康に近づきたいという熱意によるものだったのだろう。彼女とミサに行くだけでは不十分だった。私は別な道を歩まねばならないと思い、ルナン（Ernest Renan, 1823–1892. フランスの宗教史家。主著『イエス伝』は一八六三年刊）とシュトラウス（David Strauss, 1808–1874. ドイツの神学者。主著『イエスの生涯』は一八三五年刊）を読んだ。前者は楽しめたが、後者はまるで罰則のように苦痛だった。こんなことを私が言うのはただ、アウグスタとの結びつきを深めたいという私の願いがいかに強かったかを強調しておくためである。ところが彼女は、福音書の校訂版を私が手にもっているのを見ても、このような私の願いに気づかなかった。どちらかといえば彼女は学問への関心が低く、私が彼女に示した最大の愛情のしるしを理解できなかった。彼女は化粧や家事を中断して、私の部屋の入口に顔を出し、ひとこと言葉をかけるのがつねだったが、私がそのような書物に顔を埋めているのを見ると、顔をしかめた。

「あなたまだそんなもの読んでるの？」

アウグスタが必要とする宗教は、習得や実践のための時間がかからなかった。おじぎひとつでもうおしまい、そしてすぐに日常生活に戻るのだった！　それ以上のものではない。私にとっての宗教はまったく別の様相を呈していた。真の信仰が得られれば、私にとってそれがこの世に唯一のものとなるはずだった。

そのうちに、みごとに整頓された私の小さな部屋に、退屈がしのび寄ってきた。むしろそれは焦燥に近かった。まさにこの時期に、働く意欲がわき上がるように感じていたからだ。しかし私は、暮らしのなかで何かの仕事が課せられることを待っていた。このような期待をいだきながら、私はしょっちゅう外出し、テルジェステーオ宮やどこかのカフェで何時間も過ごしたのだった。

仕事をしているように見せかけながら、私は暮らしていた。それは、退屈きわまりない仕事だった。

大学時代のある友人の訪問が、私にとって復讐の女神（ネメシス）となった。たとえ、外見はそう見えなかったにしても。彼は、重い病の治療のため、シュタイアーマルク地方の小さな村から急きょ帰郷せねばならなくなった。彼が私のもとを訪れたのは、ひと月にわたるトリエステでの療養を終えたときだった。この療養の結果、彼の腎炎は急性疾患から慢性に変わり、おそらくは治療のすべがなくなったのだ。しかし彼は体調がよくなったと信じていた。そして、健康を完全にとりもどすことを期待して、春のうちにここよりも温暖などこかに首尾よく転居できるよう準備を進めていた。気候の厳しい故郷にいつまでもいれば、命とりになりかねなかった。

重い病にかかっているのに幸せそうで笑顔をたやさないこの男の訪問が、私にはとても不吉に思われた。しかし、たぶん私がまちがっているのだろう。それは私の人生のなかで、避けて通れなかった通過点にすぎないのだ。

私の友人、エンリーコ・コプラーは、私が彼の事情も彼の病気も知らないことに驚いていた。ジョヴァンニでさえそのことを人から聞いて知っていたというのに。だが、ジョヴァンニ自身も病人であり、他人のことを気にかけるひまはなかったので、晴れた日はいつも私の家に来てしばらく屋外で昼寝をしていたにもかかわらず、私には彼のことを何も言わなかった。

ふたりの病人は、このうえなく幸福な午後をともに過ごした。ふたりは自分たちの病気について語り合ったが、それは病人にとって最大の気晴らしになることだ。彼らの話を聞かされる健康な人にとっても、さほど気がめいることではない。ただひとつの相違点は、ジョヴァンニが外の空気にあたる必要があったのにたいし、もうひとりはそれが禁じられていることだった。風が少しでも吹けば、小さくて暖かい部屋にジョヴァンニも私たちと残ったため、両者の違いはなくなった。

コプラーは、自らの病について、痛みはないものの気力が奪われると語った。具合がよくなった今だからこそ、いかに自分が病んでいたかがわかると。彼に処方された薬の話題になったとき、私の関心はより高まった。とくに医者は彼に、睡眠薬で体に危害を加えることなく、長い睡眠を可能にする方法を教えた。それこそほかでもない、私がどうしても必要としていたものだったのだ！

私の哀れな友人は、私に薬が必要だと聞いて、私も同じ病にかかっていると思いこみ、医者の診察を受けて調べてもらうようにと忠告した。

アウグスタは明るい声を出して笑い、私が気で病んでいるにすぎないと断言した。するとコプラーのやつれた顔に、うらめしげな表情がさっと現れた。しかしすぐに、彼をさいなむ劣等感を男らしく振り払い、私を痛烈に攻撃してきた。

「気で病むだって？　それならぼくは、本物の病人のほうがいい。何よりも気で病むなんて、奇怪でばかげてる。それにだね、そんな人に効く薬はないけれど、本当の病人には見てのとおり、有効な薬があるものさ！」

いかにもそれは健康な人の言いそうなことであり、正直に言えば、私はそれが耐えがたかった。

義父はしきりに彼に同調したが、気で病む人への軽蔑を表明するまでにはいたらなかった。その言葉からは、健康な人への嫉妬がはっきりと読みとれたからである。義父は、もし自分が私のように健康だったならば、隣人に泣き言など言わずに自らの愛する有益な仕事にはげむだろう、なんとか腹をへこますことに成功した今はなおさら、と言った。やせたことがよい兆候とは考えられないことにも、彼はまだ気づいていなかったのだ。

コプラーの攻撃が原因で、私の顔はほんとうに病人のようになった。それも虐待された病人だ。そこで、アウグスタは私の弁護にまわる必要を感じたのだろう。テーブルに投げ出した私の手をやさしくなでながら、私の病は誰の迷惑にもなっていないと言った。私の顔に生きる喜びがあふれているように見えたので、私が病気だと信じていることすら知らなかったという。こうしてコプラーは、再び劣等感にさいなまれることとなった。彼は孤立無援だったのであり、健康にかんしては私と言い合いができても、アウグスタが示したような愛情にたいしては、なんの反論もできなかったのである。あとになってから、彼は諦めたように私に打ち明けたことがあった。看護婦がほしいとこのときほど切に思ったことはなく、だからこそ私がうらやましかったのだ、と。

議論は翌日以降も、ジョヴァンニが庭で寝ているあいだに、より穏やかな口調で続けられた。コプラーは考えを変え、今度は、気で病む人こそ本当の病人であり、しかも本当の病人よりも深く、体の芯まで病んでいると主張した。実際に、前者の神経はいたく消耗しているがゆえに、病気ではないときも病気の兆候を示すのだという。通常の神経の機能は痛みを感知し、治療を促すことにあるというのにである。

「そのとおり！」と私は言った。「歯の痛みと同じさ。神経が露出しているときに痛みを感じるのだから、治療には神経を殺さなくてはならない」

結局、私たちは、いずれも病人であることに変わらないという意見で一致した。もっとも、彼の腎炎においては神経からの警告が昔からずっとなかったのにたいし、私の神経はおそらく過敏に反応して、二十年後に患って死にいたらしめる病を早くも警告していたのだろう。したがって、神経としては完璧であったが、唯一の不便は、この世の幸せな日々をわずかしか感じさせてくれないことだった。コプラーは私を病人の仲間に加えることができて、じつに満足げだった。

この哀れな病人が、なぜ、女のことをしきりに話題にしたがるのかわからないが、私の妻がいないときは、その話しかしなかった。彼の主張によれば、本当の病人は、少なくとも既知の病にかかっているとき身体組織を守るために性欲が減退するのにたいし、気で病む病人は、過敏な神経による混乱(というのが私たちが下した診断だった)が原因で不調を訴えるにすぎないため、おそらく性欲は病的に活発になる。私は自らの経験に照らし合わせて彼の仮説に確証を与え、ともに同情し合った。なぜ私は、自堕落な生活と縁を切ってだいぶ経つことを、そのとき彼に言おうとしなかったのかわからない。少なくとも私は、彼をあまり傷つけないように、自分が健康とはいえないまでも回復期にあると、告白しておけばよかったのかもしれない。なぜなら、私たちの身体組織がいかに複雑かを知れば、自分が健康だとはなかなかいえないものだから。

「きみはきれいな女を見れば、かたっぱしからものにしたくなるのかい?」と彼はなおも私を尋問した。

「みんなというわけじゃない！」そこまで自分は病んでいないと言いたくて、私は不満げにそうつぶやいた。そもそも、毎晩のように会うアーダには欲望を感じなかったのだ。彼女は私にとって、禁じられた女だった。彼女のスカートがたてる衣ずれの音を聞いても、私は何も感じなかった。たとえ私自身の手でスカートに触れることが許されても、同じことだった。幸いなことに、私は彼女と結婚したのではなかった。このような無関心こそ、本来あるべき健康の証拠であった。少なくとも私にはそう思われた。おそらく彼女への私の欲望は、あまりに激しすぎてひとりでに消滅したのだった。だが私の無関心は、アルベルタにまで及んだ。地味な制服をきちんと身につけた彼女は、とてもかわいらしかったのではあるが。アウグスタをわがものにしたことが、マルフェンティ家全体にたいする私の欲望を静めるのに充分だったのだろうか？　もしそうであればまさしく、いたって道徳的だったといえよう！

それが私の人徳のなせるわざだとは、さすがに言わなかった。なぜなら、頭のなかではいつもアウグスタを裏切っていたからである。このときもコプラーと話しながら、アウグスタのために断念したすべての女たちのことを考えると、欲望がうずいた。通りをゆく女たちのことを想像した。みんな、第二次性徴がきわだつような服を着ていたが、わがものとなった女からは、それらの特徴が失われていた。まるで結婚によって、それらが委縮してしまったかのように。私の恋愛への欲求はいまだ衰えていなかった。私の恋愛は、ブーツや手袋やスカートといった、体を覆い、体形を変えるものすべてへの感嘆とともに始まるのだった。だがこのような欲求は、それだけではまだ罪とはいえなかった。しかし、コプラーが私のことを分析したのはよくなかった。誰かにたいしてその人がどんな人間かを説明することは、彼が思いのまま行動することを許可するようなものだから。だがさらに悪いことに、コプラーは、言葉によっても行動によっても、私をどこに導くことになるか判断がつかないのだった。

こうして私の記憶のなかで、コプラーの言葉は重要なものとなり、今でもそれを思い出すたびに、当時それに結びついていたあらゆる感覚、物と人がよみがえる。夕暮れ前に帰宅せねばならない友人を、私は庭に案内した。丘のうえにあるわが家からは港と海が見えたのだが、今はもう新しく建てられた工場によって視界はさえぎられてしまった。私たちは、そよ風が吹いてさざ波の立つ海を長いあいだ眺めた。海面に反射する空の穏やかな光が無数の赤い光に分解していた。目を癒す柔らかい緑におおわれたイストリア半島は、大きな弧を描きながら、まるで堅固な半影のように海に張り出していた。小さくて目立たない桟橋と防波堤がひたすらまっすぐに伸び、貯水池の水は黒く淀んでいた。

もしかすると水は濁っていたのだろうか？　広大な景色のなかでは、赤く染まった水面に比べて静寂は深くなかった。私たちは光がまぶしくて、しばらくすると海に背を向けた。狭い庭先には対照的に、もう夜のとばりが降りていた。

玄関前の大きな寝椅子には、ベレー帽をかぶり、毛皮のコートの襟を立て、脚に毛布をかけて寒さをしのぎながら義父が眠っていた。私たちは立ち止まり、その姿に見入った。大きく口を開け、下あごは死体の一部のように垂れ下がっていた。呼吸は荒く、大きな寝息を立てていた。ときおり頭がガクンと落ちたが、彼は目を覚ますことなく、また頭をもちあげた。そのとき、まぶたが動いた。目を開けて、バランスをよりたやすく保とうとするかのように。すると呼吸のリズムが変わった。まさしく睡眠が中断されたのだ。

義父の重い病が、私の眼前でこれほどはっきりと表れたのは、このときが初めてだったので、深く心が痛んだ。

コプラーが小声で言った。

「治療を受けさせるべきだろうね。腎炎にもかかっているかもしれない。彼は寝ているのではない。これがどういう状態か、ぼくは知っている。かわいそうに！」

最後に彼は、主治医を呼ぶように私に忠告した。ジョヴァンニはそれを聞きつけて、目を見開いた。一見するとたいした病状ではなさそうで、コプラーに軽口を言った。

「わざわざ外に出たの、あなた？　体に悪くないですか？」

義父は、ぐっすりと眠ったようだと語った。目の前に広がる海がいくらでも新鮮な空気を送ってきたので、いっときも息苦しさを感じなかったという！　しかし彼の声は弱々しく、息を切らせていたので、言葉はとぎれがちだった。顔は土気色で、肘かけ椅子から立ち上がるとき悪寒を感じ、家のなかに入ることにした。ちょうど庭先を歩く彼の姿が見えた。毛布をかかえ、あえぎながらも笑みを浮かべながら、こちらに会釈をした。

「ほら、あれが本当の病人の姿さ！」固定観念を振り払うことのできないコプラーが言った。「死にかけているのに、自分が病気のことも知らない」

本当の病人がさほど苦しんでいないように私にも見受けられた。義父もコプラーも聖アンナ(サンタンナ)墓地に埋葬されてから何年も経つが、ある日、ふたりの墓地の前を通りかかったとき、墓石の下に長年眠っているという事実によって、彼らのうちのひとりが唱えた説が効力を失うことはないように思われた。

古い住まいを去る前にコプラーは自らの事業を清算していたので、私と同じく暇をもてあましていた。ただし、病床を離れるやいなやじっとしていられなくなり、自分の事業の代わりに他人の事業に携わり始め、こちらのほうにより大きな興味を感じるまでになった。そのときは彼を笑った私だったが、のちに私も、他人の事業がいかに楽しいかを知ることとなった。彼は慈善事業に打ちこんだが、自らの資産の利子だけで生活するつもりだったため、それをすべて自費でまかなうだけの余裕はなかった。そこで募金を集める名目で、友人や知人から徴収していた。彼は有能な実業家らしく、あらゆるものを帳簿に記載していたので、その帳簿を自分が死ぬときの餞別にするつもりなのではないかと私は思った。もし私が彼のように余生も短く独り身であれば、資産に手をつけてそれを増やそうとしただろう。しかし彼は、自分が健康だと思いこんでいたため、おいさきが短いことも認めたがらずに、自分自身の利子以外には手をつけなかった。

ある日、私はいきなり彼に呼び止められた。哀れな娘にピアノを買ってやりたいから、数百クローネほど提供してくれないかと頼んできた。彼女はすでに、私やほかの人たちから、毎月わずかばかりの生活費の援助を受けていた。みすみすこの好機を逃してはならないという。私は拒むことができなかったが、無礼を承知で、私がその日外出していなければ、こんな申し出を受けて損することもなかったのにと言った。私はときおり、むやみに金を出し惜しみすることがある。

コプラーは金を受け取ると、そっけなく礼を言って立ち去ったが、私の言葉の効果はわずか数日後に表れ、それがあいにく、重大な影響を及ぼすことになった。ピアノが届き、カルラ・ジェルコ嬢と母親が感謝したがっているので、母娘（おやこ）のところまで私に会いに行ってほしいと彼が伝えに来たのだ。顧客を失うのを恐れたコプラーは、私をつなぎとめておくために、寄付を受けた母娘に礼を言わせて私を喜ばせようという魂胆だった。最初は私もそのようなめんどうを避けたくて、彼の慈善活動がきわめて周到なものであることを確信していると言って安心させたが、しきりに頼むので、ついに私はおれた。

「きれいな娘なの？」と私は訊いた。

「とびきりの美人だ」と彼は答えた。「だけど、われわれの歯が立つ代物ではない」

奇妙なのは、彼が自分の歯と私の歯をいっしょにしたことだ。彼の虫歯がうつるかもしれないではないか。彼は、その不幸な一家がいかに正直かを私に語った。数年前に家長を失くして貧困のどん底にあったにもかかわらず、謹厳な生活を守りとおしたという。

　それは、気分がめいるような日だった。凍てつく風が吹き、毛皮のコートを着たコプラーが私はうらやましかった。帽子を手で押さえないと、風で飛ばされるところだった。だが私は機嫌がよかった。私が示した隣人愛にたいする感謝の言葉を聞きに行くのだから。私はスターディオン大通りを歩き、公共庭園（ジャルディーノ・プッブリコ）のなかを通り抜けた。そのあたりは、私がまったく足を踏み入れたことのない界隈だった。私たちは一軒の家に入った。

それは、市街から離れた場所に私たちの祖先が四十年前に建て始めた、いわゆる開発住宅のひとつで、すぐに郊外は同じような住宅で覆われることになった。外見は質素だが、今日同じ目的のために建てられる住居に比べれば、より見栄えがした。階段は狭く、勾配がかなり急だった。

私たちは二階で立ち止まった。連れは歩くのがかなり遅いため、私のほうがすいぶん先にたどり着いたのであるが。驚いたことに、踊り場に面した三つの扉のうち、左右両側のふたつの扉にはカルラ・ジェルコの名刺がピンで止められていたが、三番目の扉には別の名前の名刺があった。コプラーの説明によると、親子は右側の、台所と寝室のある部屋で暮らし、左側にはカルラ嬢の練習室しかなかった。親子はアパートの中央部分をまた貸ししていたため、自分たちの家賃をとても低く抑えられたが、部屋を移動するのに踊り場を通るという不便をしのばねばならなかった。

左側の練習室をノックすると、私たちの訪問をあらかじめ知らされていた母と娘が待っていた。コプラーが親子を紹介した。白髪の目立つ、みすぼらしい黒い服を着た母親は、いたって内気で、用意してあったと思われる短い挨拶を述べた。私の訪問は光栄の至りであり、多額の援助に感謝するとのことだった。そしてそれ以上、いっさい口を開かなかった。

コプラーはまるで、国家試験で自らが苦労して教えた生徒の返答に耳を傾ける教師のように立ち会った。彼は母親の発言を訂正した。私はピアノの代金を支払っただけではなく、彼が母娘のためにかき集めている月々の援助金も、その一部を負担しているのだ、と。彼は正確さを好んだ。

ピアノの横に坐っていたカルラ嬢が立ち上がり、私に手を差しのべながら、ひとことだけ言った。

「ありがとうございます！」

ともかくも、すこぶる手短な言葉ではあった。博愛主義者としての任務を、私は負担に感じ始めていた。本当の病人がみなそうであるように、私も他人の事業に携わっていたとは！　かわいらしいその娘の目に、私はどのように映っていただろうか？　大いに尊敬すべき人物ではあっても、ひとりの男ではないはずだ！　それにしても、本当にかわいい娘だった！　実際よりも若く見られたかったからだろうが、当時の流行からすればスカートの丈が短すぎた。成長期にはいていたスカートをそのまま部屋着にしたようだった。髪の毛はしかし、おとなの女性のもので、おしゃれに気をつかう女の洗練された髪型だった。三つ編みの豊かな黒髪が、両耳と首の一部を隠すように垂れていた。私は己の体面がとても気になり、コプラーのさぐるような視線がこわかったので、初めは娘の顔もろくに見られなかった。今ではそのすべてを知っているが。彼女が話すとき、その声にはどこか音楽のような響きがあった。気どってはいても、まったく不自然さのない話し方で、わざと音節を伸ばして発音した。まるで、言葉に音色をもたせ、それを愛撫するかのように。したがって、いくらトリエステなまりがあるとはいえ、極端に口を開いて母音を発音したため、外国人のようなしゃべり方になった。あとで知ったことだが、歌の教師たちが発声を教えるさい、母音の発音を直すことがあるという。アーダの発音とはまったくちがった。声を出すたびに、それが愛のささやきのように聞こえた。訪問中ずっとカルラ嬢は笑みを絶やさなかったが、こうすれば、感謝の気持ちを顔に刻めると考えてのことだろう。どことなく作り笑いのようでもあったが、感謝の念は充分に伝わってきた。それから二、三時間後にカルラを思い浮かべたとき、その顔には喜びと苦しみの相克が刻まれていたように思われた。だがその後、このような表情を彼女に認めたことはなく、またもや私は思い知らされたのだ、女性の美しさは、実際には思ってもいない感情を装うものだということを。それは、戦闘が描かれた画布に、英雄的な感情がいっさい見られないのと同じことなのである。

コプラーは、まるで彼の作品であるかのようにふたりの女を紹介し、満足げだった。彼は、ふたりが自らの命運に不平をいっさいこぼさず、働き者であると評した。教科書に書いてあることをそのまましゃべっているようだった。私は機械的にうなずきながら、むだに学問を積んだのではないところを見せたくて、人柄は立派でもお金のない哀れな女がどんなにみじめか知っているつもりだ、と言わんばかりの顔をした。

それから彼は、カルラに何か歌ってくれないかと頼んだ。彼女は、風邪を引いているからと言って歌おうとしなかった。そして、別の日にしてほしいと言った。彼女が私たちの評価を心配しているようすが好ましく感じられたが、この場にできるだけ長くいすわりたくて、私からも彼女に一曲頼んだ。私は忙しい身なので、今後会う機会がないかもしれないとも言った。コプラーは、私が暇をもてあましていることを知っているくせに、しごくまじめな顔で相槌を打った。とはいえ彼が、私にカルラと二度と会ってほしくないと思っていることは、容易に理解できた。

彼女はなおも何かの口実を言おうとしたが、コプラーが命令口調で強く要求したところ、それに従った。彼女にむりに何かをさせることは、じつにたやすかった！

『私の旗』（当時の流行歌）を彼女は歌った。私は柔らかいソファに腰かけて、その歌を聞いた。できることなら、熱烈な賛辞を送りたいところだった。彼女に天賦の才があれば、どんなにすばらしかっただろう！　ところが驚いたことに、歌い始めたとたん、その声はことごとく音程をはずした。うまく歌おうとすればするほど、声が変質した。カルラはピアノもへただった。その中途半端な伴奏で、ただでさえ貧弱な音楽がよけいつまらなくなった。私は自分の前にいるのが歌の生徒であることを思い出し、声量が充分かどうかを検討した。充分すぎるほどだった！　小さな部屋では、鼓膜が破れるほどだった。私はなおも彼女を励ましたくて、それはただたんに彼女の通っている学校が悪いせいだと考えた。

歌が終わると、私はコプラーといっしょになって熱烈な拍手とお世辞を浴びせた。彼は言った。

「この声にしかるべきオーケストラの伴奏が加われば、どんなにすばらしい効果が生まれるだろうね」

それはたしかだった。その声には力強いフルオーケストラの響きが必要だった。私はしごく真剣な顔で、数ヶ月後にまたカルラ嬢の歌を聞けば、彼女の通う学校がいいか悪いか判断できるだろうと言った。それから、やや冗談めかしてつけ加えた。きっと、あなたの声には一流の学校がふさわしいはずです。この言葉が相手を不愉快にさせたかもしれないので、とりつくろうために、最高の声には最高の学校を見つける必要があると哲学者きどりで講釈した。「最高の」という言葉ですべてがまるくおさまった。だがそのあとひとりになった私は、カルラにたいして誠実に接する必要を感じている自分に驚いた。もう彼女のことを愛していたのだろうか？　まだ顔もよく見ていないというのに！

奇妙な匂いのする階段で、コプラーがまたも口を開いた。

「彼女の声は強すぎる。演劇に向いている声だね」

そのとき、私がそれ以上の何かを知っていることに、彼は気づいていなかった。その声は、ごく小さな場所にこそふさわしかったのだ。音楽芸術の純粋な印象を味わえる場所、そこに、真の芸術、すなわち生命力と苦悩が宿ることを夢見られるような小さな場所が。

別れぎわにコプラーは、カルラの歌の先生が公開の演奏会を開くときは私に知らせようと言った。先生は、市内でこそまだあまり有名ではないものの、将来はまちがいなくその名が広く知られることになるはずだという。先生がかなりの高齢であるにもかかわらず、コプラーはそれを確信していた。ようやく有名になってきたのも、コプラーと知り合ってからのことだという。それは、死にかけているふたり、つまり、コプラーと先生の妄想なのだった。

ふしぎなことに、私はこの訪問のことをアウグスタに話すべきだと感じた。きっとそれは用心のためだったのかもしれない。どうせコプラーはそのことを知っていたし、黙っているように彼に頼むつもりもなかった。とはいえ、私は嬉々としてそれを話した。そして大きな安堵感が得られた。そのときまで私に非があるとすれば、アウグスタに黙っていたことだけだったので、これですっかりやましいところがなくなったわけだ。

彼女は私にその娘のことをいくつか尋ね、美人かどうかと訊いた。返答に窮した。そのかわいそうな娘が、私には顔色が悪いように思われたと答えた。そのとき、いい考えが浮かんだ。

「きみが彼女のめんどうをちょっと見てはどうかな?」

アウグスタは新居と実家のことで忙しく、病気の父親の介護を手伝うために呼び出されることがあったため、それはしょせん無理な相談だった。だからこそ、まさに私の思いつきは名案だったのだ。

しかしコプラーは、アウグスタから、私たちの訪問のことを私が彼女に知らせたことを聞かされたせいか、彼もまた、気で病む人特有のものだと彼がみなす病的な性欲を忘れていた。彼はアウグスタのいる前で、近いうちにまた私たちがカルラの家に行くことになるだろうと言ったのである。彼は私に全幅の信頼を置いていたのだ。

無為に過ごすうちに、すぐにでもカルラに会いたくなった。コプラーに知られるのが気がかりで、彼女のもとにかけつけることは控えた。だが、口実はいくらでもあるにちがいない。コプラーに内緒で彼女のもとに行き、さらなる援助を約束することもできたが、まず初めにどうしても確かめておかねばならなかったのは、彼女が援助を受ける代わりに、誰にも口外しないことを了承するかどうかだった。もし万が一、あの本当の病人がすでに彼女の愛人だったとしたら？　私は本当の病人についてはまったくわからなかったのだが、自らの愛人の生活費を他人に払わせる習慣があることも充分に考えられた。もしそうなら、カルラの家に一度行くだけでも、命取りになりかねなかった。ささやかな私の家庭の平和を危険にさらすことはできなかった。言いかえれば、カルラにたいする欲望が大きくなるまでは、家族を危険にさらすこともなかったのだ。

しかし、それはしだいに大きくなった。彼女の手を握っていとまを告げたときよりも、いまやずっと彼女のことをよく知っている気がした。とくに思い出されたのは、雪のように白い首筋を覆う、黒い三つ編みだった。肌に口づけするには、それを隠す黒髪を鼻で払いのけねばならなかっただろう。私の住む同じ小さな町のある家の踊り場に美しい娘が顔を出し、ちょっと散歩すれば会いに行けると思うだけで、私の欲望は充分に刺激された！　このような状況にあって、罪と戦うことは困難を極めた。彼女が踊り場にいるかぎり、戦いは毎日、毎時間、更新されることになるからだ。カルラが長く伸ばして発音する母音が、私を呼んでいた。おそらくまさにこの声の響きこそが、私の抵抗さえ消えてなくなればほかの人たちの抵抗もなくなるだろう、という確信を私の心にいだかせたのだ。だがもちろん、私はまちがっているかもしれず、コプラーのほうが事態をより正確に把握しているのかもしれなかった。このような疑念もまた、私の抵抗を弱らせる効果があった。なぜなら、哀れなアウグスタを私の裏切りから救えるのは、女として抵抗する使命をもったカルラ本人だったのだから。

なぜ私は、己の欲望のせいで後悔の念を感じなければならなかっただろうか？　私の欲望が、あの頃に私を苦しめていた退屈から、ちょうど私を救い出すために現れたものだったというのに。アウグスタとの関係をこわすどころか、その正反対だった。妻にたいしてつねに抱いてきた愛情を言葉にするにとどまらず、もう一方の女性にたいして心のなかで形成されつつあった愛情をも、私は口にするようになっていた。わが家に、そのようないつくしみの感情が生まれたことはかつてなく、アウグスタが感銘を受けるほどだった。私が家族の日課と呼ぶものを私はつねに厳守した。私の良心はとても繊細だったので、あの頃からもうすでに、私なりの方法で将来の後悔をやわらげる用意をしていたのだった。

私の抵抗がまったくなかったわけではない。それは、私がカルラのもとに一足飛びに向かったのではなく、段階を踏んだという事実によって証明される。初めの数日間は、公共庭園までしか足を運ばなかった。灰色の街路と家並みに囲まれて、いっそうすがすがしさのきわだつ公園の緑を愛でたいという、まじめな意図をもって。その後、私が期待したように彼女に偶然でくわすという幸運には恵まれなかったため、公園を出て、彼女の家の窓の下まで移動した。そのときにおぼえた大きな心のたかぶりは、初めて恋に落ちた青年がいだくような、このうえなく甘美な感情に似ていた。長年のあいだ私に欠けていたのは、恋ではなく、恋へとかりたてる衝動だったのである。

公共庭園を出るやいなや、義母と鉢合わせした。初めは妙なかんぐりをした。こんなに朝早く、家から遠く離れたところでいったい何を？　ひょっとして、彼女も病身の夫を裏切っていたのだろうか？　だがすぐに、私の勘違いだとわかった。ジョヴァンニのとなりでひと晩じゅう眠れずに過ごした義母は、主治医のもとに行き、励ましてもらったのだった。医師からやさしい言葉をかけてもらったものの動揺は収まらず、ふだんは老人や子供、乳母しか行かないそのような場所で私に会ってもまったく驚いたようすもなく、足早に立ち去った。

しかし、義母に出くわしたことで、私はいやおうなく家族のことを思い出した。しっかりとした足どりで拍子をとるように、自宅に向かって歩いた。「もう二度としないぞ！」とつぶやきながら。アウグスタの母親の苦悩によって、私はいっぺんに義務感を呼びさまされた。よい教訓となり、その日のうちは充分に効果があった。

アウグスタは家にいなかった。父親のもとにかけつけ、午前中ずっとつきそっていたのだ。食事のときに彼女が語ったところによれば、ジョヴァンニの病状を考えて、翌週に控えたアーダの結婚式を延期すべきかどうか話し合ったようだ。ジョヴァンニの体調はよくなっていた。どうやら夕食をつい食べ過ぎ、消化不良をおこして病をこじらせたような顔つきだったという。

朝方、公共庭園で義母にたまたま会ったことを妻に話した。アウグスタも私の散歩には驚かなかったが、私は彼女に説明する必要を感じた。そこで、公共庭園までの散歩がここのところのお気に入りなのだと話した。ベンチに坐り、新聞を読むのが習慣になった、と。そしてこうつけ加えた。

「あのオリーヴィのやつめ！　ずいぶんひどい目にあわせてくれるじゃないか、こんな退屈な暮らしをさせるとは！」

この点についていくらか責任を感じているアウグスタは、心苦しいような、同情するような顔をした。そのとき、私はとても気分がよかった。午後はずっと書斎で過ごし、ついにいっさいの邪念を断ち切ったと確信できたので、じつにすがすがしかった。そこで読み始めたのは、黙示録であった。

これで毎朝、公共庭園に行く許可を得られたも同然だったのに、むしろ誘惑への抵抗がいっそう強くなり、翌日家を出たとき、正反対の方向に足が向かった。人から勧められた新しいヴァイオリンの練習法をためすために、楽譜をさがしに行くつもりだった。出かける前に、ひと晩ぐっすりと眠れた義父が、午後に馬車でわが家を訪れることを知らされた。義父にとっても、これでようやく結婚できるグイードにとっても、よろこばしいことだった。万事がうまく運んだ。私も無事、義父も無事だったのだから。

しかしながら、まさに楽譜がカルラのことを再び思い出させたのだ！ 店員が私に渡した教則本のなかには、ヴァイオリン用ではなく、声楽のためのものがあやまって入っていた。私は注意深く題名を読んだ。『E・ガルシア（息子）の（ガルシア派）声楽法大全――パリ科学アカデミーで発表された人間の声の記憶にかんする報告書付』（スペイン人テノール歌手マヌエル・ガルシアの息子の書。一八四一年刊。妹のマリア・マリブランも有名なオペラ歌手）

店員にほかの客の相手をさせているあいだ、私はその本を読み始めた。興奮をおぼえながらそれを読んだことを告白せねばならない。それは、不良少年が猥褻文書をめくるときに感じるような興奮だった。そうだ、それこそカルラまでたどり着くための道だったのだ。彼女にはその本が必要であり、それを黙っていることは、私にすれば犯罪に等しい。私はその本を買い、帰宅した。

ガルシアの本は、理論と実践の二部から成っていた。内容がしっかり頭に入るまで、私は読み続けた。コプラーとカルラの家に行くときに、彼女にアドヴァイスを与えられるように。こうしているあいだに時間をかせぎ、しばらくは安らかに眠れそうだった。だが同時に、来たるべき情事のことをあれこれ想像しては心おどらせていたのだった。

だが事態を急転させたのは、ほかでもない、アウグスタだった。私が本を読んでいると、彼女が挨拶を交わしにやって来て、おおいかぶさるように私の頬に唇を寄せた。彼女が何を読んでいるのかと尋ね、新しい教則本だと私は答えた。ヴァイオリンのためのものだと思ったのだろう、彼女はよく見ようともしなかった。妻が立ち去ってから、自分が冒した危険を大げさに考えて、用心のためにはこの本を私の書斎に置かないほうがよいだろうと思った。それを受け取るべき人に、すぐに届けなければならなかった。こうして私は、情事に向かって足を踏み出すことをよぎなくされた。私は己の欲望が命じることを行うために、口実以上の何かを見出したのだ。

もはやためらいはまったくなかった。あの踊り場に着くやいなや、私は左側の扉を向いた。しかし、そのドアの前で一瞬立ち止まり、階段に堂々と響きわたるバッラータ（ロマン主義時代に流行したイタリアの民謡）『私の旗』に耳をすませた。その時期をとおして、カルラはずっと同じ歌をうたい続けていたらしい。あまりの子供っぽさに、愛情と欲望で満たされた私はほほ笑んだ。ノックすることなく慎重に扉を開け、つま先立ちで部屋に入った。すぐにでも彼女に会いたかった。その小さな部屋に、彼女の声はまったくふさわしくなかった。最初の訪問のとき以上に、情熱をこめて夢ごこちで歌っていた。肺の空気を全部吐き出すためか、なんと、椅子の背もたれに体をすっかり預けていた。私には、豊かな三つ編みで覆われた小さな頭しか見えなかった。ここまで大胆な行動をとったことに著しく動揺して、私はその場を離れた。歌は最後の音符にたどり着いたが、彼女は音を伸ばしてなかなか終わろうとしなかったので、私は踊り場にもどり、気づかれることなく後ろ手にドアを閉めることができた。最後の音符を歌う声も、正しい音程をとるまで上下に揺れた。カルラがようやく正しい音をさぐりあてたときこそ、もっと早くそれを見つける方法を教えるガルシアの出番だった。

ドアをノックすると、さっきよりも気持ちが落ち着いた。彼女はすぐに気づいて、扉を開けに来た。戸口に寄りかかった小さくてかわいいその姿を、私はけっして忘れることがないだろう。暗がりのなか、私が誰かわかるまで、彼女は黒い大きな瞳で私を見つめていた。

動揺がおさまると、再び私のためらいが大きくなった。アウグスタを裏切るためにそこに立っていたのだから。だがまたこうも考えた。昨日までは公共庭園までの散歩で満足していられたのだから、いま扉の前で立ち止まり、その危険な本を手渡して満ち足りた気分で引き返せないはずがない。またたくまに、すばらしい誓いの数々がよみがえった。喫煙の習慣を断ち切るためにかつて言われた、ある奇妙な忠告までが、その場合も有効な気がして思い出された。それは、マッチに火をつけてから煙草もマッチも捨てるだけで、充分に満ち足りた気分になることがある、というもの。

そうすることも、私にはたやすくできたかもしれない。というのは、カルラ自身、私が誰かわかると、顔を赤らめ、奥に逃げこもうとしたからである。あとで聞いたところでは、みすぼらしい着古しの部屋着を身につけていたので、恥ずかしかったのだという。彼女が私に気づくと、私は弁解の必要を感じた。

「関心がおありかと思って、この本をおもちしました。よろしければ、あなたにお渡しして私はすぐに帰ります」

言葉の響きは――少なくとも私には――かなりぶっきらぼうに思われたが、意味するところはそうではなかった。要するに、彼女に決定をゆだねていたのだ。私が立ち去るべきか、それとも、とどまってアウグスタを裏切るべきかの決断を。

彼女はすぐに決断を下した。私をしっかりと引き止めるために手をつかみ、中に入れてくれたのだから。私は感動のあまり、目頭が熱くなった。それは、彼女の手との甘美な接触よりもむしろ、私とアウグスタの運命を左右したと思われるあの彼女独特の人なつこさに誘発されたものだった。だからこそ私は、ためらいがちに部屋に入ったのだと思う。私の初めての裏切りの経緯を思い出すとき、過ちを犯したのは引きずりこまれたからだという思いが捨てきれない。

カルラは顔を赤く染めるときがとくに美しかった。私をちょうど待っていたわけではないにせよ、彼女が私の訪問を期待していたことに気づき、うれしい驚きにとらわれた。彼女は喜びをあらわにして言った。

「また私に会う必要を感じたのですね？　あなたにとてもお世話になっている哀れな女に？」

もちろん私が望んでいたら、すぐにでも彼女を抱きしめられただろうが、そんなことは考えもしなかった。そのような考えはほとんど頭になかったので、私を窮地に追いこみかねないような彼女の問いかけには返事をせず、ガルシアについて、そしてその教本がいかに彼女にとって必要かを語り始めた。熱心に語るあまり、あまり適切ではない言葉も口にしてしまった。つまり、ガルシアは、彼女の歌声を金属のように堅く、そよ風のようにやさしく変える方法を教えるだろうし、音色は直線のようにではなく、平面のように、まさに滑らかな平面のように表現すべきことを説明してくれるだろう、と。

彼女が私の言葉をさえぎって、その苦しい胸のうちを吐露したとき、ようやく私の興奮はさめた。

「つまりあなたは、私の歌い方がお好きではないのね?」

その問いに私は驚いた。私はつい厳しい評価を口にしてしまったわけだが、もとよりそんなつもりは毛頭なく、真心をこめて反論した。きわめて真剣に反論したがために、彼女の歌の話をしながらも、がまんできずに家まで押しかけたほどの恋心を吐露することとなった。私の言葉は愛情に裏打ちされたものだったので、誠実さの一部がそこからおのずと浮かび上がった。「よくもそんなことが言えますね? もしそうならば、私がここに来ますか? 私は踊り場に長いことどとまって、あなたの歌に聞きほれていたんですよ。清らかさのなかに、うっとりするような、すばらしい響きのあるあなたの歌声に。さらに磨きをかけるにはほかに何が必要か、私だけが知っているからこそ、それをおもちしたわけです」

しかし、私がのこのこやって来たのは己の欲望のせいではないと、かたくなに思いこもうとしていたとすればそれは、私の心を占めるアウグスタの存在がきわめて大きかったからなのだ!

カルラは私のお世辞に耳を傾けていたが、それを分析することはできなかった。さほど教養はなかったものの、とても驚いたことに、良識が欠けていないことがわかった。彼女が語ったところでは、自分の才能と声にまったく自信がもてず、いっこうに上達していないと感じていた。何時間もの練習のあとは、気晴らしに、またご褒美として、自分の声に何かの変化を期待しつつ『私の旗』をよく歌うそうだが、声はまったく変わっていなかった。おそらく下手になってはおらず、それどころか、彼女の歌を聞く人はみな、私も含め(ここで、彼女のきれいな黒い瞳から、穏やかに尋問するような光が私に向けられた。それは、彼女がいまだ私の言葉の意味をつかめずに、はっきりと説明してもらいたがっていることを示していた)、かなりうまいと励ましてはくれるが、それは本当の進歩とはいえなかった。歌の先生によれば、芸術にはゆっくりとした進歩などはなく、一気に目的に到達する飛躍的な進歩しかないのだから、ある日彼女も目覚めたら立派な芸術家になっているかもしれない、とのことだった。

「でも、道のりは長くなりそうですわ」虚空を見つめ、おそらくは、それまで味わった退屈と苦労をすべて思い浮かべながら、彼女はつけ加えた。

正直とはまず何よりも、誠実であることだ。だとすれば、この哀れな娘に、声楽の勉強をやめて私の愛人になるよう勧めるのは、私としてはこのうえなく正直なことだったにちがいない。だが私はまだ、公共庭園から遠く離れたところまで道を踏みはずしてはいなかったし、それに何よりも、声楽にかんする私の判断にあまり自信がもてなかった。少し前から私にはひとりだけ、ひどく気がかりな人物がいた。休日になるとわが家に現れて、私と妻の相手をする、あのやっかい者のコプラーである。私の訪問をコプラーには話さないようカルラに頼む口実を、何か見つけるべきときだったかもしれない。しかし私は、自分の要求をどのように偽装すればよいかわからず、そうしなかった。結果的にはそれがよかった、数日後に私の哀れな友人は病気になり、まもなく死んだからである。

そのあいだに私は、彼女がさがしているものはすべてガルシアの本のなかに見つかるだろうと彼女に伝えておいた。一瞬だけ、ほんの一瞬だけ、彼女はその本から奇蹟を切に期待した。しかしまもなく、あまりにも多くの言葉を目の当たりにして、魔法の効果を疑うようになった。私はイタリア語でガルシアの理論を読んでから、やはりイタリア語で彼女に説明した。それが充分でないときは、トリエステ方言に訳しながら。ところが彼女は、自らの喉に何の変化の兆しも感じなかった。彼女の場合、真の効果は、自分の喉に表れて初めて実感できたはずである。悪いことに私もまもなく、そんな本をもっていてもあまり役にも立たないという確信をもつにいたった。三度読み返しても文意をつかめないとき、私は己の無能を本のせいにして、勝手気ままに批判した。こうしてガルシアの教則本にとっても私にとっても時間のむだとなり、人間の声はさまざまな音を出せるのだから、それをひとつの楽器とみなすのはまちがっているという結論に達したのだった。であるならば、ヴァイオリンもさまざまな楽器の寄せ集めとみなされねばならないはずだ。こうした私の批判をカルラに伝えておくべきだったかもしれないが、ものにしようとしている女の前で、自らの優越性を披瀝する絶好の機会をみすみす逃すようなまねはできるものではない。実際に彼女は、私に感嘆のまなざしを向けると同時に、自分の体から本を遠ざけた。私たちのガレオット公だったこの本は、しかし私たちを過ちまでは導かなかったのだ（ダンテ『神曲』地獄篇第五歌の名句「ガレオットは本であり、それを書いた人でした」に因む。義弟のパオロと不義を犯したフランチェスカの台詞。ふたりは『円卓の騎士』を読んでいるときに過ちを犯した。ガレオットは同書でランスロットとギネヴィアの不倫の恋の仲立ちをした）。私はまだ諦めがつかず、読書を放棄するにはいたらなかった。そして、次回の訪問までそれを延期した。だがコプラーが死んだとき、その必要はもはやなくなった。その家とわたしの家とのつながりがいっさい絶たれ、これ以上の進展を阻むものは私の良心以外になくなったのだ。

　しかしながら、そのあいだにも私たちは、その三十分の会話からはとても期待できないほどに親しくなった。批判的な意見が一致したことで、親密さが増したのだと思う。哀れなカルラは、自らの悲しみを私に伝えるために、そのような親密さを利用したのだった。コプラーから援助を受けるようになってから、一家は質素ではあるが不自由なく暮らしていた。ふたりの哀れな女たちにとって、最大の不安は将来のことだった。コプラーは定期的に援助金をもってきたが、母娘がそれをあまり当てにすることを望まなかった。ふたりの将来のことはわれ関せずで、彼女たちに責任を負わせるつもりだった。それに彼は、金銭だけ渡して、見返りを求めなかったわけではない。まさに一家の主人のようにふるまい、どんな些細なことも報告させた。事前に彼の許可をもらわずに買い物でもすれば、たいへんなことになった！　母親が少し前に病気になったとき、カルラが家事に専念するために、歌の練習をしばらく休んだことがあった。歌の先生からそれを聞いたコプラーは激怒し、彼女たちごときを援助するのに立派な紳士たちの手を煩わせることはないと言い残して立ち去ったのだった。母娘は、ついに運命に見捨てられたという恐れから、絶望のなかで数日間を過ごした。その後戻ってきた彼は、契約の条件を見直し、カルラが一日に何時間ピアノの前に坐り、何時間を家事に当てるか細かく決めた。さらに彼は、どんな時間帯でもいきなり来訪することがあると言って、ふたりを震え上がらせた。

「言うまでもありませんが」とカルラが言った。「それはあの方が私たちのためを思えばこそなのです。でも、どんな些細なことにも腹を立てるので、いずれは怒りにまかせて私たちを外に放り出さないともかぎりません。けれども今はもう、あなたが私たちのことを気にかけてくださるから、このような危険はありませんね？」

そして彼女はまた私の手を握った。私がすぐに返事をしなかったため、私がコプラーと固い友情で結ばれているのではないかと不安になり、こうつけ加えた。

「コプラーさんも、あなたがとてもよい方だとおっしゃっています！」

この言葉が、私ばかりではなく、コプラーへの賛辞になると彼女は思っていたのだ。

カルラが嫌悪をあらわにして語った彼の姿は、私には新鮮で、親近感さえおぼえたほどだった。できることなら彼のまねをしたいところだったが、その家まで私を向かわせた私の欲望が、彼とは正反対のふるまいをさせたのだ！　彼がふたりの女に他人の金を届けていたのはまぎれもない事実だが、彼はそれを懸命に行い、自らの生活の一部を賭けていた。彼がふたりに見せた怒りは、まさに父親の怒りだった。しかし私は疑いをいだいた。そのような行動は、欲望によるものだったのではないか？　ためらわずに私はカルラに訊いた。

「コプラーがあなたにキスを求めたことはありますか？」

「いいえ一度も！」カルラは力をこめて答えた。「私のふるまいに満足しているときは、そっけなく褒め言葉を述べ、手を軽く握って立ち去ります。反対に怒っているときは、握手さえ拒み、私がこわくて泣いていることにも気づきません。そんなときにキスしてもらえれば、どんなに私の気持ちが救われることでしょう!」

私が笑い出すのを見て、カルラは説明を補足した。

「私がお世話になっている年配の方なら、私は喜んでキスを受けますわ!」

これぞ本物の病人たちの特典である。実際よりも老けて見られるのだから。

私はコプラーのまねをしようとして、むなしい試みを重ねた。哀れな娘をあまり驚かせないようにほほ笑みながら、誰かの世話をするとき、私もいたって尊大になると言った。一般に芸術を学ぶときは、真剣に学ぶべきだと私も思う、と。ここで、自分の役割をうまく演じるために、ほほ笑むのもやめた。コプラーが、世間の価値を解せない若い娘にたいして厳しく接したのは当然であり、彼女を助けるためにどれだけの人たちが犠牲を払っているか思い出すべきである。だからこそ私は、まさに真剣で厳格なのだと諭した。

やがて昼どきとなり、帰宅することになった。とくにその日は、アウグスタを待たせたくはなかった。カルラに手を差し出したとき、彼女の顔が青ざめていることに気づいた。私はなぐさめたくなった。

「安心してください。コプラーをはじめ、ほかのみなさんとともに、これからもずっとできるかぎりの援助を惜しみませんから」

彼女は礼を言ったが、がっかりしているように見えた。あとで知ったことだが、彼女は私が来たとき、とっさに真実を直観したのだった。つまり、私に気に入られた彼女は、これで命拾いをしたと思ったのである。ところが私がそそくさと帰途につくのを見て、私もまた芸術と声楽の愛好家にすぎず、彼女がうまく歌えず、なんの上達も見られなければ、見捨てられるだろうと考え直したのだった。

彼女はすっかりしょげかえっているように見えた。同情にかられた私は、むだにすべき時間はなかったので、彼女自身が最も効果があると先ほど言った方法でなぐさめることにした。すでに戸口に立っていた私は、彼女を引き寄せ、うなじを覆うふさふさの三つ編みを鼻で振り払い、首筋に唇をあてた。そのさい歯がかすかに肌に触れた。それは、たわむれのようでもあり、私が離れると、ようやく彼女も笑みを見せた。そのときまで彼女は、されるがまま、あっけにとられたように私の腕に抱かれていた。

彼女は踊り場まで私についてきた。私が階段を降り始めると、笑いながら彼女は尋ねた。

「次はいついらっしゃるの？」

「明日か、もしかすると後日！」ためらいがちに私は答えてから、はっきりとした口調で言った。「必ず明日参ります！」さらに、あまり身を危険にさらしたくないという思いからつけ加えた。「ガルシアの本の続きを読みましょう」

わずかのあいだに、彼女が表情を変えることはなかった。最初のあいまいな約束にうなずき、次の約束にも謝意を表し、三つめの私の提案にも同意した。終始笑みを浮かべながら。女たちは、自分が何を欲しているかを知っている。ためらいというものがなかった、私を拒んだアーダも、私をつかまえたアウグスタも、私のなすがままだったカルラにも。

路上に出たとたん、カルラよりもアウグスタのほうが身近に感じられた。戸外の新鮮な空気を吸いこむと、心の底から私は自由なのだと感じられた。私がしたことは、たわむれにすぎず、けっしてたわむれの域を出るものではなかったのだ。結局は、三つ編みの下の首筋でとどまったのだから。それにカルラも、その接吻を愛情の約束として、とりわけ援助の手形として受け入れたのだから。

しかしながらその日、食卓についた私は、真剣に悩み始めた。私とアウグスタのあいだには、大きな暗い影のように私の火遊びが横たわり、いずれ彼女も気づかないはずがないと思った。私には自分が卑小で罪深く、病んでいると思われ、わき腹に痛みを感じた。それは、私の良心が負った深い傷に起因する交感神経性の痛みにちがいなかった。うわのそらで食べ物を口に入れながら、固い誓いを立てて、私はなぐさめを得ようとした。「もう二度と彼女には会わないぞ——私は思った——やむをえず会わねばならないなら、それを最後にしよう」さほど骨の折れることではなさそうだった。カルラに二度と会わないよう、ちょっと努力すればいいだけの話だ。

アウグスタは笑いながら、私に尋ねた。

「オリーヴィと会ってきたの？　ずいぶん不安そうな顔をしてるわよ」

私も笑顔になった。話すことができて、大いになぐさめられた。話すといっても、心からの安らぎとなるはずの言葉を口にはできなかった。なぜならそれを言うとなると、すべてを打ち明け、そのうえで約束する必要に迫られるだろうから。だがそれはできずとも、ほかの言葉を言うだけで充分になぐさめとなった。私は終始なごやかに機嫌よく、饒舌に話した。そのうちに、格好の話題を見つけた。妻が以前からほしがってはいたが、私がそのときまで了承していなかった小さな洗濯場のことだ。私はすぐに建設の許可を与えた。彼女は私が自発的に承認したことに感激し、立ち上がってキスをしに来た。それこそ、もうひとつの接吻を打ち消すキスとなったのであり、私はすぐに気分が晴れた。

こうしてわが家に洗濯場ができ、今もなお私はこの小屋の前を通るたびに、アウグスタの望みが、いわばカルラの同意によって実現したことを思い出す。

私たちは愛情のあふれる魅惑的な午後を過ごした。ひとりきりになれば、私の良心はよけいにうずいただろう。アウグスタの言葉と愛情が、充分にそれをやわらげてくれた。私たちはいっしょに外出した。そして彼女を母親の家まで送り、私も夜遅くまでともに過ごした。

眠りにつく前に私は、今もたびたびあることだが、安らかな寝息を立てている妻の顔をまじまじと見つめた。眠っているときも、彼女はきちょうめんそのものだった。毛布をあごまでかけ、乏しい髪を小さな三つ編みにたばねて首筋で結わいていた。私は思った。「彼女を苦しめてはいけない。絶対に！」私は安心して眠りについた。翌日カルラとの関係をはっきりさせ、キスをしなくてもすむように、この哀れな娘が安定した未来を送れるような方法を見つけようと思った。

奇妙な夢を見た。私がカルラの首にキスをするにとどまらず、それを食べていたのだ。ところが、私ががつがつとむさぼり食ってできた傷口からは血が滴らず、首は依然として白い肌に覆われ、かるく弓なりに反った形状もそのままだった。私の腕に身をゆだねていたカルラは、私にいくらかまれても平然としているように見えた。反対に、苦しげな顔をしていたのは、いきなりかけつけたアウグスタだった。落ち着かせるために、私は妻に言った。「全部は食べないよ。きみの分もひと切れ残しておくからね」

真夜中に夢が悪夢の様相を呈したとき、ようやく私は目覚めた。頭が明瞭になってはじめてそれが悪夢だと気づいたが、夢を見ているあいだはそうではなかった。アウグスタの存在すらも、夢が私にもたらした満足感を消し去ることはなかったからだ。

目覚めるとすぐに、私の欲望がいかに強いか、またその強さゆえにアウグスタも私もどんなに危険であるかをはっきりと自覚した。もしかすると、となりで寝ている女の胎内には、私が責任を負わねばならない生命が宿っていたのかもしれない。カルラが私の愛人になったとき、いったいどんな要求をしてくるだろう？　私には、彼女がこれまで縁遠かった享楽を待ち望んでいるように見えたが、このふたつの家庭をどうやって養えばよかっただろう？　アウグスタは実用的な洗濯場を求めた。もう一方は、別の何かを望むだろうが、それも同じように高くつくだろう。私のキスを受けたのち、私を踊り場から見送るカルラの顔を再び思い浮かべた。いずれ私が彼女のえじきとなることを、彼女はもう知っていたのだ。暗闇のなかでひとりになってはじめて、私はその事実に恐れおののき、思わず呻き声を上げた。

妻はすぐに眼覚め、どうしたのかと私に訊いたので、私は短く答えた。それは、大声で告白した瞬間に尋問されたような恐怖からわれに返り、最初に頭に浮かんだ言葉だった。

「もうすぐやってくる老いについて考えているのさ！」

彼女は笑いながら、私をなぐさめようとして、いかにも眠たそうに言った。それは、過ぎ去る時間の速さに恐れおののく私を見て、妻がいつも口にする言葉だった。

「そんなこと考えちゃだめ、私たちはまだ若いのよ……眠るのがなにより!」

彼女の助言は効果があった。私はもはや何も考えず、再び眠りに落ちた。真夜中の言葉は、ひと筋の光線に似ている。現実の一部を照らし出すことによって、空想の建築が消滅してゆくからである。なぜ私はこれほど、哀れなカルラを恐れていたのだろう、まだ私は彼女の愛人だったわけでもないのに? 明らかに、私自身が自らの状況をかってにこわがっているだけだった。それに、私がアウグスタの胎内に宿した〈赤ん坊〉は今のところ、洗濯場の建設以外には、生命のしるしを何も送ってこなかったのだから。

翌朝起きたときも、固い決意はゆるがなかった。急いで書斎に行き、封筒にわずかの金額を包んだ。それをカルラに渡すと同時に、別れを告げようと思った。しかしまた、こうも言っておくつもりだった。彼女が必要ならば、またいつでも郵便で送金する用意があるから、そのときは、私がこれから教える住所に手紙をくれないか、と。ちょうど私が出かけるとき、アウグスタがやさしくほほ笑みながら、実家まで送ってくれないかと頼んできた。グイードの父親が結婚式に参列するためにブエノスアイレスから到着したので、挨拶に行かねばならなかったのだ。もちろん彼女にとっては、グイードの父親よりも私のほうが大切だったのだ。彼女は、前日の幸せな気分にまだ浸っていたかったのだ。だが、事態はもはや同じではなかった。私にとって、固い決意を実行するまでに時間を置くのはよくないことのように思われた。しかしやがて肩を並べて道を歩き始めると、互いに愛情を寄せ合う夫婦に見えるため、妻はすっかり私から愛されていると信じきっていた。それがよくなかった。私にはこの散歩が、耐えがたい束縛のように思われてならなかった。

たしかにジョヴァンニは元気になっていた。ただし、ブーツが履けないほど両足が腫れていたが、本人はさほど気にしていなかったし、そのときは私も気にならなかった。義父はグイードの父親と客間におり、私を来客に紹介した。アウグスタは私たちを残してすぐに、母と姉のもとに行ってしまった。

フランチェスコ・シュパイエル氏は、息子よりもはるかに教養のない人物に思われた。背が低くずんどうで、年齢は六十歳くらい。頭が鈍く、活気がなかった。おそらく病気のせいもあるのだろうが、耳がかなり遠かった。そのイタリア語には、ときどきスペイン語が混じった。

「まいど（カダ・ヴォルタ）私がトリエステに来るたびに（イタリア語の「毎回」は ogni volta だが、スペイン語をまじえて cada volta と言った）……」

ふたりの老人は、商売の話を始めた。ジョヴァンニは、アーダの運命を大きく左右しかねないその話に、熱心に耳を傾けていた。私はぼんやりと聞いていた。シュパイエル老人はアルゼンチンの事業を清算し、全財産(ドゥーロス)(durosはアルゼンチンの貨幣)をグイードに譲渡して、トリエステでの会社設立の資金に当てさせることに決めたと語った。ブエノスアイレスに戻ってからは、彼に残された小さな農地で、妻と娘と生計をたてるつもりだという。なぜ彼が、このようなことを私のいる前でジョヴァンニに語ったのか、当時も今も不明である。

やがてふたりとも話すのをやめ、私に何か助言を求めるようにこちらを見たので、その期待に応えるべくこう言った。

「生計をたてられるのなら、その農地は小さくはないはずです!」

ジョヴァンニは即座に叫んだ。

「いったい何を言っているんだ?」

その大声は彼の全盛期を思わせたが、たしかに彼が叫ばなければ、フランチェスコ氏は私の発言に気づくこともなかっただろう。すると彼は顔がみるみる青ざめ、こう言った。

「グイードが私の資本金にたいして利子を払ってくれればいいが」

ジョヴァンニはなおも大声を上げて、彼をなぐさめようとした。

「利子どころか！　二倍にして返してくれますよ、あなたが必要ならば！　だってあなたの息子さんじゃないですか？」

ところがフランチェスコ氏はあまり安心したようすではなく、誰あろう私から、なぐさめの言葉を期待していた。老人は先ほどよりもさらに聞きづらそうだったので、すぐに私は言葉をかけ、何度も励ました。

その後もふたりの実業家の会話は続いたが、私はこれ以上口をはさまないように気をつけた。ジョヴァンニはときどき監視するように、眼鏡ごしに私を見た。その荒い息づかいが、威嚇のように私には思われた。それから長々としゃべり、話の途中で私に訊いた。

「きみはそう思わないか？」

私は大きくうなずいた。私のなかでますます大きくなりつつあった怒りによって、私の身ぶりすべてが大げさになればなるほど、私の同意にはよけいに熱がこもった。私の固い決意を実行するための有益な時間をむだにして、私はその場で何をしていたのだろうか？　私とアウグスタにとってきわめて有効な作業が阻まれていたというのに！　私が立ち去るための口実を用意したそのとき、グイードを先頭に女たちが客間に入ってきた。彼は父親が到着するやいなや、花嫁に豪華な指輪を贈ったのだった。誰も私を見ようとせず、挨拶もしなかった、幼いアンナさえも。アーダはすでにまばゆいばかりの宝石を指にはめていた。そして、婚約者の肩に腕をまわしたまま、指輪を父親に見せた。ほかの女たちも、うっとりとそれを眺めた。

指輪にも私は関心がなかった。血液の循環を妨げるという理由から、結婚指輪もはめていなかったくらいだ！　私は挨拶もせずに客間の扉を開け、玄関まで行き、出てゆこうとした。しかしアウグスタが私の逃亡に気づき、私が表に出る前に追いついた。彼女のひどく動揺したようすに私は驚いた。彼女の唇は、結婚式当日に私たちが教会に行く直前のようにまっさおだった。私は急ぎの用事があるのだと妻に言った。それからちょうど数日前に気まぐれから、ごく軽度の老眼鏡を買ったものの、そのときも身につけていたチョッキのポケットに入れたまま、いまだ着用していないことを思い出した。しばらく前から視力が衰えたように感じていたので、眼科医に検査してもらいに行くのだと私は言った。妻は、それならばすぐに行ってもよいが、その前にグイードの父親にいとまを告げてほしいと頼んだ。私は肩をすくめ、いらだちを表したが、彼女の意向に従った。

客間に戻ると、みな丁寧に私に挨拶した。私は今度こそ、帰らせてもらえることがわかり、機嫌も直った。大家族のなかで小さくなっていたグイードの父親は、私に尋ねた。

「私がブエノスアイレスに出発する前に、もう一度お会いできますかな？」

「それはもう！」と私は答えた。「まいどこの家(カダ・ヴォルタ)にいらっしゃるたびに、たぶんお会いできますでしょう！」

みんなが笑い、私は意気揚々とひきあげた。アウグスタも、かなり満足げな表情で私を見送った。格式ばった儀礼をすべてすませた私は、あわてることなく、安心して立ち去ることができた。しかし、もうひとつ別の理由によって、そのときまで私を引き止めていた疑念から私は解放されたのだった。私は、義父の家からできるだけ遠ざかりたくて走り去ったのである、カルラの家を目指して。(私が思うに)これが最初ではなかった、義父の家で、グイードの不利益になるように不当にも私が画策していると疑われるのは。私は無邪気にも、またまったくうかつにも、アルゼンチンに彼らが所有する農地のことを話題にしてしまった。するとジョヴァンニは即座に、あたかも私の言葉を、グイードとの関係の阻害をもくろむものだと解釈するのだった。必要があれば、私の本心をグイードに説明するのは困難ではなかっただろう。だが、私がそのような企みをしかねないと疑っているジョヴァンニやほかの者たちには、復讐するしかない。だからといって、ただちにアウグスタを裏切る決意を固めたわけではない。とはいえ、私は自分の望むことを白昼堂々と行っていた。カルラの家を訪れるのは、まだ何も悪いことではなかった。

それどころか、もし私がそのあたりで再び義母に出くわして、いったい何をしにそこまで来たのかと尋ねられたとしたら、言下にこう答えるだろう。「決まってるじゃないですか！　カルラのところに行くんですよ！」要するに、アウグスタのことを思い出さずにカルラの家に行ったのは、そのときだけだったのだ。それほど私は義父の態度に憤慨していたのである。

踊り場からは、カルラの歌声が聞こえなかった。私は一瞬不安にかられた。出かけてしまったのだろうか？　ノックして、誰の許可も得ないうちに室内に入った。意外にも、カルラがいた。彼女の母親もいっしょだった。ふたりはペアになって裁縫をしていた。このような協同作業はよくあることらしいが、私が見たのはそのときが初めてだった。ふたりで同じ大きなシーツの両へりを、互いに遠く離れて縫っていた。カルラのもとにかけつけたと思ったら、母親がつきそっていたわけだ。事情がまったく変わってしまった。正しい決意も悪い決意も、それを実行することができなかったのだ。すべてが保留されたままだった。

顔をまっ赤にしたカルラが立ち上がり、母親はゆっくりと眼鏡をはずしてケースに入れた。私は自分の心情をただちに明確にできないからではなく、別の理由から、憤りを感じる権利があるように思えた。この時間は、コプラーが歌の練習に定めていたのではなかったか？　私は老母に丁重に挨拶したが、そのような儀礼的な態度を表すことすら容易ではなかった。ほとんど顔を見ずに、カルラとも挨拶を交わした。私は彼女に言った。

「私が来たのは、この本から」私は、机のうえで前回と同じところに置きっぱなしになっていたガルシアの教則本を指さした。「ほかに何か有効な教えを引き出せないものかと思いましてね」

私は前日に坐った席につき、すぐに本を開いた。はじめカルラはほほ笑もうとしたが、私に返礼の意志がないことを見て、恭順の意を示すかのようにとなりに坐り、本に目をやった。彼女はとまどっていた。状況がよく飲みこめなかったのだ。私は彼女を見た。その顔には、かたくなな怒りのような表情が浮かんでいた。コプラーに叱責されるときも、このような反応を見せるのだろうと私は想像した。ただし彼女は、私の叱責とコプラーのそれがまったく同じたぐいのものかどうか判断しかねていた。というのは、あとになって私に言ったように、前日に私に接吻されたことをおぼえていたため、私の怒りがそれほどでもないという思いこみが強かったのだった。したがって、その怒りを友好的なほほ笑みに変える心の準備をととのえつつあった。ここで私は断っておかなくてはならない。この先、時間がなくなるかもしれないから。たった一度、口づけを許しただけで、私を決定的に手なずけたという彼女の確信が、私はまったく気に入らなかった。このように考える女は危険きわまりないからである。

ところが私のそのときの心情は、コプラーのそれと同じであり、憤りと恨みでいっぱいだった。ちょうど前日に私たちが読んだところを、私は大きな声を出して読み始めた。そこは私がものしり顔で酷評した箇所だったが、私はそれ以上の注釈を避け、もっと有効な言葉を考えていた。

やや震える声でカルラが口をはさんだ。

「ここはもう読んだはずですわ！」

こうしてついに、私は自分の言葉を言わねばならなくなった。自らの言葉によって、いくらかは気分が晴れることもありうるだろう。私の言葉は、私の真情とふるまいよりも穏やかだっただけではなく、社交的な生活へと私を再び導いた。

「いいですか、お嬢さん」敬称で呼びかけてからすぐに、まるで恋人のようにほほ笑んだ。「先に進む前にもう一度、この箇所を検討しておきたいのです。おそらく昨日の私たちの評価は性急にすぎました。ある友人からさっき言われたのですが、ガルシアが言わんとすることをすべて理解するには、その本全体を熟読する必要があります」

そのときになって初めて、哀れな老母のことを気づかう必要を感じた。彼女もまた、それまでの人生において、たとえそれがあまり恵まれたものではなかったとはいえ、このような苦境に立たされたことはないはずだった。そこで私は老母にもほほ笑みかけたが、カルラのときよりも骨が折れた。

「あまりおもしろい代物ではないとしても」と私は彼女に言った。「声楽に関心のない人も、聞いていて何か得るところがあるでしょう」

私はかたくなに読み続けた。カルラは先ほどよりも明らかに機嫌よさそうで、肉感的なその唇に、ほほ笑みに似た表情が浮かんでいた。老母のほうは対照的に、哀れな囚われの獣のように見えた。その部屋にとどまっているのはただ、臆病なあまり立ち去る口実を見出せないからだった。だが私としては、彼女を部屋から追い出したいという願望をおくびにも出すべきではなかった。危険きわまりない深刻な事態を招くだろうから。

カルラはより果断な行動に出た。ほんのしばらく読書を中断してくれないかと私に丁重に頼んだ。それから母親のほうを向くと退室を促し、シーツの針仕事は午後にふたりで続けましょうと言った。

母親は私に近づき、ためらいがちに手を差し出した。私はその手を握った、しかも心をこめて。そして彼女に言った。

「わかります、このような本を読むのは、あまりおもしろいものではありませんからね」

まるで、母親に出て行ってほしくないような口ぶりだった。母親は、それまで膝にのせていたシーツを椅子に置いて退室した。するとカルラは踊り場まで母を見送り、何かをささやいた。そのわずかのあいだも私は、早くふたりきりになりたくてしかたなかった。部屋に戻った彼女は後ろ手に扉を閉め、自分の席に就くと、口元のあたりをまたこわばらせ、その幼い顔にかたくなな表情を浮かべた。

「私、毎日この時間は勉強しています。でも今日みたいに、あのような急な仕事にかかりきりになることだってあります！」

「まだおわかりにならないのですか？　あなたの歌なんか私はどうだっていいのです！」私はそう叫ぶと彼女を荒々しく抱きしめて、むりやり口づけをした。まずは唇に、それから前日と同じところに。

ふしぎなことが起きた！　彼女がはげしく泣き始め、私の腕から身を振りほどいたのだ。そして、しゃくりあげながら、あんなふうに部屋に入って来られては困ると言った。彼女が泣いたのは、いつもの自己憐憫のためだった。それは、自らの苦悩を憐れむ者のつねである。涙が悲しみの表明とはかぎらない。自らのみじめな境遇を嘆く涙もありうる。人は己を憐れみ、世の不公平を大声で嘆くものなのだ。たしかに、唇を許してくれる美しい娘を勉強にしばりつけておくのは得策ではなかったが。

　総じて、私の予想よりことはうまく運ばなかった。私は釈明せざるをえなくなった。ゆっくりと口実を考える時間的な余裕がなく、ありのままの真実を語った。彼女に会いたくてキスしたくてしかたがなかった、朝早く彼女の家に来ようと心に決めてそのつもりで一夜を過ごしたのだ、と。もちろん、彼女の家に来て何をするつもりかは口にできなかったが、それはどうでもよかった。もっとも、きっぱりと別れたいと告げに行こうとしたときも、彼女を抱きしめるためにかけつけたときと同じく、はやる気持ちを抑えるのがたいへんだったのはたしかだ。それから、朝のできごとを語った。なぜ妻といっしょに出かけることになったか、なぜ義父の家に行かされて、私には無関係な商売の話を聞かされるはめになったか。そして最後にこうつけ加えた。さんざん苦労してそこを抜け出し、長い道のりを急ぎ足でかけつけたあげく目にしたのは何か？……部屋を占領するあのシーツだ！

　カルラは吹き出した。私とコプラーになんの共通点もないことがわかったからだ。彼女の美しい顔に浮かんだ笑みはまるで虹のようだったので、私はまたキスをした。彼女は私の愛撫に答えなかったものの、おとなしくされるがままだった。私はこのような態度が好きだった。それはきっと、弱い性といわれる女性が弱ければ弱いほど、私には好ましく思われたからである。初めて彼女は、私が妻をとても愛しているとコプラーから聞いたことを打ち明けた。

「ですから」と彼女はつけ加えた。まじめな話題になって、彼女のきれいな顔がくもるのを私は見逃さなかった。「私たちふたりのあいだには、友情以外のものがあってはいけませんわ」

私はかくも賢明な言葉をあまり信用していなかった。彼女はそのとき、私の接吻を拒むことすらできなかったのだから。

カルラの話は長くなった。明らかに私の同情をかうつもりだった。彼女が言ったことをすべて私は覚えているが、その言葉を信じられるようになったのは、彼女が私のもとを去ってからである。彼女がそばにいるうちは、私の寵愛をいいことに、いずれは私と家族を破滅させるのではないかと恐れていたのだった。いくら彼女が私を安心させようと、自分と母親の生活の安定しか望んでいないと言っても、私にはそれが信じられなかった。今になって私は確信がもてるようになった。彼女は必要以上のものを私に求めるつもりなど毛頭なかったのだ。だから彼女のことを思うと、彼女の気持ちをわかってやれず、充分な愛情を注がなかったことが恥ずかしくて顔が赤くなる。かわいそうに彼女は、私から何も得なかった。彼女にすべてを与えてもよかったのに。なぜなら私は、借りは返すたちだから。しかしながら、彼女が要求してくるのをいつも待つばかりだったのだ。

カルラは、父親に死なれてから、いかに生活が困窮したかを切々と語った。ある商人から注文を受けた刺繡の仕事を、老母とともに、何ヶ月にもわたり日夜こなさなければならなかった。無邪気にも彼女は、援助の手が天啓のように差しのべられることを信じて疑わなかった。それゆえ、ときに何時間も窓ぎわにたたずみ、表を眺めながらその到来を待ったという。ところが、やって来たのはコプラーだった。彼女は現状には満足しているというが、援助がいつ打ち切られるかわからず、母娘にとってなおも不安で眠れない夜が続いていた。いつの日か、彼女の声と才能に見込みがないことがはっきりしたら？　コプラーは母娘を見捨てるだろう。それにコプラーは、二、三ヶ月後に彼女を舞台に立たせるという話をもちかけていたが、もしそれが大失敗に終わったとしたら？

なおも私の同情をかおうとして、一家の窮状により、恋の夢まで奪われたと彼女は言った。婚約者に捨てられたのだった。

それでも私に同情心はいっこうに起きず、こう訊いた。

「あなたの婚約者もよくキスをしましたか？　こんなふうに？」

そう言いながら私が彼女の口をふさいだので彼女は笑った。私は自分の前に、道を教えてくれる男を見る思いがした。

私が昼食を自宅でとるはずの時刻はとっくに過ぎていた。帰宅せねばならなかった。その日はこれで充分だった。後悔の念に夜中じゅう苦しみ、不安のあまりカルラの家まで足を運ぶことになった私だったが、そのような感情はすっかり消えていた。しかし心穏やかではなかった。おそらく、それが私の定めだったのだろう。後悔を感じなかったのは、友情の名のもとに、カルラが私の望むだけキスを約束してくれたため、アウグスタを傷つけずにすんだからだ。いつもながら、身中に漠とした痛みをひき起こす不満の原因がわかった気がした。カルラが私の正体を見ていなかったからだ！　アウグスタを愛しているのに、私がどれだけカルラのキスに貪欲かを見れば、私を軽蔑するはずではないか！　カルラもまた私を尊敬するそぶりを見せていたが、それはただ私を必要としていたからにすぎない！

彼女の尊敬を勝ちとろうと心に決め、卑怯な犯罪者の記憶としてのちに私を苦しめることになる言葉を発した。それは必然性もなんの利点もないのに、自らの判断で犯した裏切りのようなものだった。

私は戸口のそばまで来ていた。何食わぬ顔で、しぶしぶと罪を告白するような口調でカルラに言った。

「私が妻にたいしていだく愛情をコプラーはあなたに明かしました。それは本当です。私は妻をとても尊敬しています」

それから、事細かに結婚のいきさつを語った。アウグスタの姉に恋したものの、別の男に思いを寄せる彼女は私のことなど眼中になく、そこで、別の妹に結婚を申しこんだが断られ、結局アウグスタと結婚することになった、と。

カルラは、この話をすぐに信用した。そしてコプラーが以前、私の家で聞いたことの経緯を彼女に伝えていたことを知った。それはだいたいにおいて正しかったが、まちがいもあったので、このときに訂正しておいた。

「奥さまはおきれいな方?」と思案深げな顔で尋ねた。

「好みによりますね」と私は答えた。

それはまだ、何か奥歯にものがはさまったようなもの言いだった。妻を尊敬していると言いながら、愛していないとはまだひとことも言っていなかった。私は妻が好きだと言ってもいないが、好きになれないと言ったわけでもない。

そのときは、自分が誠実そのものだと思われた。だが今は、そのような言葉で、ふたりの女をどちらも裏切り、私の愛と彼女たちの愛をいずれも裏切っていたことに気づかされる。

じつを言えば、私はまだ心穏やかではなかった。つまり、何かがまだ足りなかったのだ。私は善意の封筒のことを思い出し、それをカルラに渡した。彼女は封を開けると、数日前にコプラーから月々の手当てをもらったばかりだから当面お金の必要はないと言って、それを私に返した。私の不安は大きくなった。ほんとうに危険な女は、はした金など受け取らないという古い考えにとらわれたからだ。私が気まずそうにしているのに彼女は気づき、母と娘は台所で皿を大量に割ってしまったので、それを買うわずかばかりのお金がほしいと言った。そのうっとりするほど純真な態度に気づいて感心させられたのは、私がこれを書いている今になってからである。

それから、いつまでも記憶に残る、あるできごとが起きた。立ち去るときに、これまでになく熱烈なキスをしたところ、彼女もそれに答えたのだ。私の毒が効いたのである。彼女はいたって無邪気に言った。

「あなたのことが私は好きです、お金に害されることのないよいお方なので」

そして、いたずらっぽくつけ加えた。

「あなたを待たせる必要などないことがわかりました。例の危険を別にすれば、あなたといても恐れることはありませんもの」

踊り場で、彼女はあらためて訊いた。

「コプラーさんといっしょに歌の先生も、追い払ってもかまいません？」

「考えておきましょう！」

つまり、私たちの関係において、なおも未解決の何かが残されたことになる。ほかのことはすべて、はっきりと決着がついていたのだが。

それで気分がふさぎ、屋外に出ると、どうしていいかわからぬまま、自宅とは反対方向に足が向いた。カルラのもとにすぐに戻り、さらに説明したくなってきた。私がアウグスタをいかに愛しているか。それが可能だったのは、妻を愛していないと言ったわけではなかったからだ。私が語った真実の話の結論として、私が今や心からアウグスタを愛していると言うのを忘れていたにすぎなかった。そのためにカルラは、私が妻を愛していないと判断し、その結果、私のキスにあれほど情熱的に答え、愛の告白を行ったのだ。このようなできごとがなければ、アウグスタの信頼に満ちたまなざしに、よりたやすく耐えられるのではないかと思われた。考えてみればつい今しがた、カルラが私の妻への愛情を知って私はうれしく思ったばかりだった。こうして私が求めた情事は、彼女の決断によって、接吻で味つけされた友情というかたちをとることになったのだ。

公共庭園のベンチに坐り、ぼんやりとその日の日付を砂利のうえに杖で書いた。すると、思わず苦笑がこぼれた。その日付が、私の裏切りの終焉を記すものとはならないことを知っていたからである。むしろ、その日が始まりだった。私を待っているあの魅惑的な女のもとに通うことを拒む力など、私にあっただろうか？　それに私はすでに義務を負っていた、名誉の義務を。私はキスを受けたが、数枚の皿以外に対価を与えていなかったのだから！　カルラと私を結びつけるのは、まさに未決済の勘定だったのである。

沈鬱な昼食となった。アウグスタは私が遅れた理由を尋ねず、私もなんの釈明もしなかった。私は秘密を漏らしてしまうのがこわかった。公共庭園から自宅までの短い距離を歩くあいだ、私の裏切りを逐一妻に打ち明けたらどうなるか想像にふけっていたため、正直な私の顔色にそれがもう表れていたかもしれず、なおさら心配だった。これこそが、私を救う唯一の方法だったのかもしれない。すべてを妻に話せば、その保護下に入り、監視下に置かれることになるだろうから。私がそのような決断をすれば、その日の日付を実直さと健康の第一歩として、誠意をこめて刻むことができるだろう。

私たちはどうでもよいことを長々と語り合った。私はつとめて快活にふるまったが、優しく接することができなかった。妻はあえいでいた。私からあるべきはずの説明を待っているのは明らかだった。

やがて彼女は、冬物を特別な衣裳だんすにしまう大仕事の続きを始めた。午後を通じて、長い廊下の奥で女中に手伝わせながら、かたづけに励む妻の姿を私はずっと見ることなった。彼女の大きな苦悩が、その健康的な活動を阻むことはなかったのである。

　不安にかられて、私はしばしば寝室から洗面所に逃げこんだ。できることならアウグスタを呼んで、愛しているとせめて彼女に伝えたかった。彼女にとっては――かわいそうなお人よしだから！――、その言葉だけで充分だったはずである。ところが私はもの思いにふけり、煙草をふかし続けた。

　もちろん、さまざまな感情の起伏があった。突発的な自責の念にさいなまれた次の瞬間には、カルラのもとに行きたくて翌日が待ち遠しくなるのだった。しかしこのような願望も、善意から出たのかもしれない。つまり私ひとりだけでは、義務を請け負い、それを守ることがじつにむずかしかったのだ。妻の協力を得られるように告白することは、とうてい考えられなかった。したがってカルラの口に最後の接吻をして、誓いを立てるしか残された手段はなかったのだ！　カルラとは何者だったのか？　彼女との関係において私の最大の危険は、ゆすられることではない。彼女は翌日にも私の愛人となるはずであった。だがそのあとのことは誰が知ろう！　私が彼女について知っていることは、愚か者のコプラーから聞かされたことだけであり、この男からの情報がもとになっていた。私よりも抜け目のない、たとえばオリーヴィのような男なら、取引をまず交わしたりはしないような手合いである。

アウグスタの健康的で立派なわが家での働きぶりは、すべてむだに終わったことになる。しゃにむに健康を追い求めるあまりに私が企てた結婚という抜本的な治療法が、失敗したからだ。私は以前にもまして病んでおり、私の結婚は自分にとっても他人にとっても有害となったのだ。

しばらくたって、私が実際にカルラの愛人になってから、あの悲しい午後のことを思い出したとき、一線を越える前になぜ男らしくきっぱりと踏みとどまらなかったのか理解に苦しんだ。裏切りを実際に犯す前からさんざん思い悩んでいたのだから、それを避けることなどたやすいはずだった。しかし、後知恵が笑いぐさになるのと同じく、行動する前の慎重さもまた無益なのだ。あのような苦悩のなかで、私は自らの辞書のC(カルラ)の項目に、大文字で、日付とともに「最後の裏切り」と書き記した。しかし私が実際に最初の裏切りを犯したのは、すぐその翌日のことであり、それが一連の裏切り行為の始まりとなったのだ。

夜遅く、ほかにすることもないので私は入浴した。体の汚れが気になったため、洗い落したかった。しかし浴槽のなかで、「この湯のなかに溶けこまないかぎり、私は身を清められないのでは」と思った。そして、体をよく拭く気にもなれず、そのまま服を着た。日が落ち、私は窓際で庭の木々の新緑に見入った。悪寒がしてきたとき、発熱のせいにちがいないと思うと、ある種の満足感をおぼえた。私が望んだのは、死ではなく病だった。私が望むことをするための口実となるか、あるいは逆に、それを阻むような病である。

　長いことためらったあげくに、アウグスタは私をさがしに来た。彼女がいたって優しく、恨むそぶりも見せなかったために、私はいっそう悪寒を感じ、歯の根が合わないほどだった。彼女は驚いて、むりやり私をベッドに寝かせつけた。寒さでなおも歯をガチガチいわせていたが、熱がないことはすでに自覚しており、医者は呼ぶ必要がないと彼女に言った。さらに、ランプをともして私のとなりに坐り、話しかけないでくれと頼んだ。私たちがどのくらいそうしていたかはわからないが、私は必要な体のぬくもりと、自信らしきものもとりもどした。ただし頭はまだかなりぼうっとしていたため、彼女が再び医者を呼ぼうかと言ったとき、私には体調不良の原因がわかるから、あとで教えると告げた。そのときまた、私は告白したくなった。そのような強迫観念から逃れるすべは、ほかに残されていなかったのだ。

　そのまましばらく、私たちは黙ってじっとしていた。さらに時間が経過してから、アウグスタが肘かけ椅子から立ち上がり、私のそばに身を寄せたことに気づいた。私はこわくなった。彼女はすべてお見通しなのだ。彼女は私の手をとってやさしくなでると、熱を測るかのように、自分の手を私の額にそっとのせた。そしてこう言った。

「あなたはそのことを予想すべきだったのに！　なぜそれほど驚き、嘆かねばならないのかしら？」

その不可解な言葉に私は驚いた。また同時に、彼女がむせび泣きながらそう言ったことにも。明らかに、私の情事を暗に指しているのではなかった。このような事態になるとは誰が予測できただろうか？　私はややぶっきらぼうに尋ねた。

「いったいそれはどういうこと？　ぼくが何を予想すべきだったというの？」

彼女はとり乱したようすでつぶやいた。

「アーダの結婚式にグイードのお父さまがやって来ること……」

ようやく私は合点がいった。アーダの結婚式が間近に迫っていることに私が思い悩んでいるとアウグスタは信じこんでいたのだ。まったく見当ちがいもいいところだった。私はいかなる罪も犯していなかったのだから。嬰児のようにわが身が清廉潔白だと感じ、あらゆる重圧からすぐに解放された。私はベッドから飛び下りた。

「きみはぼくがアーダの結婚式のことで苦しんでいると思いこんでいるんだね？　どうかしてるよ！　ぼくは結婚してからというもの、彼女のことを考えたことなんか一度もないのに。今日、まいど（カダ）の御仁が到着することもおぼえていなかったくらいだ！」

私は彼女にキスをして、強く抱きしめた。私の口ぶりがいたって真剣だったので、彼女はそのような疑念をいだいたことを恥じた。

彼女も、暗い影がすっかり消えて、すがすがしい表情になった。私たちはともに空腹で、急いで夕食の席についた。わずか数時間前までお互いに悶々とした同じ食卓で、今やふたりは休暇中のよき伴侶のようだった。

彼女は、体調不良の原因を教えるという私の約束を思い出した。私はある病気にかかったふりをした。それは、やましさを感じずに好きなことがなんでもできる力を授けるはずの病だった。私は彼女に語り出した。午前中にふたりの老紳士といっしょにいるときから、ひどく気分が落ちこんでいたが、その後、眼科医が私のために作ってくれた眼鏡を取りに行った。おそらく、自分が年をとったことの証拠を突きつけられて、著しくみじめな気分になり、何時間も町なかを歩いたのだ、と。私を大いに苦しめた空想のいくつかについても話した。そのなかには、告白をほのめかすようなものも含まれていたと記憶する。気で病む病（やまい）とどんな関係があるかはわからないが、私たちの血液についても話した。血液は、体内を循環して私たちの身体を立ち上がらせ、思考と行動を可能にすることでやましさと後悔を感じさせるようにする、といったことを。彼女はそれがカルラにかかわることだとは気づいていなかったが、私にすれば、それを伝えたも同然だった。

夕食後、眼鏡をかけて長々と新聞を読むふりをしていたが、そのレンズのせいでむしろ目がかすんだ。頭がますますぼんやりしてきたが、酩酊したときのような幸せな気分だった。私は、新聞に書いてあることが理解できないと言って、病人のふりを続けた。

その夜はほとんど眠れなかった。カルラを抱きしめたいという激しい欲望がうずいた。ほかの誰でもなく彼女がほしかった。ふさふさの三つ編みが乱れぎみの娘、楽譜をたどる必要がないときは音楽的な声の彼女。さんざん悩まされた点も含め、彼女のすべてがほしかった。夜のあいだに私は決意を固めた。彼女を自分のものにする前に、まじめに彼女に向き合い、私とアウグスタの真実の関係を余すところなく打ち明けようと心に誓った。ひとり笑いがこみあげてきた。別な女への愛の告白を語ることによってある女をものにしようというのは、いたって奇抜だった。おそらくカルラは、再び消極的になるだろう！　だからどうだというのだ？　さしあたり、彼女のいかなる態度も服従という長所をだいなしにする恐れはなく、したがってその点は私も安心していられそうだった。

翌朝、服を着ながら彼女に言うべき言葉をつぶやいた。私のものとなる前に、カルラは知っておくべきだったのだ。アウグスタがその性格と健康によって（健康が私にとって何を意味するか説明するには多くの言葉を費やすことになるかもしれないが、それもカルラの教育には役立つことだろう）、私の尊敬ばかりか愛情をも獲得したことを。コーヒーを飲んでいるときも、私が周到な会話を用意することに夢中だったため、アウグスタは外出する前に軽い口づけ以外の愛情のしるしを私から受け取ることはなかった。だが私の心を占めていたのはアウグスタだけだった！　カルラのもとにいそいそと出かけるのも、アウグスタへの情熱を再び燃え上がらせるためだったのだ。

カルラの練習室に入るやいなや、彼女がひとりで待っているのを見て安心し、彼女を引き寄せて強く抱きしめたが、激しく突き放されたので驚いた。まさに強烈な力だった！　かたくなに拒絶された私はひどく失望し、部屋のまんなかに茫然と立ちつくした。

しかしカルラはすぐに態度を改めてつぶやいた。

「扉が開いたままなのがおわかりにならなくて？　階段を降りて来る人がいますよ」

私は公式の訪問客を装って、じゃま者が通り過ぎるのを待った。それから私たちはドアを閉めた。私が鍵を回すのを見て、彼女は青ざめた。これですべてが明白になったのだった。まもなく彼女は、私の腕のなかでうめくようにつぶやいた。

「これが望みなの？　ほんとうにこれが望みなの？」彼女は敬称ではなく親称で私を呼んだ。このことが決定的となった。私はすぐに答えた。

「ほかにどんな望みがあるというんだい！」

まず初めに、いくつかのことがらを明らかにすべきだったことを、私はすっかり忘れてしまっていたのだ。

そこですぐさま、最初に言うはずだったアウグスタとの関係について話そうとしたが、すでにタイミングを逸していた。その時点でカルラに別のことを話すのは、彼女の献身の重要性を軽視するようなものだった。そのようなことをすべきではないことは、どんな鈍感な男でも知っている。彼女が身を任せる前とその直後とでは、献身の重さがまるっきり違うことは誰の目にも明らかだ。初めて腕を広げて迎え入れてくれた女にたいして、「まず初めに、昨日ぼくがきみに言ったことをはっきりさせておかねばならない……」などと切り出すのは、およそ重大な侮辱に等しい。昨日のことがなんだというのだろう？ 前日に起きたことなど、どれもまったく言及するに値しないはずだ。もしそのように考えられなければとても紳士とはいえまい。せめて、誰にも気づかれないような配慮が必要である。

まちがいなく私には、それができなかった。真剣だと見せかけようとして、ほんとうに真剣ならば犯さないような過ちを犯したのだから。

「どうしてきみはぼくに身を任せたの？ それだけの価値がぼくにあった？」

私は感謝を伝えたかったのだろうか、それとも彼女を責めるつもりだったのだろうか？

きっと、例の釈明を始めるための試みにすぎなかったのだろう。

彼女は少し驚いたように目を上げて、私の顔をうかがった。

「あなたが私を奪ったのではないかしら」彼女は私を責めるつもりのないことを伝えるためか、やさしくほほ笑んだ。

女とは、自らが奪われたことにこだわるものだと私は思い出した。それから彼女自身が自らの過ちを認め、物を奪うことはできても、人はあくまでも合意あってのことだと気づき、こうつぶやいた。

「私はあなたを待っていたのよ！　あなたのことは、きっと私を救いに来てくれる騎士だと思っていた！　もちろん、あなたが結婚しているのは残念だけど、あなたは奥さまを愛していない。だから、私の幸せがほかの誰の幸せも損なわないことだけは確かだわ」

そのとき、わき腹に激痛が走り、彼女を抱きしめていられなくなった。私は自らの軽率な言葉に重きを置きすぎたのだろうか？　私のものになるようにカルラを導いたのは、ほかでもない私の嘘だったのか？　もしここで、アウグスタへの愛情を私が吐露しようものなら、カルラは、まさに詐欺まがいの私の行為を当然のごとく非難するであろう！　修正も釈明も当面は不可能だった。だがいずれ、自分の考えをはっきりと説明する機会が訪れるだろう。その機会を待つうちに、私とカルラに新たな絆が生まれるにちがいない。

カルラのとなりにいると、アウグスタへの情熱がまるごとよみがえってきた。今や願いはひとつしかなかった。私の本当の妻のもとにかけつけ、せっせと蟻のように家事に励む彼女をただひたすら見守ることだ。彼女は樟脳とナフタリンの匂いのなかで、私たちの冬物を片づけていることだろう。

だが私はそこにとどまらざるをえなくなった。私を当初ひどく困惑させたできごとのせいで、きわめてやっかいなことになったのだ。というのはそれが、カルラが仕組んだスフィンクスのもうひとつの脅迫のように思われたからだ。カルラが語ったところによれば、前日私が立ち去ってからすぐに歌の先生が来たが、彼女はすぐに彼を追い返したのだという。

私はいらだちを隠せなかった。これでは、コプラーに私たちの情事を教えるようなものではないか！

「コプラーはなんて言うかな？」と私は叫んだ。

彼女は笑顔を見せて、今度は自分から私の腕に身を投げた。

「彼のことも追い返そうって私たち話してなかったかしら？」

　彼女は魅惑的だったが、もはや私の心は動かされなかった。すぐに私は自分にとって都合のよい態度をとった。つまり教育者のような態度である。そうすることで、私が望むように妻についての話をさせてくれなかった彼女にたいして、私の心の奥底にあった恨みを吐露することができたからでもあった。「この世のなか、働かなければなりません」と私は彼女に言った。なぜなら、彼女もよくわかっていたはずだが、所詮この世は、強者のみが支配する悪い世界だからである。今もし私が死ぬことになれば？　彼女はどうなるだろうか？　彼女が気分を害することがないよう配慮しながら、私との別離の可能性についてほのめかしたところ、実際に彼女は動揺した。それから、彼女を侮辱する明白な意図をもって彼女に言った。私の妻は、私が何か願いを述べれば、すぐさまそれをかなえてくれる、と。

　「いいでしょう！」と諦めたように彼女が言った。「先生にまた来てもらうように言いに行かせましょう！」それから彼女は、その先生への反感を私に伝えようとした。まったくなんの役にも立たない練習を際限なく反復させる、あのいじわるな老人と毎日顔を合わすのは耐えがたい。先生が病気になったとき以外に楽しい日々を過ごしたおぼえがなく、いっそ死んでほしいところだが、そのような幸運にも恵まれない、とのことだった。

そして最後は、絶望のあまり自暴自棄にさえなった。自分には運がないという嘆きを繰り返し、それを増幅させた。彼女は不幸だった、救いようのないほど不幸だった。私をすぐに好きになったのは、私のしぐさ、話し方、まなざしが、彼女の切迫した単調な生活をより平穏なものに変えてくれそうだったからだと思いあたり、彼女は涙を抑えられなくなった。

私は彼女の嗚咽にすぐに気づいて、うんざりした気分になった。やがて彼女は、華奢な体全体を震わせて激しくしゃくり上げ始めた。私はただちに、私の財政と生活が急に脅かされたような気になった。そこで彼女に尋ねた。

「きみはぼくの妻が何もせずに暮らしていると思っているの？　ぼくたちがここでこうして話しているあいだにも、ぼくの妻は樟脳とナフタリンに肺を冒されているよ」

カルラは泣きじゃくった。

「持ち物、家財道具、お召し物……奥さまがうらやましいわ」

いらだちをおぼえながら私は思った。彼女は、それらのものをすべて私に急いで買いに行ってほしいのだろうか。それもただ、自分の望む仕事を私にさがしてほしいばかりに。私は怒りをおくびにも出さず、幸いにも、「おまえに身を任せた娘を抱きしめろ」と叫ぶ内面の声に従った。私は彼女を抱きしめた。そして、彼女の髪をやさしくなでた。

すると嗚咽は静まったものの、抑えきれずに大粒の涙があふれ出た。まるで、嵐のあとの雨のように。

「あなたは私の初めての愛人よ」と言って、さらに言葉をついだ。「だからこれからも私を愛し続けてほしいの！」

私が彼女の最初の愛人だという彼女の通告は、第二の愛人にいずれ席を譲るべしという指令でもあり、私をさほど感動させなかった。会話は三十分も前からとっくに途切れていたため、その宣告は遅きに失した感があった。それに、新たな強迫のようでもあった。女は、彼女の最初の愛人にたいしてあらゆる権利をもっているものだ。私は彼女の耳元にそっとささやいた。

「きみもぼくの最初の愛人だよ……結婚後は初めてのね」

やさしい声色で、勝負を引き分けにもちこもうという魂胆を隠したつもりだった。

まもなく私は彼女の家を出た。昼食に遅れるつもりはみじんもなかったからである。再びポケットから、私が善意の封筒と呼ぶものを取り出した。そう呼んだのは、まさに最高の善意から生まれたものだから。金銭を払う必要を感じたのは、束縛からより自由になるためだった。今度もカルラはその金をやんわりと拒んだので、私はひどく腹立たしかったが、このうえなく優しい言葉を叫ぶことでなんとか、この怒りを表に出さずにすんだ。彼女をなぐらないように大声を上げたわけだが、それに気づく者は誰もいなかっただろう。彼女を自分のものにすることで私の欲望は最高潮に達したと述べたが、今度は彼女の生活の面倒を全面的に見ることで、さらにいっそう所有感を高めたかった。だからこそ、私を怒らせてあまり苦しめることがないように、彼女は注意すべきだったのだ。急いで立ち去りたかったので、私の考え方を短く要約したつもりが、声を張り上げたがために、とてもそっけないものになってしまった。

「きみはぼくの愛人なんだろう？　だったら、きみを養うことはぼくの務めだ」

驚いた彼女はさからうのをやめ、封筒を受け取ると、不安げに私を見た。私の言葉が憎しみの叫びなのか、それとも、彼女の望んだものすべてが許容されるような愛情の表現なのか、真意をさぐるように。立ち去る前に私が彼女の額に軽く口づけしたとき、その表情がいくぶんやわらいだ。階段を降りながら疑念がわいた。彼女は金を渡されて、私が彼女の将来に責任を負うことになったと思いこみ、午後にコプラーが訪ねて来たら、彼でさえも追い返すのだろうか。また階段を上って、そのようなふるまいはやめるように忠告したいところだった。だが時間がなかったので、私は走り去った。

（下巻につづく）

上巻　訳者あとがき

トリエステ

イタロ・ズヴェーヴォが生まれたトリエステは、アドリア海の最も北に位置する同名の湾に面し、スロヴェニアと国境を接する港町である。トリエステの後背には、カルソと呼ばれる石灰岩質の荒涼とした高原がスロヴェニアまで広がる。ジュリア・アルプスを源流としてトリエステ湾に注ぐ大河イゾンツォの流域は、第一次世界大戦でイタリアとオーストリアが争う激戦地となり、カルソ台地では過酷な塹壕戦が展開された。本書『ゼーノの意識』最終章では、イゾンツォ川沿いの村に休暇で来ていたゼーノが、第一次世界大戦の勃発によって右往左往するようすがつづられている。

十四世紀にヴェネツィアの支配を脱してから、トリエステは五百年に及ぶハプスブルク王朝の支配を受ける。カール六世の時代に自由港となったトリエステが、神聖ローマ帝国の海の玄関として発展するのは、マリア・テレジアの治世（一七四〇―一七八〇）となってからであり、この時代に移民の数も飛躍的に増えている。トリエステは、イタリア人、スロヴェニア人、ドイツ人、ギリシア人、セルビア人などの多民族が暮らす、多言語的な都市となった。マリア・テレジアの息子、ヨーゼフ二世の宗教寛容令によってユダヤ人はゲットーから解放され、もともとユダヤ人に比較的寛大だった帝国内での、さらなる社会的進出の道が開かれた。トリエステに顕著な中欧的特質は、ユダヤ文化の浸透によるところが大きい。

ナポレオンによって、神聖ローマ帝国が解体されてからは、ハプスブルク家は自らの王国をオーストリア帝国と称した。一八六一年に成立したイタリア王国は、一八六六年にヴェネトを併合するが、トリエステ、ゴリツィアなど旧ヴェネツィア領の多くが未回収地としてオーストリア領下に残ったため、これらの奪還をめざすイッレデンティズモの運動がトリエステでも活発化した。歴史的にオーストリアとのかかわりが深いトリエステでは、ドイツ語は、商業や金融の分野で有用な言語として、また教養語として重要ではあったが、日常生活においてはロマンス語系の一方言が話されており、イタリアへの文化的な帰属意識が強かった。トリエステがイタリアの領土になったのは、オーストリア＝ハンガリー帝国が崩壊した第一次大戦後のことである。一九二〇年にユーゴスラヴィアとのあいだで締結されたラパッロ条約によって、トリエステはイタリア王国に正式に併合された。

カール・マルクスが一八五七年一月九日と八月四日の二回に分けて『ニューヨーク・トリビューン』紙に発表した「オーストリアの海上貿易」と題された英文の記事には、中央ヨーロッパ最良の海港として発展したトリエステにかんする興味深い分析がある。マルクスによれば、オーストリア・ロイド社が設立される前年の一八三五年にはトリエステの人口は五万人を超えており、ロイドが保険・海運会社として発展する前からすでに、トルコとの貿易ではイングランドに次ぐ二位、エジプトとの貿易では一位を占めるようになっていた。しかしなぜヴェネツィアではなくトリエステが、アドリア海の海運業の中心地となったのか？ マルクスは次のように答える。「ヴェネツィアは記憶の町である。一方、トリエステは、過去をまったくもたないという特権をアメリカ合衆国と共有している。またトリエステは、イタリア人、ドイツ人、イギリス人、フランス人、ギリシア人、アルメニア人、ユダヤ人の商人・投機家によって構成されており、ラグーンの町ヴェネツィアのように、伝統に縛られることがなかった」

「記憶の町」ヴェネツィアから「過去をもたない」トリエステまでは、鉄路で二時間ほどの旅である。海がより近くに大きく感じられるせいか、トリエステにはヴェネツィアにはない開放感がある。町の中心に位置する広々としたイタリア統一広場から、アウダーチェ埠頭（元サン・カルロ埠頭。現在の名は、一九一八年十一月三日にイタリア海軍の船として初めて入港した駆逐艦アウダーチェに由来)までは目と鼻の先だ。埠頭の入り口に、ウンベルト・サーバの詩「埠頭」(*Il molo*)の一節が書かれたプレートがある。ここには釣り人や読書をする人もいれば、ジョギングや犬の散歩に来る人もいる。冬、トリエステ名物の北風、ボーラが吹きつける荒天の日には、風速百キロを超えるその威力を体感するために、わざわざ海に突き出たこの埠頭までやって来る強者(つわもの)もいるらしい。

ズヴェーヴォの略歴

イタロ・ズヴェーヴォ(Italo Svevo)は、一八六一年十二月十九日、オーストリア帝国領のトリエステで、父フランチェスコ・シュミッツ(一八二八—一八九二)と、母アッレーグラ・モラーヴィア(一八三三—一八九五)のあいだに生まれた。本名はアロン・ヘクトル(エットレ)・シュミッツ(Aron Hector (Ettore) Schmitz)、八人きょうだいの第六子だった。両親の一族はともにユダヤ系だった。ズヴェーヴォの生まれた一八六一年は、オーストリア支配下のヴェネトと教皇領のラツィオを除くイタリア統一国家が成立した年である。

一八七四年、十二歳になったエットレは兄のアドルフォとともに、父の意向で、バイエルン地方のヴュルツブルク近隣にあるゼーグニッツ・アム・マインの寄宿学校に送られ、四年間ドイツ語による教育を受けた。一八七六年には、弟のエリオ(一八六三—一八八六）もこの学校で学び始めた。若くして病死したエリオの日記が、この時期に形成されたズヴェーヴォの文学と哲学への関心を伝える貴重な資料となっている。その後さらに二年間、パスクアーレ・レヴォルテッラが創設したトリエステの商業高等学校（トリエステ大学の前身）で学んだ。しかしこの頃、父親のガラス器具会社の経営難のため、就職をよぎなくされて、一八八〇年から、ウイーンに本店のあるユニオンバンクのトリエステ支店で、ドイツ語とフランス語の通信文係として働き始める。この銀行は、証券取引所のあったテルジェステーオ宮に事務所を構えていた。同時に、トリエステの領土回復運動の急先鋒でもあった『インディペンデンテ』紙に、文学や演劇にかんする評論を寄稿し始めた。

一八九六年に、いとこの娘にあたるリーヴィア・ヴェネツィアーニ（一八七四―一九五七）と結婚。リーヴィアには、三人の姉妹（本書のアウグスタと同じく）と三人の兄弟がいた。一八九九年、ユニオンバンクを退職し、船舶の塗料（海草などが船底に付着するのを防ぐために使用される）を製造する義父ジョアキーノ・ヴェネツィアーニ（一八四五―一九二一）の会社に入り、第一次大戦後まで本格的な執筆活動からは遠ざかった。工場をヴェネツィアとイギリスに建設して事業を拡大した義父の会社で、要職を任せられたため、ヨーロッパ各地に出張する機会が増えた。当時のトリエステにおける海運業の隆盛が、義父の会社の発展を支えていた。大戦中、ズヴェーヴォは妻とともにトリエステに残った。ひとり娘のレティツィアはフィレンツェに、イタリア市民権をもつ義父はまずイタリアに、その後は妻とスイスに避難した。オーストリア政府は、ヴェネツィアーニ家の工場で生産される船舶塗料を戦略物資とみなし、工場を接収しようとしたが、それを阻むための交渉は、オーストリア市民権をもつズヴェーヴォが担当した。

ズヴェーヴォが日々の仕事に追われていた時期、彼の文学にとって有益な出会いがあった。一九〇七年、ジェイムズ・ジョイスと知り合ったのだ。当時ジョイスは、トリエステのベルリッツ・スクールで英語教師をしていた。ズヴェーヴォは、仕事に必要な英語を上達させる必要を感じていた。ズヴェーヴォが自宅でジョイスの個人授業を受けたことから、お互いの創作にも影響を与える実りの多いふたりの作家の交流が始まった。ジョイスの『ユリシーズ』(一九二二年)の主人公レオポルド・ブルームは、ズヴェーヴォがモデルのひとりといわれている。

イタロ・ズヴェーヴォは生涯、文筆を本業とすることのなかった作家である。創作は、晩年を除けば、つねに本業の傍らで行われたといえるだろう。小説、短篇、戯曲、評論と多岐にわたる執筆活動が経済活動となることはなかった。三つの長篇小説は、いずれも自費出版されている。

『インディペンデンテ』紙上に発表した評論や短篇、戯曲にはエットレ・サミリ（Ettore Samigli）と署名していたズヴェーヴォが、初めてイタロ・ズヴェーヴォの筆名を用いたのは、小説第一作の『ある人生』からである。ペンネームにおける、「イタリアの（italo）」と「シュヴァーベンの（svevo）」を意味する形容詞の組み合わせは、娘のレティツィアの証言によれば、ドイツ文化とイタリア文化の双方に負うことを示すものだという。

一八九二年の長篇第一作『ある人生』も、一八九八年の第二作『老年』も、ともに千部印刷されたが、とくに後者はほとんど反響を呼ばなかった。一九二三年に出版された第三作の『ゼーノの意識』（千五百部）を、かねてから交流のあったジェイムズ・ジョイスが、そして詩人のエウジェーニオ・モンターレが賞賛しなければ、ズヴェーヴォの評価はさらに遅れていたかもしれない。

一九二八年九月十三日、イタリア内外での評価が高まりつつあるなか、ズヴェーヴォは交通事故が原因で不慮の死をとげた。『ゼーノの意識』の続編となるはずの小説の執筆にとりかかってからまだ日が浅かった。

ズヴェーヴォの小説の主人公たちは、兄弟のように似ている。いずれも、夢と現実との境界を見失いがちで、社会への適応性を欠く無気力な男たちといえよう。彼らはまた、ほぼ同時代の、ジョヴァンニ・ヴェルガとフェデリーゴ・トッツィの描いた主人公たちと同じく、現実との葛藤に敗れた「敗者たち」でもある。

『ある人生』(*Una vita*)

一八九二年に出版された最初の長篇小説『ある人生』に、作者は当初、『無能力者』(*Un inetto*)という題名を考えていたが、出版社の反対にあい、変更をよぎなくされた。

主人公は、アルフォンソ・ニッティという名の、二十二歳の青年である。カルソに隣接する僻村の出身で、トリエステのマラー銀行で働いているが、銀行の仕事にはまったく意欲がわかず、市立図書館での読書と、哲学的な著作の執筆に日常生活の希望をつないでいる。主人公は、銀行の頭取の家で、その娘アンネッタと知り合う。やがてアルフォンソは、高慢で虚栄心の強いアンネッタが、意外にも自分に関心をもっていることを知る。文学に関心をもつ彼女が、共同で小説を執筆することを彼に提案する。その作業を通じてふたりはしだいに深い関係になるが、結婚には踏み切れない。やがて、アンネッタが彼女のいとこと婚約したことを知り、マラー家からもひどい仕打ちを受け、絶望のあまり自殺する。

一九二九年、ズヴェーヴォの死後に出版された『自叙伝』(*Profilo autobiografico*)によれば、作者自身の銀行勤めの体験が『ある人生』には投影されているという。作者はまた、フローベールやゾラといったフランスの自然主義の作家たちの自作への影響を認めている。この小説では、主人公の銀行業務、職場の同僚たちやその仕事ぶり、主人公が下宿する一家の暮らしなどが詳述されているが、このような、主人公の置かれた環境の描写に、自然主義の影響の一端が認められるだろう。しかし、主人公(イタリアの古典よりもドイツ観念論に親しみをもっていたことが小説のなかで語られている)の自殺にかんしては、『自叙伝』のなかでこう述べている。「小説の主人公アルフォンソは、生が生の否定ときわめて近いところにあるというショーペンハウアーの主張をまさに体現していなければならなかった」。主人公の自殺という小説の結末は、その論理的な帰結だったという。ショーペンハウアーの哲学が十九世紀の文学に与えた影響はすでに、一八八四年二月に刊行されたゾラの小説『生きる歓び』に見られる。『ルーゴン・マッカール叢書』第十二巻にあたるこの小説でゾラは、楽観的な主人公ポリーヌと、ショーペンハウアーを信奉するペシミスト、ラザールを対置させているのである。ズヴェーヴォは、出版当初からこの作品に注目し、一八八四年三月八日付『インディペンデンテ』紙に、『生きる歓び』が刊行されてからわずか一ヶ月の時差で書評を書いたのだった。

『老年』(*Senilità*)

『老年』(日本語版『トリエステの謝肉祭』拙訳、白水社、二〇〇二年)は、まず、一八九八年の六月から九月にかけて、『インディペンデンテ』紙上に連載された。そしてその直後に、トリエステのエットレ・ヴラム社から千部自費出版された。

『老年』の主要登場人物は、くっきりとしたコントラストをつくる四人の男女である。主人公エミーリオ・ブレンターニは、『ある人生』のアルフォンソほど若くない。ダンテが言うところの人生の道半ばの年齢、三十五歳である。置かれた境遇は、アルフォンソと似ている。保険会社に勤めながら、文学に関心を寄せている。ただし、地元紙に激賞された小説を一冊出版してからは、自身の無気力ゆえになんの執筆活動も行っていなかった。彼は、生気が乏しく幸薄い妹アマーリアと暮らしている。エミーリオには、ステーファノ・バッリという十年来の親友がいる。彫刻家の彼もまた世間的な成功とは無縁だが、自身の芸術の独創性にはゆるぎない自信をもっている。エミーリオはすらりと背の高い美女、アンジョリーナと知り合い、しばしのアヴァンチュールを楽しもうとする。しかし、つねに男の影がちらつく彼女との関係にのめりこみ、嫉妬を募らせる。その嫉妬は、アンジョリーナを自作のモデルにしたがるバッリにまで向けられる。アマーリアはひそかにバッリを愛しているが、所詮それは報われない恋にすぎない。やがてアマーリアにエーテル中毒の症状が現れ、その肉体は深刻な肺炎に冒されて、兄とバッリに見守られながら息をひきとる。アンジョリーナとの関係を絶ったエミーリオはもとの単調な生活に戻る。

本作には、トリエステの印象的な風景描写もちりばめられているが、叙述の中心となるのは、エミーリオを中心とする主要登場人物たちの心理である。その心理描写は前作以上に深化される。作者が探求するのは、脈絡のない意識の流れではなく、いわば、複雑に屈折する心理状態のメカニズムと、環境や言動との関連性である。たとえば、徹底的に追求されるエミーリオの嫉妬の分析がその好例である。男の嫉妬をここまで深くえぐった小説は、イタリアにかぎらず、ほかにあまり類がないのではないだろうか。妄想のなかに架空の恋敵をつくりあげるアマーリアの錯乱も、科学者のような作者の観察眼によって執拗に分析されている。

本書に、エミーリオとアマーリアがワーグナーの楽劇『ワルキューレ』を鑑賞する場面がある。『ワルキューレ』がトリエステの市立劇場で初めて上演されたのは、一八九三年の十二月である。この日付けを手がかりとして、時間への言及がきわめて少ないこの小説のなかに流れている時間を、一八九三年の夏から翌年の夏であると想定することも可能であろう。

本書のテーマのひとつは、「老い」、とりわけ精神的な老いである。エミーリオは三十五歳にして、すでに老成した思考(mente senile)をもっている。「自らの青春を振り返る老人のように、エミーリオはたえず彼女のことを考えていた」という一文に、この主題が集約されている。アンジョリーナとのアヴァンチュールは、エミーリオの人生で二度と訪れることのない謝肉祭(カーニヴァル)であり、それ以前も、それ以降も、単調な灰色の時間が流れているにすぎない。

『ゼーノの意識』(*La coscienza di Zeno*)

ズヴェーヴォ最後の小説は、一九一九年春から一九二二年夏にかけて執筆されたと考えられる。初版は、一九二三年ボローニャの出版社カペッリから千五百部刊行された。

精神科医に勧められて書いた患者の手記という形式をとるこの小説には、ふたつの語りの時間(ゼーノがペンをもって書いている現在)が設定されている。ひとつは、五十七歳の主人公ゼーノ・コジーニが、S医師の勧めで手記を書いている一九一四年。本書の第三章から第七章に相当する手記で語られるのはおもに、何度も試みては失敗する主人公の禁煙、一八九〇年のゼーノの父親の死から、主人公の結婚と不倫、義兄グイードの死にいたる数年間のできごとである。第二の語りの時間は、精神分析治療中断後の一九一五年五月三日から一九一六年三月二十四日まで。日記形式で書かれた本書第八章に相当する部分である。

この作品でも、恋愛感情や嫉妬について語られはするが、前二作がそれらを扱ったさいの激しさが削ぎ落とされ、皮肉とユーモアがより顕著になる。ズヴェーヴォは『自叙伝』のなかでこう書いている。「ゼーノは明らかに、エミーリオとアルフォンソの兄である。彼らとちがうのは、年齢がずっと上であることと裕福であることだ。自らの人生のために闘争する必要はなく、他人の闘争を休んで眺めていられる立場にある。しかし、それに参加できないことに大きな不幸を感じている。おそらく他のふたりよりもまだ無気力である」「この小説は彼の人生とその治療の物語である」

「完璧な精神の健康とは何か」を知るために、精神分析にかんするフロイトの著作を読んだことが、作者にこの小説を書かせる大きな契機となった。長い創作上の沈黙のあと、ズヴェーヴォは、第一次世界大戦が終わってまもない一九一九年春から『ゼーノの意識』を書き始めるが、その前年には、まるで小説執筆の準備作業であるかのように、フロイトの論稿「夢について」(『夢解釈』の縮約版)の翻訳を試みている。とりわけフロイトとの関連の深い本書最終章(下巻「8　精神分析」)においてゼーノは、自らのエディプス・コンプレックスこそ否定しているものの、フロイトの理論に沿うように、幼児期の記憶を呼び起こし、抑圧された欲望の成就として現前した子供の頃の夢（檻のなかに囚われた女の体の一部を食べたいと思う夢）について記述しているのである。

まさに夢は、ゼーノの意識ならぬ無意識の扉を開く鍵となったのだった。

ゼーノの意識(いしき)（上）〔全2冊〕　ズヴェーヴォ作

2021年1月15日　第1刷発行

訳　者　堤(つつみ) 康(やす) 徳(のり)

発行者　岡本　厚

発行所　株式会社 岩波書店
〒101-8002 東京都千代田区一ツ橋 2-5-5
案内 03-5210-4000　営業部 03-5210-4111
文庫編集部 03-5210-4051
https://www.iwanami.co.jp/

印刷・理想社　カバー・精興社　製本・中永製本

ISBN 978-4-00-377009-2　　Printed in Japan

読書子に寄す

―岩波文庫発刊に際して―

岩波茂雄

真理は万人によって求められることを自ら欲し、芸術は万人によって愛されることを自ら望む。かつては民を愚昧ならしめるために学芸が最も狭き堂宇に閉鎖されたことがあった。今や知識と美とを特権階級の独占より奪い返すことはつねに進取的なる民衆の切実なる要求である。岩波文庫はこの要求に応じそれに励まされて生まれた。それは生命ある不朽の書を少数者の書斎と研究室とより解放して街頭にくまなく立たしめ民衆に伍せしめるであろう。近時大量生産予約出版の流行を見る。その広告宣伝の狂態はしばらくおくも、後代にのこすと誇称する全集がその編集に万全の用意をなしたるか。千古の典籍の翻訳企図に敬虔の態度を欠かざりしか。さらに分売を許さず読者を繋縛して数十冊を強うるがごとき、はたしてその揚言する学芸解放のゆえんなりや。吾人は天下の名士の声に和してこれを推挙するに躊躇するものである。このときにあたって、岩波書店は自己の責務のいよいよ重大なるを思い、従来の方針の徹底を期するため、すでに十数年以前より志して来た計画を慎重審議この際断然実行することにした。吾人は範をかのレクラム文庫にとり、古今東西にわたって文芸・哲学・社会科学・自然科学等種類のいかんを問わず、いやしくも万人の必読すべき真に古典的価値ある書をきわめて簡易なる形式において逐次刊行し、あらゆる人間に須要なる生活向上の資料、生活批判の原理を提供せんと欲する。この文庫は予約出版の方法を排したるがゆえに、読者は自己の欲する時に自己の欲する書物を各個に自由に選択することができる。携帯に便にして価格の低きを最主とするがゆえに、外観を顧みざるも内容に至っては厳選最も力を尽くし、従来の岩波出版物の特色をますます発揮せしめようとする。この計画たるや世間の一時の投機的なるものと異なり、永遠の事業として吾人は微力を傾倒し、あらゆる犠牲を忍んで今後永久に継続発展せしめ、もって文庫の使命を遺憾なく果たさしめることを期する。芸術を愛し知識を求むる士の自ら進んでこの挙に参加し、希望と忠言とを寄せられることは吾人の熱望するところである。その性質上経済的には最も困難多きこの事業にあえて当たらんとする吾人の志を諒として、その達成のため世の読書子とのうるわしき共同を期待する。

昭和二年七月

《東洋文学》〔赤〕

- 王維詩集 — 小川環樹・都留春雄・入谷仙介 選訳
- 杜甫詩選 — 黒川洋一編
- 李白詩選 — 松浦友久編訳
- 李賀詩選 — 黒川洋一編
- 蘇東坡詩選 — 小川環樹・山本和義 選訳
- 陶淵明全集 全二冊 — 松枝茂夫・和田武司 訳注
- 唐詩選 全三冊 — 前野直彬注解
- 完訳 三国志 全八冊 — 小川環樹・金田純一郎 訳
- 完訳 水滸伝 全十冊 — 吉川幸次郎・清水茂 訳
- 西遊記 全十冊 — 中野美代子訳
- 菜根譚 — 洪自誠／今井宇三郎 訳注
- 浮生六記 —浮生夢のごとし — 沈復／松枝茂夫訳
- 阿Q正伝・狂人日記 他十二篇 (吶喊) — 魯迅／竹内好訳
- 魯迅評論集 — 竹内好編訳
- 家 全二冊 — 巴金／飯塚朗訳
- 寒い夜 — 巴金／立間祥介訳
- 新編 中国名詩選 全三冊 — 川合康三編訳
- 遊仙窟 — 張文成／今村与志雄訳
- 唐宋伝奇集 全二冊 — 今村与志雄訳
- 聊斎志異 全二冊 — 蒲松齢／立間祥介編訳
- 白楽天詩選 全二冊 — 川合康三訳注
- 文選 全六冊 — 川合康三・富永一登・釜谷武志・和田英信・浅見洋二・緑川英樹 訳注
- リグ・ヴェーダ讃歌 — 辻直四郎訳
- マハーバーラタ ナラ王物語 —ダマヤンティー姫の数奇な生涯 — 鎧淳訳
- バガヴァッド・ギーター — 上村勝彦訳
- 朝鮮民謡選 — 金素雲訳編
- 尹東柱詩集 空と風と星と詩 — 金時鐘編訳
- アイヌ神謡集 — 知里幸惠編訳
- アイヌ民譚集 付えぞおばけ列伝 — 知里真志保編訳

《ギリシア・ラテン文学》〔赤〕

- ホメロス イリアス 全二冊 — 松平千秋訳
- ホメロス オデュッセイア 全二冊 — 松平千秋訳
- イソップ寓話集 — 中務哲郎訳
- アンティゴネー — ソポクレース／中務哲郎訳
- ソポクレス オイディプス王 — 藤沢令夫訳
- ヒッポリュトス —パイドラーの恋 — エウリーピデース／松平千秋訳
- バッカイ —バッコスに憑かれた女たち — エウリーピデース／逸身喜一郎訳
- ヘシオドス 神統記 — 廣川洋一訳
- アリストパネース 蜂 — 高津春繁訳
- 女の議会 — アリストパネース／村川堅太郎訳
- アポロドーロス ギリシア神話 — 高津春繁訳
- ギリシア・ローマ抒情詩選 —花冠 — 呉茂一訳
- 黄金の驢馬 — アープレーイユス／呉茂一・国原吉之助訳
- オウィディウス 変身物語 全二冊 — 中村善也訳
- ギリシア・ローマ神話 付インド・北欧神話 — ブルフィンチ／野上弥生子訳
- ギリシア・ローマ名言集 — 柳沼重剛編
- ローマ諷刺詩集 — ペルシウス・ユウェナーリス／国原吉之助訳
- 内乱 —パルサリア 全二冊 — ルーカーヌス／大西英文訳

《南北ヨーロッパ他文学》(赤)

ダンテ 新生 — 山川丙三郎訳
抜目のない未亡人 — ゴルドーニ 平川祐弘訳
珈琲店・恋人たち — ゴルドーニ 平川祐弘訳
カヴァレリーア・ルスティカーナ 他十一篇 — G・ヴェルガ 河島英昭訳
ルネッサンス巷談集 — フランコ・サケッティ 杉浦明平訳
カルヴィーノ イタリア民話集 全二冊 — 河島英昭編訳
むずかしい愛 — カルヴィーノ 和田忠彦訳
パロマー — カルヴィーノ 和田忠彦訳
カルヴィーノ アメリカ講義 —新たな千年紀のための六つのメモ — 米川良夫・和田忠彦訳
まっぷたつの子爵 — カルヴィーノ 河島英昭訳
魔法の庭・空を見上げる部族 他十四篇 — カルヴィーノ 和田忠彦訳
愛神の戯れ —牧歌劇『アミンタ』 — トルクァート・タッソ 鷲平京子訳
ペトラルカ ルネサンス書簡集 — 近藤恒一編訳
わが秘密 — ペトラルカ 近藤恒一訳
ペトラルカ 無知について — 近藤恒一訳
美しい夏 — パヴェーゼ 河島英昭訳

流刑 — パヴェーゼ 河島英昭訳
祭の夜 — パヴェーゼ 河島英昭訳
月と篝火 — パヴェーゼ 河島英昭訳
休戦 — プリーモ・レーヴィ 竹山博英訳
ウンベルト・エーコ 小説の森散策 — 和田忠彦訳
バウドリーノ 全二冊 — ウンベルト・エーコ 堤康徳訳
タタール人の砂漠 — ブッツァーティ 脇功訳
七人の使者・神を見た犬 他十三篇 — ブッツァーティ 脇功訳
ラサリーリョ・デ・トルメスの生涯 — 会田由訳
ドン・キホーテ 前篇 全三冊 — セルバンテス 牛島信明訳
ドン・キホーテ 後篇 全三冊 — セルバンテス 牛島信明訳
セルバンテス短篇集 — 牛島信明編訳
恐ろしき媒 — ホセ・エチェガライ 永田寛定訳
エスピノーサ スペイン民話集 — 三原幸久編訳
三大悲劇集 血の婚礼 他二篇 — ガルシーア・ロルカ 牛島信明訳
エル・シードの歌 — 長南実訳
娘たちの空返事 他一篇 — モラティン 佐竹謙一訳

プラテーロとわたし — J・R・ヒメーネス 長南実訳
オルメードの騎士 — ロペ・デ・ベガ 長南実訳
父の死に寄せる詩 — ホルヘ・マンリーケ 佐竹謙一訳
サラマンカの学生 他六篇 — エスプロンセーダ 佐竹謙一訳
セビーリャの色事師と石の招客 他一篇 — ティルソ・デ・モリーナ 佐竹謙一訳
ティラン・ロ・ブラン 全四冊 — J・マルトゥレイ M・J・ダ・ガルバ 田澤耕訳
ダイヤモンド広場 — マルセー・ルドゥレダ 田澤耕訳
完訳 アンデルセン童話集 全七冊 — 大畑末吉訳
即興詩人 全二冊 — アンデルセン 大畑末吉訳
アンデルセン自伝 — 大畑末吉訳
ここに薔薇ありせば 他五篇 — ヤコブセン 矢崎源九郎訳
ヴィクトリア — クヌート・ハムスン 冨原眞弓訳
フィンランド叙事詩 カレワラ 全二冊 — リョンロット編 小泉保訳
イプセン 人形の家 — 原千代海訳
令嬢ユリェ — ストリンドベルク 茅野蕭々訳
ポルトガリヤの皇帝さん — ラーゲルレーヴ イシガオサム訳
アミエルの日記 全四冊 — 河野与一訳

クオ・ワディス 全三冊　シェンキェーヴィチ　木村彰一訳
おばあさん　ニェムツォヴァー　栗栖　継訳
山椒魚戦争　カレル・チャペック　栗栖　継訳
ロボット（R・U・R）　チャペック　千野栄一訳
牛乳屋テヴィエ　ショレム・アレイヘム　西　成彦訳
完訳 千一夜物語 全十三冊　豊島与志雄　渡辺一夫　佐藤正彰　岡部正孝訳
ルバイヤート　オマル・ハイヤーム　小川亮作訳
ゴレスターン　サァディー　沢　英三訳
アブー・ヌワース アラブ飲酒詩選　塙　治夫編訳
中世騎士物語　ブルフィンチ　野上弥生子訳
コルタサル短篇集 悪魔の涎・追い求める男 他八篇　木村榮一訳
遊戯の終わり　コルタサル　木村榮一訳
秘密の武器　コルタサル　木村榮一訳
ペドロ・パラモ　ファン・ルルフォ　杉山　晃　増田義郎訳
燃える平原　ファン・ルルフォ　杉山　晃訳
伝奇集　J・L・ボルヘス　鼓　直訳
創造者　J・L・ボルヘス　鼓　直訳

続審問　J・L・ボルヘス　中村健二訳
七つの夜　J・L・ボルヘス　野谷文昭訳
詩という仕事について　J・L・ボルヘス　鼓　直訳
汚辱の世界史　J・L・ボルヘス　中村健二訳
ブロディーの報告書　J・L・ボルヘス　鼓　直訳
アレフ　J・L・ボルヘス　鼓　直訳
語るボルヘス―書物・不死性・時間ほか　J・L・ボルヘス　木村榮一訳
20世紀ラテンアメリカ短篇選　野谷文昭編訳
フエンテス短篇集 アウラ・純な魂 他四篇　木村榮一訳
アルテミオ・クルスの死　フエンテス　木村榮一訳
グアテマラ伝説集　M・A・アストゥリアス　牛島信明訳
緑の家 全二冊　バルガス＝リョサ　木村榮一訳
密林の語り部　バルガス＝リョサ　西村英一郎訳
ラ・カテドラルでの対話　バルガス＝リョサ　旦　敬介訳
弓と竪琴　オクタビオ・パス　牛島信明訳
失われた足跡　カルペンティエル　牛島信明訳
ラテンアメリカ民話集　三原幸久編訳

やし酒飲み　エイモス・チュツオーラ　土屋　哲訳
薬草まじない　エイモス・チュツオーラ　土屋　哲訳
ジャンプ 他十一篇　ナディン・ゴーディマ　柳沢由実子訳
マイケル・K　J・M・クッツェー　くぼたのぞみ訳
ミゲル・ストリート　V・S・ナイポール　小沢自然　小野正嗣訳
キリストはエボリで止まった　カルロ・レーヴィ　竹山博英訳
クァジーモド全詩集　河島英昭訳
ウンガレッティ全詩集　河島英昭訳
クオーレ　デ・アミーチス　和田忠彦訳
冗談　ミラン・クンデラ　西永良成訳
小説の技法　ミラン・クンデラ　西永良成訳
世界イディッシュ短篇選　西　成彦編訳

《ロシア文学》〔赤〕

オネーギン　プーシキン　池田健太郎訳
スペードの女王・ベールキン物語　プーシキン　神西清訳
狂人日記 他二篇　ゴーゴリ　横田瑞穂訳
外套・鼻　ゴーゴリ　平井肇訳
イワーン・イワーノヴィチとイワーン・ニキーフォロヴィチとが喧嘩をした話　ゴーゴリ　原久一郎訳
日本渡航記 ―フレガート「パルラダ」号より　ゴンチャロフ　井上満訳
平凡物語 全二冊　ゴンチャロフ　井上満訳
ルーヂン　ツルゲーネフ　中村融訳
ツルゲーネフ散文詩　神西清・池田健太郎訳
オブローモフ主義とは何か？ 他一篇　ドブロリューボフ　金子幸彦訳
貧しき人々　ドストイエフスキイ　原久一郎訳
二重人格　ドストエフスキー　小沼文彦訳
罪と罰 全三冊　ドストエフスキー　江川卓訳
白痴 全二冊　ドストエーフスキイ　米川正夫訳
カラマーゾフの兄弟 全四冊　ドストエーフスキイ　米川正夫訳
アンナ・カレーニナ 全三冊　トルストイ　中村融訳

幼年時代　トルストイ　藤沼貴訳
戦争と平和 全六冊　トルストイ　藤沼貴訳
トルストイ民話集 人はなんで生きるか 他四篇　中村白葉訳
トルストイ民話集 イワンのばか 他八篇　中村白葉訳
イワン・イリッチの死　トルストイ　米川正夫訳
光あるうちに光の中を歩め　トルストイ　米川正夫訳
クロイツェル・ソナタ　トルストイ　米川正夫訳
復活 全二冊　トルストイ　藤沼貴訳
人生論　トルストイ　中村融訳
かもめ　チェーホフ　浦雅春訳
桜の園　チェーホフ　小野理子訳
六号病棟・退屈な話 他五篇　チェーホフ　松下裕訳
シベリヤの旅 他三篇　チェーホフ　神西清訳
チェーホフ妻への手紙 全二冊　湯浅芳子訳
ともしび・谷間 他七篇　チェーホフ　松下裕訳
サーニン 全二冊　アルツイバーシェフ　中村白葉訳
ゴーリキー短篇集　上田進・横田瑞穂訳編

どん底　ゴーリキイ　中村白葉訳
魅せられた旅人　レスコーフ　木村彰一訳
かくれんぼ・毒の園 他五篇　ソログープ　中山省三郎・昇曙夢訳
ベリンスキー ロシヤ文学評論集 全二冊　除村吉太郎訳
巨匠とマルガリータ 全二冊　ブルガーコフ　水野忠夫訳

《ドイツ文学》〔赤〕

ニーベルンゲンの歌 全二冊		相良守峯訳
若きウェルテルの悩み	ゲーテ	竹山道雄訳
ヴィルヘルム・マイスターの修業時代 全三冊	ゲーテ	山崎章甫訳
イタリア紀行 全三冊	ゲーテ	相良守峯訳
ファウスト 全二冊	ゲーテ	相良守峯訳
ゲーテとの対話 全三冊	エッカーマン	山下肇訳
スペインの太子 ドン・カルロス	シルレル	佐藤通次訳
改訳 オルレアンの少女	シルレル	佐藤通次訳
ヒュペーリオン —希臘の世捨人	ヘルデルリーン	渡辺格司訳
青い花	ノヴァーリス	青山隆夫訳
夜の讃歌・サイスの弟子たち 他一篇	ノヴァーリス	今泉文子訳
完訳 グリム童話集 全五冊		金田鬼一訳
ホフマン短篇集		池内紀編訳
水妖記（ウンディーネ）	フーケー	柴田治三郎訳
O侯爵夫人 他六篇	クライスト	相良守峯訳
影をなくした男	シャミッソー	池内紀訳
流刑の神々・精霊物語	ハイネ	小沢俊夫訳
冬物語 —ドイツ	ハイネ	井汲越次訳
ユーディット 他一篇	ヘッベル	吹田順助訳
芸術と革命 他四篇	ワーグナア	北村義男訳
ブリギッタ・森の泉 他一篇	シュティフター	宇多五郎・高安国世訳
みずうみ 他四篇	シュトルム	関泰祐訳
村のロメオとユリア	ケラー	草間平作訳
沈鐘	ハウプトマン	阿部六郎訳
地霊・パンドラの箱 ルル二部作	F・ヴェデキント	岩淵達治訳
春のめざめ	F・ヴェデキント	酒寄進一訳
ゲオルゲ詩集		手塚富雄訳
花・死人に口なし 他七篇	シュニッツラー	番匠谷英一・山本有三訳
リルケ詩集		高安国世訳
ドゥイノの悲歌	リルケ	手塚富雄訳
ブッデンブローク家の人びと 全三冊	トーマス・マン	望月市恵訳
トオマス・マン短篇集		実吉捷郎訳
魔の山 全二冊	トーマス・マン	関泰祐・望月市恵訳
トニオ・クレエゲル	トオマス・マン	実吉捷郎訳
ヴェニスに死す	トオマス・マン	実吉捷郎訳
車輪の下	ヘルマン・ヘッセ	実吉捷郎訳
漂泊の魂 クヌルプ	ヘルマン・ヘッセ	相良守峯訳
デミアン	ヘルマン・ヘッセ	実吉捷郎訳
シッダルタ	ヘッセ	手塚富雄訳
ルーマニア日記	カロッサ	高橋健二訳
美しき惑いの年	カロッサ	手塚富雄訳
若き日の変転	カロッサ	斎藤栄治訳
幼年時代	カロッサ	斎藤栄治訳
指導と信従	カロッサ	国松孝二訳
ジョゼフ・フーシェ —ある政治的人間の肖像	シュテファン・ツワイク	高橋禎二・秋山英夫訳
変身・断食芸人	カフカ	山下肇・山下萬里訳
審判	カフカ	辻瑆訳
カフカ短篇集		池内紀編訳
カフカ寓話集		池内紀編訳
三文オペラ	ブレヒト	岩淵達治訳

肝っ玉おっ母とその子どもたち　ブレヒト　岩淵達治訳
ドイツ炉辺ばなし集 —カレンダーゲシヒテン　ヘーベル　木下康光編訳
憂愁夫人　ズーデルマン　相良守峯訳
悪童物語　ルウドヰヒ・トオマ　実吉捷郎訳
ウィーン世紀末文学選　池内紀編訳
ティル・オイレンシュピーゲルの愉快ないたずら　阿部謹也訳
大理石像・デュランデ城悲歌　アイヒェンドルフ　関泰祐訳
改訳 愉しき放浪児　アイヒェンドルフ　関泰祐訳
チャンドス卿の手紙 他十篇　ホフマンスタール　檜山哲彦訳
ホフマンスタール詩集　川村二郎訳
陽気なヴッツ先生 他一篇　ジャン・パウル　岩田行一訳
インド紀行 全二冊　ボンゼルス　実吉捷郎訳
ドイツ名詩選　生野幸吉・檜山哲彦編
蝶の生活　シュナック　岡田朝雄訳
聖なる酔っぱらいの伝説 他四篇　ヨーゼフ・ロート　池内紀訳
ラデツキー行進曲 全二冊　ヨーゼフ・ロート　平田達治訳
ジャクリーヌと日本人　ヤーコブ　相良守峯訳

人生処方詩集　エーリヒ・ケストナー　小松太郎訳
三十歳　インゲボルク・バッハマン　松永美穂訳
第七の十字架 全二冊　アンナ・ゼーガース　山下肇・新村浩訳

《フランス文学》〔赤〕

ロランの歌　有永弘人訳
ラブレー第一之書 ガルガンチュワ物語　渡辺一夫訳
ラブレー第二之書 パンタグリュエル物語　渡辺一夫訳
ラブレー第三之書 パンタグリュエル物語　渡辺一夫訳
ラブレー第四之書 パンタグリュエル物語　渡辺一夫訳
ラブレー第五之書 パンタグリュエル物語　渡辺一夫訳
ピエール・パトラン先生　渡辺一夫訳
日月両世界旅行記　シラノ・ド・ベルジュラック　赤木昭三訳
ロンサール詩集　ロンサール　井上究一郎訳
エセー 全六冊　モンテーニュ　原二郎訳
ラ・ロシュフコー箴言集　二宮フサ訳
ブリタニキュス ベレニス　ラシーヌ　渡辺守章訳
ドン・ジュアン —石像の宴　モリエール　鈴木力衛訳

完訳 ペロー童話集　新倉朗子訳
偽りの告白　マリヴォー　鈴木力衛訳
贋の侍女・愛の勝利　マリヴォー　佐藤実枝・井村順一訳
カンディード 他五篇　ヴォルテール　植田祐次訳
哲学書簡　ヴォルテール　林達夫訳
孤独な散歩者の夢想　ルソー　今野一雄訳
フィガロの結婚　ボオマルシェエ　辰野隆訳
危険な関係 全二冊　ラクロ　伊吹武彦訳
美味礼讃 全二冊　ブリア-サヴァラン　関根秀雄・戸部松実訳
アドルフ　コンスタン　大塚幸男訳
近代人の自由と古代人の自由・征服の精神と簒奪 他一篇　コンスタン　堤林剣・堤林恵訳
恋愛論 全二冊　スタンダール　杉本圭子訳
赤と黒 全二冊　スタンダール　桑原武夫・生島遼一訳
ゴプセック・毬打つ猫の店　バルザック　芳川泰久訳
艶笑滑稽譚 全三冊　バルザック　石井晴一訳
レ・ミゼラブル 全四冊　ユーゴー　豊島与志雄訳
死刑囚最後の日　ユーゴー　豊島与志雄訳

ライン河幻想紀行	ユーゴー 榊原晃三編訳
ノートル＝ダム・ド・パリ 全二冊	ユーゴー 辻昶・松下和則訳
モンテ・クリスト伯 全七冊	アレクサンドル・デュマ 山内義雄訳
三銃士 全二冊	デュマ 生島遼一訳
エトルリヤの壺 他五篇	メリメ 杉捷夫訳
カルメン	メリメ 杉捷夫訳
愛の妖精（プチット・ファデット）	ジョルジュ・サンド 宮崎嶺雄訳
ボヴァリー夫人 全二冊	フローベール 伊吹武彦訳
感情教育 全二冊	フローベール 生島遼一訳
紋切型辞典	フローベール 小倉孝誠訳
サラムボー 全二冊	フローベール 中條屋進訳
未来のイヴ 全二冊	ヴィリエ・ド・リラダン 渡辺一夫訳
風車小屋だより	ドーデー 桜田佐訳
月曜物語	ドーデー 桜田佐訳
サフォ パリ風俗	ドーデー 朝倉季雄訳
プチ・ショーズ —ある少年の物語	ドーデ 原千代海訳
少年少女	アナトール・フランス 三好達治訳
神々は渇く	アナトール・フランス 大塚幸男訳
テレーズ・ラカン 全二冊	エミール・ゾラ 小林正訳
ジェルミナール 全三冊	エミール・ゾラ 安士正夫訳
獣人 全二冊	エミール・ゾラ 川口篤訳
制作 全二冊	エミール・ゾラ 清水正和訳
水車小屋攻撃 他七篇	エミール・ゾラ 朝比奈弘治訳
氷島の漁夫	ピエール・ロチ 吉氷清訳
マラルメ詩集	渡辺守章訳
脂肪のかたまり	モーパッサン 高山鉄男訳
メゾンテリエ 他三篇	モーパッサン 河盛好蔵訳
モーパッサン短篇選	高山鉄男編訳
わたしたちの心	モーパッサン 笠間直穂子訳
地獄の季節	ランボオ 小林秀雄訳
にんじん	ルナアル 岸田国士訳
ぶどう畑のぶどう作り	ルナアル 岸田国士訳
博物誌	ルナール 辻昶訳
ジャン・クリストフ 全四冊	ロマン・ローラン 豊島与志雄訳
トルストイの生涯	ロマン・ローラン 蛯原徳夫訳
ベートーヴェンの生涯	ロマン・ロラン 片山敏彦訳
ミケランジェロの生涯	ロマン・ロラン 高田博厚訳
フランシス・ジャム詩集	手塚伸一訳
三人の乙女たち	フランシス・ジャム 手塚伸一訳
背徳者	アンドレ・ジイド 川口篤訳
法王庁の抜け穴	アンドレ・ジイド 石川淳訳
続コンゴ紀行 —チャド湖より還る	アンドレ・ジイド 杉捷夫訳
ヴァレリー詩集	ポール・ヴァレリー 鈴木信太郎訳
精神の危機 他十五篇	ポール・ヴァレリー 恒川邦夫訳
若き日の手紙	フィリップ 外山楢夫訳
朝のコント	フィリップ 淀野隆三訳
シラノ・ド・ベルジュラック	ロスタン 辰野隆・鈴木信太郎訳
海の沈黙・星への歩み	ヴェルコール 河野與一・加藤周一訳
地底旅行	ジュール・ヴェルヌ 朝比奈弘治訳
八十日間世界一周	ジュール・ヴェルヌ 鈴木啓二訳
海底二万里 全二冊	ジュール・ヴェルヌ 朝比奈美知子訳

プロヴァンスの少女（ミレイユ） ミストラル 杉冨士雄訳
結婚十五の歓び 新倉俊一訳
死霊の恋・ポンペイ夜話 他三篇 ゴーチエ 田辺貞之助訳
火の娘たち ネルヴァル 野崎歓訳
パリの夜 ―革命下の民衆 レチフ・ド・ラ・ブルトンヌ 植田祐次編訳
牝猫（めすねこ） コレット 工藤庸子訳
シェリ コレット 工藤庸子訳
シェリの最後 コレット 工藤庸子訳
生きている過去 レニエ 窪田般彌訳
ノディエ幻想短篇集 ノディエ 篠田知和基編訳
フランス短篇傑作選 山田稔編訳
シュルレアリスム宣言・溶ける魚 アンドレ・ブルトン 巖谷國士訳
ナジャ アンドレ・ブルトン 巖谷國士訳
不遇なる一天才の手記 ヴォーヴナルグ 関根秀雄訳
ヂェルミニィ・ラセルトゥウ ゴンクウル兄弟 大西克和訳
フランス名詩選 安藤元雄・入沢康夫・渋沢孝輔編
繻子の靴 全二冊 ポール・クローデル 渡辺守章訳

A・O・バルナブース全集 全二冊 ヴァレリー・ラルボー 岩崎力訳
悪魔祓い ル・クレジオ 高山鉄男訳
楽しみと日々 プルースト 岩崎力訳
失われた時を求めて 全十四冊 プルースト 吉川一義訳
丘 ジャン・ジオノ 山本省訳
子ども 全二冊 ジュール・ヴァレス 朝比奈弘治訳
シルトの岸辺 ジュリアン・グラック 安藤元雄訳
星の王子さま サン＝テグジュペリ 内藤濯訳
プレヴェール詩集 小笠原豊樹訳

《イギリス文学》〔赤〕

- ユートピア　トマス・モア　平井正穂訳
- 完訳カンタベリー物語　全三冊　チョーサー　桝井迪夫訳
- ヴェニスの商人　シェイクスピア　中野好夫訳
- ジュリアス・シーザー　シェイクスピア　中野好夫訳
- 十二夜　シェイクスピア　小津次郎訳
- ハムレット　シェイクスピア　野島秀勝訳
- オセロウ　シェイクスピア　菅泰男訳
- リア王　シェイクスピア　野島秀勝訳
- マクベス　シェイクスピア　木下順二訳
- ソネット集　シェイクスピア　高松雄一訳
- ロミオとジューリエット　シェイクスピア　平井正穂訳
- リチャード三世　シェイクスピア　木下順二訳
- 対訳シェイクスピア詩集 ―イギリス詩人選(1)　柴田稔彦編
- から騒ぎ　シェイクスピア　喜志哲雄訳
- 言論・出版の自由 他一篇 ―アレオパジティカ　ミルトン　原田純訳
- 失楽園　全二冊　ミルトン　平井正穂訳
- ロビンソン・クルーソー　全二冊　デフォー　平井正穂訳
- ガリヴァー旅行記　スウィフト　平井正穂訳
- ジョウゼフ・アンドルーズ　全二冊　フィールディング　朱牟田夏雄訳
- トリストラム・シャンディ　全三冊　ロレンス・スターン　朱牟田夏雄訳
- ウェイクフィールドの牧師 ―むだばなし　ゴールドスミス　小野寺健訳
- 幸福の探求 ―アビシニアの王子ラセラスの物語　サミュエル・ジョンソン　朱牟田夏雄訳
- マンフレッド　バイロン　小川和夫訳
- 対訳ブレイク詩集 ―イギリス詩人選(4)　松島正一編
- 対訳ワーズワス詩集 ―イギリス詩人選(3)　山内久明編
- 湖の麗人　スコット　入江直祐訳
- キプリング短篇集　橋本槇矩編訳
- 対訳コウルリッジ詩集 ―イギリス詩人選(7)　上島建吉編
- 高慢と偏見　全二冊　ジェーン・オースティン　富田彬訳
- 説きふせられて　ジェーン・オースティン　富田彬訳
- ジェイン・オースティンの手紙　新井潤美編訳
- 対訳テニスン詩集 ―イギリス詩人選(5)　西前美巳編
- 虚栄の市　全四冊　サッカリー　中島賢二訳
- 床屋コックスの日記・馬丁粋語録　サッカレー　平井呈一訳
- デイヴィッド・コパフィールド　全五冊　ディケンズ　石塚裕子訳
- ディケンズ短篇集　小池滋・石塚裕子訳
- 炉辺のこほろぎ　ディケンズ　本多顕彰訳
- ボズのスケッチ 短篇小説篇　全二冊　ディケンズ　藤岡啓介訳
- アメリカ紀行　全二冊　ディケンズ　伊藤弘之・下笠徳次・隈元貞広訳
- イタリアのおもかげ　ディケンズ　伊藤弘之・下笠徳次・隈元貞広訳
- 大いなる遺産　全二冊　ディケンズ　石塚裕子訳
- 荒涼館　全四冊　ディケンズ　佐々木徹訳
- 鎖を解かれたプロメテウス　シェリー　石川重俊訳
- ジェイン・エア　全二冊　シャーロット・ブロンテ　河島弘美訳
- 嵐が丘　全二冊　エミリー・ブロンテ　河島弘美訳
- アルプス登攀記　全二冊　ウィンパー　浦松佐美太郎訳
- アンデス登攀記　全二冊　ウィンパー　大貫良夫訳
- ハーディ テス　全二冊　井上宗次・石田英二訳
- 緑の木蔭 ―和蘭派田園画　トマス・ハーディ　阿部知二訳
- 緑の館 ―熱帯林のロマンス　ハドソン　柏倉俊三訳

- ジーキル博士とハイド氏　スティーヴンスン　海保眞夫訳
- プリンス・オットー　スティーヴンスン　小川和夫訳
- 新アラビヤ夜話　スティーヴンスン　佐藤緑葉訳
- 南海千一夜物語　スティーヴンスン　中村徳三郎訳
- 若い人々のために 他十一篇　スティーヴンスン　岩田良吉訳
- マーカイム・壜の小鬼 他五篇　スティーヴンソン　高松雄一・高松禎子訳
- 怪談―不思議なことの物語と研究　ラフカディオ・ハーン　平井呈一訳
- 心―日本の内面生活の暗示と影響　ラフカディオ・ハーン　平井呈一訳
- ドリアン・グレイの肖像　オスカー・ワイルド　富士川義之訳
- サロメ　ワイルド　福田恆存訳
- 嘘から出た誠　ワイルド　岸本一郎訳
- 童話集 幸福な王子 他八篇　オスカー・ワイルド　富士川義之訳
- 人と超人　バーナド・ショー　市川又彦訳
- 分らぬもんですよ　バァナード・ショウ　市川又彦訳
- ヘンリ・ライクロフトの私記　ギッシング　平井正穂訳
- 南イタリア周遊記　ギッシング　小池滋訳
- 闇の奥　コンラッド　中野好夫訳
- 密偵　コンラッド　土岐恒二訳
- コンラッド短篇集　中島賢二編訳
- 対訳 イエイツ詩集　高松雄一編
- 月と六ペンス　モーム　行方昭夫訳
- 人間の絆 全三冊　モーム　行方昭夫訳
- サミング・アップ　モーム　行方昭夫訳
- モーム短篇選 全二冊　行方昭夫編訳
- アシェンデン―英国情報部員のファイル　モーム　中島賢二・岡田久雄訳
- お菓子とビール　モーム　行方昭夫訳
- 荒地　T・S・エリオット　岩崎宗治訳
- 悪口学校　シェリダン　菅泰男訳
- オーウェル評論集　小野寺健編訳
- パリ・ロンドン放浪記　ジョージ・オーウェル　小野寺健訳
- 動物農場―おとぎばなし　ジョージ・オーウェル　川端康雄訳
- 対訳 キーツ詩集―イギリス詩人選(10)　宮崎雄行編
- キーツ詩集　中村健二訳
- 阿片常用者の告白　ド・クインシー　野島秀勝訳
- 20世紀イギリス短篇選 全二冊　小野寺健編訳
- イギリス名詩選　平井正穂編
- タイム・マシン 他九篇　H・G・ウエルズ　橋本槇矩訳
- トーノ・バンゲイ 全二冊　ウェルズ　中西信太郎訳
- 回想のブライズヘッド 全二冊　イーヴリン・ウォー　小野寺健訳
- 愛されたもの　イーヴリン・ウォー　中村健二・出淵博訳
- イギリス民話集　河野一郎編訳
- フォースター評論集　小野寺健編訳
- 白衣の女 全三冊　ウィルキー・コリンズ　中島賢二訳
- 対訳 ブラウニング詩集―イギリス詩人選(6)　富士川義之編
- 灯台へ　ヴァージニア・ウルフ　御輿哲也訳
- 船出 全二冊　ヴァージニア・ウルフ　川西進訳
- 夜の来訪者　プリーストリー　安藤貞雄訳
- アーネスト・ダウスン作品集　南條竹則編訳
- ヘリック詩鈔　森亮訳
- フランク・オコナー短篇集　阿部公彦訳
- たいした問題じゃないが―イギリス・コラム傑作選　行方昭夫編訳

岩波文庫の最新刊

揖斐高編訳
江戸漢詩選（上）

江戸時代に大きく花開いた日本の漢詩の世界。詩人百五十人・三百二十首を選び、小伝や丁寧な語注と共に編む。上巻は幕初から江戸中期を収める。（全二冊）
〔黄二八五-一〕 本体一二〇〇円

ヘーゲル著／上妻精・佐藤康邦・山田忠彰訳
法の哲学（上）
—自然法と国家学の要綱—

一八二一年に公刊されたヘーゲルの主著の一つ。それは近代の自画像を描く試みであった。上巻は、「第一部 抽象法」「第二部 道徳」を収録。（全二冊）
〔青六三〇-二〕 本体一二〇〇円

ズヴェーヴォ作／堤康徳訳
ゼーノの意識（上）

己を苛む感情を蘇らせながらも、精神分析医のように人生を淡々と回想する主人公ゼーノ。「意識の流れ」を精緻に描いた伊国の作家ズヴェーヴォの代表作。（全二冊）〔赤N七〇六-一〕 本体九七〇円

……今月の重版再開……

高浜虚子著
俳句はかく解しかく味う
本体五四〇円〔緑二八-二〕

ジョイス作／結城英雄訳
ダブリンの市民
本体一〇七〇円〔赤二五五-一〕

定価は表示価格に消費税が加算されます　2021.1